산속의 가을 저녁 山居秋暝

빈 산, 새로 내린 비 막 갠 뒤
날 저물자 가을이 깊어졌다
밝은 달 소나무 사이로 비치고
맑은 샘물은 돌 위로 흐른다
대나무 숲 시끄럽게 빨래 하는 아낙네들 돌아가고
연꽃 요동치게 고깃배가 내려가네
봄날의 향기로운 꽃 없어진들 어떠리
은자만 절로 머물만 한 것을

空山新雨後 天氣晚來秋 明月松間照 清泉石上流
竹喧歸浣女 蓮動下漁丹 隨意春芳歇 王孫自可留

丐帮閣下
개방각하

개방각하 4
도욱 新무협 판타지 소설

초판 1쇄 찍은 날 § 2004년 11월 18일
초판 1쇄 펴낸 날 § 2004년 11월 29일

지은이 § 도욱
펴낸이 § 서경석

편집장 § 문혜영
편집 § 장상수 · 서지현 · 한지윤
마케팅 § 정필 · 강양원 · 이선구 · 김규진 · 홍현경

펴낸곳 § 도서출판 청어람
등록번호 § 제1081-1-89호
등록일자 § 1999. 5. 31
어람번호 § 제2-0471호

주소 § 경기도 부천시 원미구 심곡1동 350-1 남성B/D 3F (우) 420-011
전화 § 032-656-4452 팩스 § 032-656-4453
http://www.chungeoram.com
E-mail § eoram99@chollian.net

ⓒ 도욱, 2004

ISBN 89-5831-314-5 04810
ISBN 89-5505-215-7 (SET)

丐 幇 閣 下

개방각하

4 복수는 내가 한다

Fantastic Oriental Heroes

도욱 新무협 판타지 소설

도서출판 청어람

| CONTENTS |

무림맹 비상회의

무림맹 비상회의

—우리 모두 힘을 합쳐 적도들을
이 땅에서 버몰아야 합니다!

충격!

중원인들은 너무도 큰 충격과 경악에 휩싸이고 말았다.

그 충격은 한 달 전 진황도가 금마국에게 함락되었다는 소식을 접했을 때와는 비교조차 되지 않을 정도였다.

아무리 금마국의 군사들이 막강하다 할지라도 모든 사람들은 연경성주 이하 예하 병사들이 너끈히 그들의 침공을 막아낼 수 있으리라고 생각했다.

정말이지 중원의 모든 이들이 그렇게 믿어 의심치 않았었는데…….

그러했던 연경성이 함락되었다니 어찌 경악치 않을 수 있겠는가!

이제 금마국과 그들을 이끄는 철패대제 야율노극은 전율과 공포의 이름으로 전 중원인의 뇌리 속에 각인되기 시작했다.

남양객점(南陽客店).

황도 낙양의 남쪽 대흥로(大興路)에 위치한 이층 객점이었다.

연경이 적도들에게 넘어갔다는 비보 탓일까?

늘 사람들로 활기가 넘치는 대흥로엔 인적이 거의 보이질 않았고 초겨울의 삭풍만이 매섭게 길 위를 스치고 있었다.

늘 가게가 좁게 느껴질 정도로 손님들로 북적거리던 객점 내에도 사람은 별로 보이질 않았다.

벌컥!

이층 창가에 앉아 있는 노인이 죽엽청을 한 잔 들이켰다.

"크으… 좋구만. 너도 한잔할 테냐?"

노인은 팔등으로 입술을 훔치며 앞에 앉아 있는 사내에게 물었다. 죽립(竹笠)으로 얼굴은 가린 젊은 사내였다.

"아뇨, 됐습니다."

죽립의 사내는 손을 저었다.

"상처는 어때?"

"노선배님께서 구해주신 약초 덕에 많이 좋아졌습니다."

"임마, 그러기에 뭣하러 그런 무모한 짓을 해? 만약 네놈이 그러다가 객사라도 했다는 소식을 들으면 단순하고 무식한 무대붕 그놈이 가만히 있을 것 같냐?"

무대붕이란 이름을 거론하며 술잔을 기울이고 있는 노인.

그는 다름 아닌 광마불이었고, 죽립의 사내는 광한이었다.

"그놈 성격상 분명히 똥오줌 못 가리고 너의 복수를 하겠다며 개방 식구들을 전부 이끌고 몰려와 황궁의 대신들과 전쟁이라도 불사할 텐데… 쯧쯧! 이 녀석아, 왜 그렇게 생각이 없냐? 인물은 젊은 날의 나처럼 멀쩡하게 잘생긴 녀석이."

"……."

광마불의 핀잔에 광한은 그 어떤 대답도 하질 못했다.

만약 자신이 그곳에서 죽임을 당했고, 그 사실이 무대붕의 귀에 들어갔다면 그의 성격상 결코 그대로 넘어가지 않을 거라는 것은 광한이 가장 잘 알고 있었다.

지금은 총단에서 정통단주로 있는 신문팔은 이 년 전까지만 해도 무림맹이 있는 호북성의 무창(武昌) 지부장으로 있었다.

그 당시 워낙 노름에 미쳐 있던 신문팔은 무당파와 더불어 호북성 최대의 문파인 형주사마세가(荊州司馬世家)의 사마강 가주를 상대로 사기 도박을 하다가 걸려 복날 개 맞듯 얻어터지고 오른팔까지 부러지는 등 반 시체가 되다시피 됐는데, 그 소식을 들은 무대붕은 총단의 청년 무술단인 신걸청단과 백팔타구단을 이끌고 형주사마세가로 몰려가서 다짜고짜 혈겁을 일으켰다.

사마강은 신문팔이 사기 도박을 했기 때문에 그에 상응하는 벌을 준 것이라며 자기 행동의 정당성을 열심히 피력했으나 통하지가 않았다.

자기 부하를 그 꼴로 만든 건 결국 각하인 자신을 우습게 봤기 때문이라며 난장을 부렸고, 사마강 역시 더 이상 참는 것은 자신의 명예와도 관련이 있었던지라 무대붕과 그 일당의 행패에 정면 대응을 하게 되었다.

별것도 아닌 일에 두 문파가 서로 원수가 되어 혈겁을 일으키자 무림맹에서 어쩔 수 없이 중재에 나서게 되었다.

그러나 무대붕은 무림맹과 원수가 되는 한이 있더라도 반드시 사마세가를 박살 내고야 말겠다며 중재를 거절했다.

중재까지 거절하며 끝을 보겠다는 식으로 무대붕은 오기를 부리며 전투를 끝내지 않고 계속 피 터지게 싸움을 벌였다.

그 기세에 사마강은 결국 무릎을 꿇고 스스로 자신의 오른팔을 부러 뜨리며 용서를 빌었다는 전설 아닌 전설이 있을 정도로 한번 꼭지가 돌면 아무것도 안 보이는 게 바로 무대붕이었다.

그런 무대붕이었기에 중사사남매가 자신에게 복수를 하기 위해 광한을 인질로 잡고 있다는 것을 알면서도 기꺼이 달려갔던 것이다.

"그렇게 됐으면 나라 꼴 정말 볼 만했을 거다."

광마불은 다시 술 한 잔을 입속에 털어 넣었다.

"한쪽에선 오랑캐들이 연경까지 점령하고 대륙 전체를 먹기 위해 기회를 노리고 있는데, 철없는 네놈들과 썩은 조정대신들은 그놈들이 이 땅을 집어삼키든 말든 피 튀기는 이전투구(泥田鬪狗)나 벌여댔을 테니 말이다."

광마불의 핀잔은 마치 비수처럼 광한의 가슴에 쑤셔 박혔다. 억울한 누명을 쓰고 효수형을 당한 부친과 자신의 일족들을 생각한다면 공손 창 일당에게 복수를 하는 것은 너무도 당연하고 마땅한 일이었다.

하지만 안타깝게도 곤란한 현실이 자꾸만 그의 발목을 잡는 것이었 으니…….

"어떻게 할 거냐? 그런데도 계속 복수를 고집할 거냐? 나라 꼴이 바 람 앞에 등불과 다름없는 격이고, 게다가 네가 자칫 잘못되기라도 하면 아무 생각 없는 대붕이 녀석은 발악을 하며 날뛰게 될 텐데?"

"……."

"그 녀석이 조금이라도 생각이 있는 녀석이라면 노부도 굳이 이런 말을 하지 않을 게다. 하나 그놈이 무슨 생각이 있겠냐? 오로지 자기 식구 감싸는 것밖에 모르는 녀석인데."

"노선배님……."

"말해 봐."

"옛말에 아비를 죽인 자와는 한 하늘을 이지 않는다고 했습니다. 제 아버님을 역적으로 만들고 효수형에 처해지도록 음모를 꾸민 무리들이 눈앞에 있는데 어찌 제가 인내할 수 있겠습니까?"

광한은 가슴이 찢어지는 듯한 아픔에 목이 메었다.

"물론 네 심정을 모르는 바는 아니다. 하나……."

광마불은 씁쓸한 표정으로 뭔가 말을 하려는 듯했으나 그의 말은 옆에서 술을 마시고 있는 뜨내기 장사치들의 목청 높여 질러대는 불만에 그만 끊어지고 말았다.

"빌어먹을! 말도 안 돼. 천험의 요새라는 연경성이 단 이틀 만에 오랑캐들에게 함락을 당하다니!"

"어떻게 그런 일이 있을 수 있지? 놈들이 그토록 엄청나단 말인가?"

"이런 식이라면 황도 낙양도 놈들에게 넘어가고 이 땅의 주인이 바뀔 날도 머지않은 셈이지. 모두 썩은 조정의 관료 새끼들 때문이지. 이런 날을 예상하고 지난날 북궁장천 어사대부가 백만양병설을 주창하셨는데, 그 망할 공손창 일당들이 묵살했다잖은가!"

네 명 모두 이십대 후반으로 보이는 장사치는 술잔으로 탁자까지 내려치며 흥분하고 있었다.

"이보게, 말조심하라구. 그러다가 관군이라도 들으면 어쩌려고 그러나?"

"젠장! 어차피 조만간 부역에 끌려가서 객사하게 생긴 판에 못할 소리가 어딨겠냐! 이래도 죽고 저래도 죽을 판인데 할 소리나 하다가 죽으면 속이라도 시원할 것 아닌가!"

"하긴… 내미랄! 잘난 고관대작님들께서 아주 정치를 잘하신 덕에 우리 같은 인간들만 까마귀밥이 되게 생겼지."

복스러운 돼지코의 사내는 신경질적으로 술잔을 들이키더니 이내 눈물을 주르륵 흘렸다.

"젠장… 늙으신 부모님을 두고 전쟁터에 끌려 나갈 생각을 하니 가슴이 미어터지는군. 개자식들. 그 잘난 고관대작 새끼들은 제 자식들의 부역은 모두 빼주겠지? 이 땅에서 온갖 혜택은 다 받아 처먹으면서 나라를 위해 죽는 건 우리더러 하라고 할 테니 말야."

"우리 같은 장사치들이 주판 대신 칼을 들고 싸우면 얼마나 싸울 수 있겠나? 젠장. 나가서 방패 노릇이나 하다 죽으라는 얘기밖에 어디 더 돼?"

"지난날 서융국과의 칠년전쟁을 종식시킨 북궁월 같은 영웅만 있어도 어떻게 희망이 생기겠는데……. 북궁장천 어사대부의 아들이란 이유로 무공조차 사용할 수 없도록 폐인을 만들어서 추방을 당했다고 하니 우리 같은 백성이 대체 조정의 누굴 믿을 수 있겠나?"

"그래, 이런 국난에는 정말 그분이 계셔야 하는데……."

"에잇… 빌어먹을! 기회를 봐서 징집령이 떨어지기 전에 멀리 도망이나 가자구."

사내들은 이 땅에서 그 어떤 혜택도 받지 못한 자기네 같은 사람들이 무슨 일만 생기면 방패 노릇이나 하기 위해 부역에 끌려가야 하는 현실에 울화통을 터뜨리며 미친 듯이 술을 퍼마셔 댔다.

광마불은 광한을 바라보며 혀를 찼다.

"쯧쯧. 비극이군. 힘없는 백성들은 북궁월이란 인물의 출현을 저토록 간절히 기다리고 있는데, 정작 그놈은 나라가 어떻게 되든 말든 자기 생각밖에 안 하고 있으니……."

"……."

"노부 같으면 부친의 명예를 되찾기 위해서라도 이 땅을 일단 수호하겠다. 나라가 없으면 찾을 명예도 없을 테니까."

광마불은 다시 술 한 잔을 들이키고는 자리에서 일어났다.

"잘 생각해 보라구. 백성과 조국, 그리고 복수 중에서 어느 것이 우선 순위인지를."

광마불은 아무런 말도 없이 목석처럼 앉아 있는 광한을 두고 먼저 자리를 떴다.

그러나 광한은 그 후로도 계속 그 자리에 남아 있었다. 술을 마신다거나 누구와 말을 나눈다거나 하는 그 어떤 행동도 없이 정말 돌처럼.

그는 그렇게 계속 앉아 있었다.

*   *   *

같은 시간.

각하의 집무실인 풍류각 밖으로 무대붕의 심통 맞은 소리가 터져 나왔다.

"이런 젠장! 광한이 이 자식은 대체 왜 아직도 안 돌아오는 거야?"

그는 탁자 위에 발을 올려놓고 발가락 사이를 신경질적으로 긁적거리고 있었다.

남들은 아무리 여름에 극성을 부리다가도 날씨만 선선해지면 사라진다는 무좀이건만 그의 초강력 무좀균은 계절에 상관없이 그의 발을 괴롭히고 있었다.

"각하야, 독한 둘에 발 담그면 무좀균이 몽땅 죽는다니까."

"임마, 아는 척 좀 하지 마. 지난번에 주부래 그 인간의 말을 듣고 그 짓 했다가 괜히 증상만 더 심해졌다. 알겠냐?"

옆에 있는 환규가 짧은 혀로 아는 척을 해대자 무대붕은 발가락 사이에서 뜯어낸 무좀 딱지를 손가락으로 튕겼다.

"흡!"

무좀 딱지는 환규의 입속으로 들어갔다. 지난날 코딱지가 요수련의 입으로 들어간 것처럼 이번에도 역시 절묘하게.

"으퉤퉤. 띠발. 더럽게… 어디다가… 읍, 퉤퉤, 내 배 안의 위당이 무좀균으로 뒤덮이면 어쩌려고."

환규는 기겁하며 아무 데나 침을 뱉으며 입 안으로 들어간 무좀 딱지를 뱉어내려고 안간힘을 썼다.

하나 무대붕은 신경 쓰지 않았다. 신경 쓰기엔 너무도 발가락 사이사이가 가려웠다.

"으이그… 지겨워, 이놈의 무좀."

그는 짜증을 내며 계속 긁다가 문득 광한을 또다시 떠올렸다.

"이놈이 아예 낙양에서 본격적으로 살림을 차렸나?"

잠시 낙양에 다녀오겠다며 떠난 지가 벌써 일주일이 지났건만 아직도 돌아오질 않는 광한이었다.

"그러니까 뭐야? 애인이 나보다도 좋다는 거잖아?"

광한이 낙양에 간 이유를 벽하 때문이라고 알고 있는 무대붕은 괜히 심통이 나기 시작했다.

자신은 걸핏하면 나타나서 한판 붙자는 거머리 같은 가옥에게 시달리고, 무좀 때문에 괴로워하고 있는 판에 광한은 보기만 해도 황홀한 벽하와 꿈같은 시간을 보내고 있다는 생각을 하니 어찌 그의 속이 편할 수가 있겠는가.

'망할 자식. 정말 좋겠다.'

무대붕은 속이 쓰리면서도 너무도 부러웠다.

'죽기 전에 정말 벽하와 같은 여자를 만날 수 있을까?'

내심 그런 희망을 가져 보지만 그것은 아무래도 불가능할 것만 같았다.

사랑에 대한 경험은 벽하를 상대로 했던 단 한 번의 사랑, 그것도 짝사랑에 불과했을 정도로 미천했지만 여자에 대해서만큼은 누구보다도 화려한 경력을 가진 무대붕이다.

머리에 피도 마르기 전부터 물 좋다는 기루들을 모두 섭렵했던 그였기에 벽하만한 외모와 피부, 그리고 지적 수준을 갖춘 여인은 두 번 다시 만날 수 없으리라는 것은 경험상 잘 알고 있었다.

'하나 세상은 넓고 지천으로 널린 것 역시 여자다. 반드시 벽하만한 여자를 꼭 만나고야 말겠다! 못 만난다 해도 절대 눈높이를 낮춰서 아무 여자와 결혼하지는 않겠다!'

발악에 가까운 무대붕의 맹세.

아마도 이런 맹세 때문에 무대붕은 평생 독신으로 살게 되지는 않는지…….

그때였다.

정통단주 신문팔이 서찰 한 장을 들고 풍류각 안으로 들어왔다.

"각하, 이것 좀 보십쇼. 무림맹에서 서찰이 날아왔습니다."

신문팔이 서찰을 무대붕의 앞에 내밀었다.

"쓰으… 내가 언제 그런 거 읽는 것 봤어?"

무대붕이 인상을 구기자 신문팔이 움찔하더니 어색한 표정으로 머리를 긁적였다.

"죄, 죄송합니다. 헤헤… 이런 건 당연히 졸병인 제가 읽어야지요."

"알았으면 냉큼 읽어."

무대붕은 여전히 발가락 사이를 긁으며 지시했다.

"예, 그럼 지금부터 읽겠습니다."

신문팔은 목청을 가다듬으며 무림맹으로부터 날아온 서찰을 또박또박 읽어대기 시작했다.

*　　　　*　　　　*

소오대산(小五台山).

하북성 서편에 위치한 산이다.

때는 십일월이었으나 일찍 찾아온 산의 겨울은 황량하고 쓸쓸하기 그지없었다.

산중턱엔 작은 폭포가 보였다. 그리고 그 앞으로는 아담한 규모의 집 한 채가 서 있었다. 나무로 만든 그것은 집이라기엔 매우 작았고 바람이라도 불면 와르르 하며 쓰러질 것 같은 폐가나 다름없는 곳이었다.

"끄응～ 배고파 죽겠는데 둘째는 왜 이렇게 안 오는 게야?"

문득 폐가 안에서 맥없는 노인의 음성이 흘러나왔다.

마의에 백발이 성성한 노인, 바로 마인귀였다.

그는 마치 당장이라도 아사할 것 같은 모습으로 짚단 위에 누워 있었다.

"큰형님, 우리가 굳이 숨어 있을 이유가 있을까요? 먹을 것도 없는 이런 산속에서?"

한쪽 눈을 멋진 금빛 안대로 가린 사나이가 구시렁거렸다. 갈포악이었다.

"그걸 몰라서 하는 얘기냐? 네가 하북팽가의 식솔들을 도살하는 바람에 놈들이 지금 우릴 잡기 위해 혈안이라잖아?"

"그렇다고 한때 천하를 위진시켰던 우리가 이렇게 먹을 것도 없는 산속에 숨어 있다는 게 말이나 됩니까?"

마인귀가 기운없는 음성으로 핀잔을 하자 갈포악이 한쪽뿐인 외눈을 똑바로 뜨며 짜증을 부렸다.

"숨지 않으면? 상대는 하북성 최대의 무림 거파인 하북팽가야. 아무리 우리에게 날고 기는 재주가 좀 있다 하더라도 그놈들을 상대로 뭘 어찌하겠냐? 우리에겐 이제 남은 식구도 없이 달랑 셋뿐인데. 소나기는 잠시 피하는 게 상책이듯 조용해질 때까지 잠시 숨어 있는 게 최선이야."

"큰형님은 그렇게 살고 싶으십니까? 이미 망신당할 대로 다 당한 판인데. 저는 사는 게 죽는 것만도 못할 때엔 차라리 신명나게 혈겁이나 일으키고 콱 죽는 게 낫다고 생각합니다."

"어허. 철없는 소리 좀 하지 마라. 지금 그런 식으로 죽으면 후세의 사가들이 우릴 뭐라고 하겠냐? 개방각하인가 하는 애송이 놈한테 개처럼 얻어터진 충격으로 발악을 하다가 결국 하북팽가 놈들의 칼에 쓰러졌다고 할 게 아니냐?"

"숨어서 목숨을 연명하느니 그게 차라리 낫습니다!"

"어허! 역사에 굵직한 한 획을 긋고 죽어야지 그런 오명이나 뒤집어

쓰고 죽는 건 사나이가 취할 선택이 아니다."

덜컹.

마인귀가 짐짓 준엄한 표정으로 갈포악을 타이르던 순간 문이 열리며 비무기가 들어섰다.

"으이그! 추워… 형님, 일어나십쇼. 먹을 것 좀 구해왔습니다."

비무기가 식탁 위에 괴나리봇짐을 풀며 찜닭과 만두를 비롯한 여러 가지 음식을 내려놓았다.

"이 녀석아! 왜 이렇게 늦었어? 기다리다가 지쳐 죽는 줄 알았잖아?"

음식을 보자 마인귀는 언제 시체처럼 누워 골골거렸냐는 듯 닭다리와 만두 등을 닥치는 대로 입 안으로 밀어 넣기 시작했다.

"밖에 나갔더니 엄청난 난리가 일어난 모양입니다."

비무기가 물 한 잔을 들이키며 입을 열었다.

"난리라니? 우릴 잡으려는 팽가 놈들 때문이냐?"

먹는 데 정신이 팔린 마인귀는 대수롭지 않게 대꾸했다.

"그런 게 아니라… 연경성이 오랑캐에게 넘어갔다지 뭡니까?"

"컥!"

갑자기 먹던 게 얹힌 듯 마인귀가 자신의 가슴을 두들겨 댔다.

"뭘 뚱딴지냐? 오랑캐라니?"

"지난번에 진황도를 침략했다는 바로 그 금마국 무리들이 이번엔 연경까지 집어삼켰다지 뭡니까? 그것도 단 이틀 만에. 그래서 제가 음식을 사러 갔던 도화현(桃花縣)의 주민들이 피난을 가는 등 어수선하기가 이를 데 없더라니까요."

비무기가 산속에 숨어 있는 통에 전쟁 소식조차 알 수 없었던 이들에게 강호의 상황을 설명해 주자 갈포악이 발끈했다.

"이런 망할 놈의 오랑캐들이 감히 우리 땅을 집어삼켰단 말입니까? 형님들, 우리 이러고 있을 때가 아닙니다!"

"이럴 때가 아니라니?"

비무기가 의아한 표정으로 쳐다보았다.

"부하들을 모아서 그 오랑캐 놈들을 응징합시다! 어서요!"

"쯧쯧. 셋째야, 이건 그런 식으로 흥분할 일이 아냐."

비무기가 혀를 찼다.

"둘째 형, 그게 무슨 뚱딴지 같은 소리입니까? 오랑캐가 연경까지 쳐들어왔다는데 흥분할 일이 아니라니!"

"어차피 우린 이 땅에서 눈곱만치의 혜택도 받지 못한 사람들이다. 오죽했으면 비적 두목과 거지 왕초였겠냐?"

"……?"

"곰곰이 생각해 봤는데… 어쩜 이것은 우리에게 두 번 다시 없을 절호의 기회인지도 몰라."

"절호의 기회? 어째서?"

마인귀가 먹던 것을 중단하며 의아한 표정으로 반문했다.

"난공불락의 철옹성으로 알려진 연경성이 단 이틀 만에 함락되었다는 건 바로 금마국의 기세가 어느 정도인지를 단적으로 말해 주는 얘기일 겁니다."

비무기는 식탁에 앉으며 매우 진지하면서도 심각한 표정으로 말을 이었다.

"이런 추세대로 나간다면 앞으로 대륙의 주인은 지금의 황제인 영중제가 아니라 금마국의 국왕인 야율노극이 될 겁니다."

"음. 어쩌면 그럴 수도 있겠군. 그와 같은 파죽지세라면."

"어쩌면이 아니라 필히 그렇게 될 겁니다."

비무기는 단정하듯 강하게 말했다.

"좋아. 둘째 말대로 그렇다고 치자. 한데 야율노극이 천하의 주인이 되는 것이 우리에게 뭔 기회라는 거지?"

"원~ 형님도 참! 아직도 감이 안 오십니까?"

"응! 안 와. 나이 탓인지 전혀."

"어차피 야율노극이 천하의 주인이 될 거라면 지금이라도 빨리 그의 우산 아래로 들어가서 침략 전쟁의 선봉 역할을 하자는 겁니다."

"뭐? 그러니까 오랑캐의 앞잡이가 되자는 말이냐?"

마인귀가 어이없다는 듯 눈을 휘둥그렇게 떴다.

"앞잡이라뇨? 원, 형님도 참… 답답한 말씀을 하십니다. 그건 앞잡이가 아니라 새로운 제국의 개국 공신이 되는 겁니다."

"개국… 공신?"

"그렇습니다. 천하의 새 주인이 될 야율노극의 일등 공신이 된다면 우리의 남은 인생이 어떻겠습니까? 그렇게만 된다면 우리의 남은 삶은 행복뿐입니다. 푸갈갈갈!"

비무기는 매우 흡족한 표정으로 크게 웃어 젖혔다.

쾅!

그러나 그 순간 갈포악이 신경질을 내며 탁자를 내려쳤다.

"오랑캐의 앞잡이라니? 난 못해. 절대 그럴 수 없어."

"앞잡이가 아니라 개국 공신이라니까."

"결국 그게 그거잖습니까? 나라를 배신해서 제 실속 차리겠다는 거."

"셋째야, 너답지 않게 왜 이러냐? 너의 전직은 산적이었어, 사람들의 돈과 물건을 강탈하는. 뿐만 아니라 네가 속한 녹림흑맹단은 비적들 중에서도 가장 잔인했잖아? 물건만 뺏는 게 아니라 꼭 인명까지 해칠 정도로.”

“물론 그런 짓은 했어도 나라 팔아먹는 짓은 못해! 아니, 할 수 없어. 그건 매국노들이나 하는 짓이라구!”

갈포악은 완강하게 소리쳤다.

“쯧쯧. 이 나라가 우리에게 쥐뿔도 해준 게 없는데 우리가 못할 일이 어딨냐? 네가 이 나라에서 조금이라도 혜택을 받았으면 굳이 비적 두목을 했겠냐? 안 했을 거 아냐?”

“그, 그거야 그렇지만… 그래도 나라를 배신한다는 게 좀…….”

“자기한테 잘해주는 곳이 바로 조국이야. 만약 이 나라가 나한테 말단 관직이라도 하나 줬다면 나 역시 이런 생각을 안 한다. 하지만 해준 게 전혀 없잖아? 받은 게 전혀 없는데 무슨 얼어죽을 배신이냐, 배신은.”

“그, 그래도…….”

비무기가 차근차근 따지고 들자 완강하던 갈포악의 음성이 잦아들었다.

“이런 젠장~ 생각해 보니 내 나이 칠십을 먹을 때까지 이놈의 나라가 나한테 해준 거라곤 정말 개뿔도 없구만!”

조용히 듣고 있던 마인귀가 갑자기 짜증을 부리기 시작했다.

“여자를 한번 소개시켜 줘보길 했나, 아니면 집이라도 한 채 지어주길 했나. 젠장! 아무리 생각해 봐도 해준 게 없어, 전혀.”

“그렇습니다, 큰형님. 쥐뿔도 해준 게 없습니다. 그렇기에 전혀 부담 가질 이유가 없습니다.”

"암~ 당연히 없지. 없고말고."

"아마도 후세의 사가들은 오늘 우리 삼 형제의 결정을 분명 위대한 결단이라고 평가해 줄 겁니다."

"그럼그럼. 먼 친척보다 이웃이 낫다고 아무것도 해주지 않는 조국보단 우리에게 잘해줄 오랑캐가 훨씬 낫지."

마인귀는 흐뭇한 표정으로 연신 고개를 끄덕였다.

"오랑캐라고 코가 두 개, 눈이 세 개 있는 것도 아니고… 그들 역시 우리와 생김새까지 똑같은데 그렇게 차별한다는 게 말이 안 되죠."

"그럼. 그것도 따지고 보면 인종 차별이지. 사람이 사람을 그렇게 차별하면 안 되는 거라구."

귀 끝까지 흐뭇한 미소가 걸려 있던 마인귀가 문득 고개를 돌려 갈포악을 쳐다보았다.

"셋째야."

"말씀하십쇼, 큰형님."

"사나이란 자고로 선택이 중요한 법이다. 난세의 복판으로 뛰어들어 훗날 후세의 사가들에게 영웅으로 기록되느냐, 아니면 역사에 단 한 줄도 기록되지 못하는 꾸리꾸리한 인간으로 마감하느냐 하는 것은 네가 어떤 선택을 하느냐에 달렸다."

"……."

"어떤 선택을 할 테냐? 계속 그 모양으로 살겠냐? 아니면 우리와 함께 난세의 복판으로 뛰어들어 가겠느냐?"

"……."

갈포악은 잠시 심각한 표정으로 깊은 장고를 했다. 아마도 뜨거운 차 한 잔 마실 정도의 시간 동안 생각하고 또 생각을 했다. 그런 후 드디어 굳게 닫혀 있던 그의 두꺼운 입술이 열렸다.

"야율노극한테 잘 보이면 나중에 대장군 자리 하나쯤 마련해 주겠죠?"

*   *   *

"……?"

아침 식사 후 뒷산으로 산책을 나간 가옥은 넓은 공지에 커다란 불상 하나가 달랑 있는 것을 보고 의아해했다.

"개방 총단에 웬 불상이냐? 어울리지 않게?"

가옥은 마침 근처를 지나던 풍류각 전담 청소 요원인 동팔에게 물었다.

"각하님께서 무술 연마하실 때 목표물로 쓰려고 갖다 놓은 겁니다."

"뭐?"

가옥은 어이가 없었다. 절에서 스님과 향화객들의 절을 받는 고귀한 불상이 무대붕의 무술 훈련 도구로 사용된다니 어찌 기가 막히질 않겠는가.

불가의 사람들이 이 사실을 안다면 필시 모두 들고일어나 난리를 칠 일이었다.

"그러니까 무술 훈련 때 저 불상에 주먹질을 하고 발로 차고 한단 말이냐? 그 인간은?"

"예. 저 불상이 보기엔 저래도 만년한철로 만든 매우 귀한 거라고 하더라구요."

"만년한철?"

"예. 원래는 도골사(道骨寺)라는 사찰에서 신주단지처럼 취급받던 것이었는데 도골사 주지 스님이 우리 각하께 빌린 돈을 갚지 못하자 각하께서 대신 저걸 갖고 오셨답니다."

가옥의 고약한 성질머리를 익히 잘 알고 있는 동팔은 묻지 않은 질문까지 소상하게 설명해 주었다.

"어떻게 만년한철로 만든 불상이 저토록 심하게 훼손이 될 수가 있지?"

가옥은 의아한 표정을 지으며 고개를 갸웃거렸다. 그녀는 가까이 다가가서 불상을 손으로 만져 보고 가볍게 두들겨도 보는 등, 매우 자세히 살펴보았다.

'천하의 그 어떤 명검으로도 절대 흠집 하나 남길 수 없다는 게 바로 만년한철이다. 한데 이게 뭐야? 권(拳)과 족(足)의 흔적을 남기며 찌그러진 모습이라니!'

동팔은 마치 가옥이 어떤 생각을 하고 있는지 잘 아는 것처럼 입을 열었다.

"각하께서 무술 연마를 하시면서 하도 두들겨 팬 나머지 불상이 그 꼴이 됐죠. 하여 환규 단주님을 비롯한 여러 개방의 고수님들이 어쩌면 만년한철이 아닐지도 모른다며 자신들도 권법이나 각법을 쓰며 별짓을 다해봤지만 그분들은 그 어떤 흠집도 내질 못하더라니까요. 심지어 환규 단주님은 자신의 이마로 내리찍었다가 식음을 전폐하고 한 달 동안 누워 있었죠, 아마?"

"흥! 나도 못 믿겠다."

가옥은 차갑게 냉갈을 치며 등 뒤의 감산도를 뽑아 들었다.

"그 인간이 주먹으로 저렇게 찌그러뜨렸다니까 그럼 난 아예 반쪽을 내버리겠다."

가옥은 감산도를 두 손으로 굳게 움켜쥐며 도끝에 모든 진기를 끌어모으기 시작했다.

"타앗!"

우렁찬 기합 소리와 함께 그녀는 신형을 허공으로 솟구치며 탄구비류사십팔식 중에서 가장 단순하면서도 위력적인 천지일도(天地一刀) 초식을 사용했다.

슈와아악!

섬뜩한 파공성이 대기를 가르며 찌그러진 불상의 정수리에 내리 꽂혔다.

까까깡!

동공을 파열시킬 것 같은 불꽃이 사방으로 튀는 것과 동시에,

땡그랑!

어처구니없게도 그녀의 감산도가 부러지며 반 토막이 나고 말았다.

"헉! 아, 아니?!"

가옥의 눈은 불신과 경악으로 뒤덮였다.

자신의 모든 진기를 도끝에 실어 내려쳤거늘…

그녀의 감산도는 불상에 그 어떤 흔적도 남기질 못하고 허리가 부러지고 말았던 것이다.

'이럴 수가! 나의 감산도로도 흠집 하나 남길 수 없는 불상을 그 인간은 단지 손과 발로 이렇게 엉망으로 만들었다니……!'

가옥은 벼락을 맞은 듯한 충격에 사로잡혔다.

'뭐야? 그렇다면 그 인간의 무공 수준은 나와 비교조차 되지 않을 정도로 높다는 얘기가 아닌가?

가옥은 팽이처럼 고개를 돌리며 크게 소리쳤다.

"각하, 그 인간 지금 어딨냐?"

"각하님은 무림맹으로 가셨는데요?"

동팔은 성질머리가 고약한 가옥이 눈을 부릅뜨며 소리치자 기겁하며 신속히 입을 열었다.

아울러 맹주의 비상 소집 명령을 받고 개방의 지도자 자격으로 무림맹으로 이미 출장을 갔다는 세부 내용까지 매우 상세하게 얘기해 주었다.

*　　　　*　　　　*

맹주전(盟主殿).

무림맹주의 집무실인 맹주전에는 당금 무림을 이끌고 있는 지도자급들인 구파일방의 장문인들과 무림사대세가의 가주가 회동을 갖고 있었다.

긴 원형 탁자를 중심으로 상석에는 현 무림맹주인 혜공 대사가 앉아 있었고, 양 옆으로 각파의 수장들이 착석하고 있었는데 모두 한결같이 굳은 표정들이었다.

"맹주! 이번 사태는 결코 간과할 수가 없소이다. 우리 무림인들도 힘을 모아 대륙을 집어삼키려 하고 있는 금마국의 야욕을 분쇄해야만 할 것이외다."

철의 여제라 불리우는 아미파의 장문인 대처 신니가 특유의 걸걸한 음성으로 입을 열었다.

"그렇습니다. 이럴 때 우리가 힘을 한곳으로 모아 적도들의 야욕을 붕괴시키는 것은 물론 그들이 더 이상 이 땅에서 발을 붙이고 살 수 없도록 몰아내야만 합니다!"

사각형의 각이 진 얼굴이 인상적인 남궁세가의 남궁일도 가주도 흥분된 표정으로 일성을 발했다.

"동감입니다."

"우리 모두 힘을 합쳐 적도들을 이 땅에서 내몰아야 합니다!"

뒤이어 이곳저곳에서 그들의 발언을 지지하는 외침들이 터져 나오기 시작했다.

오랫동안 두 눈을 감고 깊은 상념에 잠겨 있던 혜공 대사가 천천히 고개를 끄덕였다.

"여러분의 뜻을 잘 알겠소. 그럼 우리 무림맹 소속의 모든 문파들은 이번 전쟁에 참여하는 것으로 일단 정하겠소. 나머지 세부적인 것은……."

"잠깐!"

무대붕이 갑자기 손을 번쩍 쳐들었다.

회의가 진행된 이후 지금까지 단 한 마디도 없던 무대붕이었다.

시종일관 아무 소리도 없이 무릎 위에 발을 올려놓고 발가락을 긁적대거나 콧구멍을 후비는 등 딴 짓거리만 일삼았던 무대붕이 느닷없이 발언권을 요청하자 혜공 대사를 비롯한 모든 사람들이 의아한 표정으로 그를 쳐다보았다.

"왜 그러시오, 무대붕 방주?"

"맹주, 지금 모두라고 하셨습니까?"

"그렇소이다만."

"어떻게 해서 모두라는 거죠? 나는 아무 말도 하지 않았는데?"

“……?”

무대붕이 의아한 표정으로 반문하자 혜공 대사를 비롯한 모든 사람들의 얼굴이 황당해졌다.

“무 방주, 그럼 당신은 무림맹의 전투 참여를 반대한다는 말이오?”

바로 맞은편 좌석에 앉아 있던 숯덩이 같은 눈썹과 뺨에 깊은 칼자국이 있는 육십대 초반의 인물이 눈을 부라리며 무대붕을 쏘아보았다.

하북성의 패자인 하북팽가의 가주 미허일도 팽염이었다.

“아뇨. 반대한다는 말은 안 했수.”

“반대가 아니면?”

“다른 문파들이 참여하든 말든 그건 내가 알 바가 아니고, 단지 내 얘기는 우리 개방 식구들은 나서지 않겠다는 것뿐이오.”

“뭣이라!”

팽염은 생긴 것처럼 성격도 급했다. 그는 무대붕의 말이 끝나기도 전에 자리에서 벌떡 일어나며 안 그래도 험악한 인상을 더욱 무섭게 구겼다.

“우리 하북팽가는 지금 호가단 무사들을 살해하고 도망친 놈들을 잡는 것도 포기하고 전쟁에 참가하기로 결정했다. 일파의 가주로서 자기 식솔에 대한 복수까지 포기하며 전쟁 참여를 결심했거늘 개방은 어째서 나서지 않겠다는 것이냐! 네놈들은 중원인이 아니란 말이냐!”

“네놈이라니? 거, 듣자 듣자 하니까 기분 더럽네.”

무대붕이 코를 문지르며 천천히 자리에서 일어났다.

“이봐, 팽 가주. 어휘 선택 똑바로 해. 당신이 일파의 가주이듯 나도 일파의 방주야. 당신한테 체면이 있으면 나도 있고, 당신한테 자존심이 있으면 나도 있어.”

“뭐, 뭐가 어째?”

“당신한테 이놈저놈 소리 들을 위치가 아니라는 얘기야.”

“다, 당신?!”

“그리고 당신네 식구가 어쨌는데도 불구하고 당신이 어쨌다며 마치 누굴 가르치듯 얘기하던데… 앞으론 그런 식으로 얘기하지 마. 이 개방각하 무대붕은 누구한테 충고나 잔소리 따위를 들을 만큼 어수룩한 사람이 아니라구. 알겠어?”

“이, 이런 천둥벌거숭이 같은 놈이 감히!”

차앙!

팽염은 얼굴을 시뻘겋게 붉히며 허리춤에 있는 철혈도를 뽑아 들었다. 마치 당장에라도 무대붕의 머리를 내려칠 기세였다.

“어허! 팽 가주, 지금 뭐 하시는 거요? 어서 칼을 집어넣지 못하겠소!”

맹주인 혜공 대사가 차갑게 눈빛을 번뜩였다. 언제나 느긋하고 상대에게 평온한 느낌을 주는 그에게서는 실로 보기 힘든 섬뜩한 안광이었다.

“매, 맹주! 지금 이 자식이 하는 얘기 못 들으셨습니까? 자기는 절대 전쟁에 참석할 수 없으니 그렇게 알고 가르치려 들지 말라고 지껄이는 소리를!”

“어허! 칼을 집어넣으라고 하였소이다!”

혜공 대사의 눈에서 더욱 강렬한 안광이 발산됐다. 도저히 항거할 수 없는 위압적인 눈빛이었다.

“아, 알겠습니다.”

팽염은 뜨겁게 달아오른 얼굴을 천천히 식히고는 칼을 도집에 넣으며 자리에 앉았다.

"팽 가주, 칼은 아무 데서나 뽑는 게 아니라구. 그리고 말도 입에서 나오는 대로 함부로 하는 게 아니구."

히죽 미소를 짓고는 무대붕 역시 자리에 앉았다.

'끄응…….'

팽염은 미칠 것처럼 울화통이 치밀었으나 더 이상 분위기를 망칠 수 없다는 생각에 이를 악물며 참고 있었다.

"어째서 무 방주와 개방의 식구들은 동참할 수 없다는 것인지 이유를 한번 말씀해 보시오."

혜공 대사가 차분히 가라앉은 표정으로 무대붕을 응시했다.

"우리 개방 식구들은 모두 거지입니다. 남들이 천시하고 손가락질이나 받는 그런 거지들에게 조국이니 뭐니 하는 얘기는 그저 사치스런 소리일 뿐입니다."

"그러니까 네놈은 조국이, 이 땅이 오랑캐들에게 넘어가든 말든 상관없다 그 얘기냐?"

팽염이 또다시 발끈하며 소리쳤다.

"젠장! 이놈저놈 하지 말라니까, 이 새꺄!"

무대붕이 험악하게 인상을 부라렸다.

"이, 이 새끼라구?! 네 아비인 무천승도 나한테 형님이라고 했거늘……."

팽염은 어찌나 어이가 없는지 입을 미처 닫지도 못한 채 멍한 시선으로 무대붕을 쳐다보았다.

"젠장. 나이가 무슨 벼슬인 줄 아나? 나도 일파의 총수야. 그것도 무림 최대의 문도를 보유하고 있는 육만 개방인들의 총수!"

무대붕이 계속 분이 안 풀린 목소리로 투덜댔다.

"그러니까 무 방주가 하고자 하는 말은 거지에겐 조국도 없다는 얘기요?"

혜공 대사가 뚫어지게 바라보며 재차 입을 열었다.

"조국이 없다는 말은 안 했습니다. 의미가 없다고 했지."

"무 방주는 물론 선조들이 태어나고 묻힌 곳이 바로 이 땅이며, 무 방주의 후손들이 자라게 될 땅 역시 바로 이곳이오. 그런데도 무 방주에겐 조국이 아무 의미가 없단 말이오?"

"훗! 조상이라고 하셨습니까?"

"……?"

무대붕이 냉소를 흘리자 혜공 대사는 당혹한 표정을 지었다.

무대붕은 천천히 일어났다. 그리고 좌중을 둘러보았다.

"내게 아버지는 있었지만 아버지의 조상이 누군지는 나도, 그리고 돌아가신 우리 아버지도 모릅니다. 무천승이란 아버지의 이름도 어떤 거지 노인네가 지어준 이름이라고 합니다. 그 얘기는 곧 우리 아버지 무천승은 이름을 갖기 전부터 부모에게 버려진 고아였고, 사고가 시작될 시기부터 거지였다는 겁니다."

좌중을 향한 무대붕의 눈빛은 싸늘했고, 비릿한 냉소는 말을 하는 동안 계속 입가에 스치고 있었다.

"다른 사람들은 몰라도 나와 우리 개방 식구들에게 조상이 어쨌느니 하는 얘기는 차라리 안 하시는 게 나을 겁니다."

"……."

"다시 말하지만, 우리 거지들은 이 땅으로부터 좋은 기억보다는 치유하기 힘든 상처가 많은 사람들입니다. 조상이 어쨌느니 나라가 어쩌느니 하는 얘기는 전부 관심 밖의 일입니다."

"……."

"그런 우리 식구들에게 이 땅을 위해 칼을 들고 나가서 싸우라고 난 절대 말할 수 없습니다. 그렇지 않아도 상처뿐인 불쌍한 우리 식구들에게 좋은 기억이라곤 쥐뿔도 없는 그 알량한 조국을 위해 오랑캐들과 싸우다가 훌륭하게 죽어달라는 그런 말, 난 절대 못합니다."

"……."

"여러분들은 그래도 조상의 묘지가 이곳에 있고, 나라와 부모님들로부터 어느 정도 혜택을 받으신 분들이니 열심히 싸우셔도 될 겁니다. 이왕 나가서 싸우기로 결심하셨으니 중원무림인들의 자존심을 걸고 열심히 싸우십쇼. 비록 동참은 못하지만 같은 무림맹의 식구로서 응원은 해드리죠. 그럼 난 먼저 실례하겠습니다."

말을 끝내는 것과 동시에 무대붕은 자리를 떴다.

"저, 저런 싸가지없는 놈! 자기네들은 뭐 이 땅에 좋은 기억이 없고 근본도 없어서 싸울 수가 없다고?"

"근본도 없는 줄 알면 가만이나 있을 것이지 무림맹주 선발대회 땐 뭣하러 출마를 한 거야?"

"흥! 고맙군. 그래도 응원은 해주시겠답니다, 잘나신 개방각하님께서."

무대붕이 사라지기가 무섭게 장내는 그에 대한 성토장으로 변하기 시작했다.

"맹주, 이번 기회에 개방을 우리 무림맹에서 추방시킵시다!"

"아무리 같은 입장이라고 해도 선후배가 있고, 어른이라는 게 있는 법인데 똥오줌 못 가리고 제 아비인 무천승이 형님이라고 했던 팽 가주에게 욕지거리해 대는 걸 보십쇼. 확실히 근본없는 거지새끼는 어쩔 수가 없습니다!"

"동감입니다! 애초부터 무림맹에 거지 방파인 개방을 받아주는 게 아니었습니다! 개방이 한 식구가 된 후 무림맹의 권위가 얼마나 추락했는지 아십니까?"

"그만들 하십시오. 오늘 모인 것은 우리 무림맹의 전쟁 참전에 관한 건 때문입니다."

혜공 대사는 손을 저으면서 열을 내며 잔뜩 흥분해 있는 각파의 장문인들을 진정시켰다.

"개방에 대한 문제는 다음에 얘기하기로 하고… 이제부터는 어떤 식으로, 그리고 어떤 방법으로 전쟁에 참여할 것인가를 의논토록 합시다."

"옳으신 말입니다. 미꾸라지 한 마리가 물을 흐려놓는 바람에 우리가 잠시 흥분했지만, 이제 다시 진정하고 냉정하게 그 문제를 얘기해 봅시다. 우리 아미파는……."

대처 신니는 철의 여제라고 불리는 여장부답게 장내의 흥분을 가라앉히며 자신이 생각하고 있는 방법을 꺼내놓기 시작했다.

뒤미처 점창파의 장문인인 태을신검이 자신의 생각을 털어놓게 되었고, 그리고 그 뒤를 이어…….

아무튼 역사적인 무림인들의 전쟁 참여는 이렇듯 각파 장문인들의 심각한 논의를 거듭하며 무림맹 소속의 전 식구가 동참하는 형식으로 구체화되고 있었다.

단 하나, 무대붕의 개방만 빼고…….

난 정말 조용히 살고 싶다구!

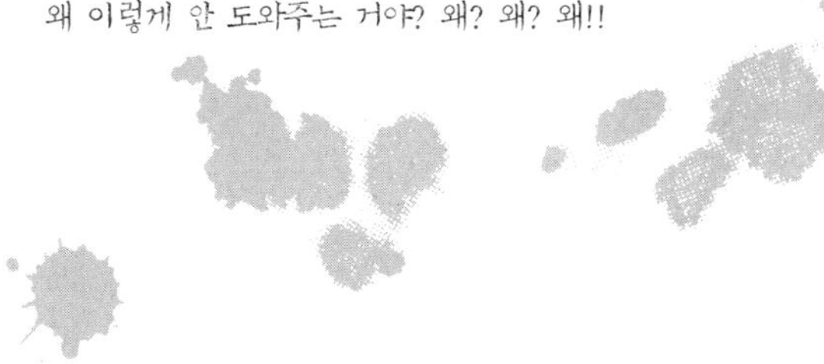

밤이다.

담일기는 교교한 달빛을 바라보며 천위위의 후원에 홀로 서 있었다.

연경성이 적도들에게 넘어간 이후 그는 단 한 번도 퇴청을 하지 못했다. 비록 야율노극 일당들이 연경성 침략 이후 더 이상의 도발은 자제하고 있다고는 하지만 언제 또 어떤 형태로 침략을 감행할지 모르는 입장인지라 그는 퇴궐을 하여 결코 편히 쉴 수 없었다.

"휴우……."

담일기는 길게 한숨을 내쉬었다.

연경성주였던 육촌 동생 담일목과 신앙처럼 그를 따랐던 수많은 충신들이 적도들의 칼에 불귀의 객이 되었건만, 조정의 대신들은 아직도 뜻을 한곳으로 모으지 못하고 자기 살길만 생각하고 있다는 현실이 너무도 답답하기만 했다.

‘북궁 대부… 미안하네. 나도 그때 자네처럼 목을 내놓고 백만양병설을 주창했어야 하는 건데…….’

물론 담일기가 북궁장천과 힘을 합쳤다 할지라도 공손창 일당의 힘이 워낙 강한 탓에 그 뜻이 관철될 상황은 결코 아니었다.

그럼에도 불구하고 담일기가 이처럼 잠도 못 이루며 안타까워하는 것은 적도들이 계속 남하하여 황도를 공격했을 때 과연 이 나라가 그들의 공격을 막아낼 능력이 있을지에 대한 회의(懷疑) 때문이었다.

‘공손 승상의 무리들은 나라가 이렇게 바람 앞의 등불처럼 위기에 놓였건만 구국의 묘안을 생각하기보다는 북궁월에게 또다시 당할 것이 두려운 나머지 외출도 자제하며 자신의 집에 개인 병력만 잔뜩 보강했다고 하니… 이러고도 이 나라가 어찌 그들의 손에 넘어가지 않을 수 있겠는가.’

문득 그의 눈가에 뜨거운 이슬이 맺힌다.

‘불쌍하신 폐하… 그토록 이 땅과 백성들을 위해 그 어떤 제왕보다 뜨거운 마음으로 국정을 경영하시려 했건만… 성군은커녕 나라 하나 지키지 못하는 무능한 임금으로 전락하게 되셨으니…….’

싸늘한 초겨울 밤의 분위기 탓인가?

아니면 아무리 긍정적인 생각을 가지려 해도 그럴 수 없는 비관 때문인가?

오늘따라 담일기의 가슴은 더욱 찢어지고 있었다.

“대영반님, 누구 때문에 아직도 못 주무시는 겁니까?”

음성부터 담일기의 고막에 파고들었다.

그리고 그는 자신의 정면에서 어둠을 뚫고 천천히 나타나는 인물을 보았다.

"헉! 자, 자넨?!"

담일기의 눈이 찢어질 것처럼 크게 확대되었다.

나타난 사내.

한성과도 같은 눈에 시리도록 투명한 안색을 하고 있는 아름다운 사
내.

"부, 북궁월……?"

담일기의 입술이 더듬거리며 천천히 열렸다.

그렇다.

아름다운 사내는 다름 아닌 광한이었다.

"오랜만입니다, 대영반님."

광한은 정중히 인사를 했다.

"자, 자네가… 어떻게……?"

담일기는 여전히 크게 당혹스러워했다. 그리고는 이내 신속히 사위
를 살피더니만 광한의 소매를 잡아끌었다.

"무슨 일로 왔는지는 모르지만, 어쨌든 여긴 얘길 나눌 만한 곳이 아
니군. 내 방으로 옮기세."

"이 년 전, 분명 중완혈과 기해혈이 파괴가 되는 바람에 두 번 다시
무공을 사용하는 것이 불가능하게 됐을 텐데… 도대체 어떻게 된 건
가?"

천위위 내에 마련된 자신의 거처로 몸을 옮기기가 무섭게 담일기는
질문을 쏟아내었다.

"기연을 얻었습니다."

"기연이라니? 아무리 용한 의원이라도 절대 고칠 수 없다고 했거

늘… 대체 어떤 식으로 망가진 몸을 회복시켰단 말인가?"

"얘기가 깁니다. 나중에 말씀드리고 싶군요."

광한이 씁쓸한 미소를 지으며 대답하자 담일기는 알았다는 듯 고개를 끄덕였다.

"좋아. 그 얘기는 나중에 듣기로 하고… 공손 승상의 저택을 습격하여 고관대작들을 살해하고 불구로 만든 게 자네의 짓이라면서?"

"그렇습니다."

"도대체 어쩌자고 그런 무모한 짓을 했는가? 그로 인해 공손 승상 일당들이 현상 수배령을 내리는 등 자네를 잡기 위해 혈안이 되어 있네."

"그 이유를 모르십니까? 제가 어째서 그런 일을 할 수밖에 없었는지를."

광한은 담일기를 똑바로 응시하며 입을 열었다.

"내가 어찌 자네의 마음을 모르겠나? 하나 그로 인해 곤란을 겪게 되실 폐하를 생각했어야지. 비록 공손 승상 일당들의 음모가 너무도 치밀했던 탓에 폐하께서도 어쩔 수 없이 북궁 대부를 처형하셨지만, 어떡하든 자네만큼은 살리려고 하셨잖은가?"

"……."

"그랬으면 폐하의 고충을 생각해서라도 자네 역시 울분을 인내하며 조용하게 지냈어야지 이렇게 분란을 일으켜 버리면 대체 어쩌잔 말인가? 더욱이 지금 위에서는 금마국이 연경까지 침략해 들어온 상태이거늘……."

담일기는 안타까운 듯 설레설레 머리를 저었다.

광한은 착잡했다.

역모죄에 해당할 경우엔 삼족을 멸하기로 되어 있는 법규에도 불구하고 그가 목숨을 부지할 수 있었던 것은 영중제의 선처 때문이라 걸 그 역시 모르는 바는 아니었다.

하나 심지가 굳고 강한 군주였다면 처음부터 공손창 일당에게 휘둘리지를 않았어야 마땅했다. 아버지가 역적이 되어 효수에 처해졌거늘 자신만이라도 살려줬다는 걸 감사하게 여길 수는 도저히 없었다.

"아무튼… 예전과 같은 자네의 모습을 보니 정말 기쁘고 반갑네. 이보게, 월. 아직도 나를 삼촌처럼 생각하나?"

"물론입니다."

광한은 고개를 끄덕였다.

담일기와 부친 북궁장천은 벗이며 같은 목표를 지향하는 정치적 동지였다. 때문에 담일기는 어느 누구보다도 광한의 집을 자주 찾았고, 그의 어린 시절부터 성장한 순간까지 가까이서 지켜봤던 몇 안 되는 사람 중의 하나였다.

광한 역시 그를 친삼촌처럼 따랐고, 그의 말이라면 아버지의 말만큼이나 절대적으로 받아들였다.

그런 두 사람 사이의 깊은 구연(舊緣)이 있었기 때문에 광한은 자신이 결코 아무 곳에나 함부로 나타날 입장이 아님에도 불구하고 그를 찾은 것이다.

"실은 제가 대영반님을 찾은 이유는 한 가지 부탁이 있기 때문입니다."

광한은 무거운 표정으로 입을 열었다.

"부탁? 어떤 부탁인지는 모르지만 내가 들어줄 수 있는 것이라면."

"뭐냐 하면……."

＊　　　＊　　　＊

무대붕은 개방으로 돌아온 후 풍류각 안에 여장을 풀며 구시렁거렸다.

"젠장~ 겨우 그깟 얘기나 하자고 바쁜 사람을 무림맹까지 호출을 하다니… 아무튼 그래서 늙으면 빨리 가야 한다니까."

늙으면 빨리 가야 한다는 대상은 현 무림맹주인 혜공 대사일 것이다.

"싸우고 싶으면 자기들끼리나 나가서 싸울 것이지 날더러는 왜 끼라는 거야? 우리 개방이 무슨 줏대도 없는 삼류방파인 줄 아나?"

"띠발. 그러게. 그래서 디난 맹두 던거 때 각하가 당던됐떠야 하는 건데…….'

무림맹까지 수행을 했던 환규가 짧은 혀로 호응했다.

"각하, 물 여기 있습니다."

동팔이 물 대접을 갖다 주자 무대붕은 벌컥벌컥 들이켰다.

"크으… 시원하다. 근데 동팔아."

"예, 각하."

"광한이 좀 불러라. 모처럼 술이나 한잔해야겠다."

"학사님은 아직도 안 돌아오셨는데요?'

"뭐?'

무대붕이 눈을 휘둥그렇게 떴다.

"안 돌아오다니? 이 자식, 낙양에 간 지가 벌써 삼 주가 넘었는데 아직까지도 안 돌아왔단 말이냐?"

“예. 학사님은 안 오시고 대신 가옥이 누나가 각하님 돌아오기만을 학수고대하고 있습니다.”

“그 계집애가 왜?”

무대붕이 의아한 표정으로 되묻는 순간,

“흥! 잘난 각하께서 오셨구만.”

차가운 냉소와 함께 겨울이 되어도 전혀 피부색이 변할 줄 모르는 가옥이 들어섰다.

“윽! 아이고, 뒷골이야…….”

무대붕은 그녀를 보자마자 기겁했다. 그리고는 갑작스럽게 자신의 뒷머리를 만지며 앓는 소리를 내기 시작했다.

“오다가 갑자기 뛰어드는 정신 나간 개새끼 한 마리 때문에 마차가 뒤집히는 바람에……. 아이고…….”

무대붕은 자신만 보면 재비무를 요구하는 가옥의 등쌀을 피하기 위해 신속하게 환자로 둔갑했다. 아직도 그는 비무에 대한 묘책을 강구하지 못한 상태였던 것이다.

“각하야, 언데 개대끼가 나타나고 언데 마타가 뒤딥어덧따는 거야? 그런 일 없었는데?”

그러나 함께 동행한 환규가 눈치없이 고개를 갸웃거렸다.

“이놈은 마부석에서 논두렁으로 머리통부터 굴러 떨어지더니만 아예 그런 기억조차 못하네? 쯧쯧.”

무대붕은 혀를 차며 환규의 머리통을 쥐어박았다.

이어 그는 어색한 미소를 지으며 가옥을 쳐다보았다.

“이거… 어쩌지? 돌아오는 대로 제일 먼저 너랑 다시 비무를 하려고 했는데 또 몸이 이 지경이 됐으니…….”

“…….”

가옥은 아무런 얘기도 꺼내지 않고 싸늘한 눈으로 무대붕을 응시했다.

“정말이지 이번엔 가슴도 안 만지고, 두꺼비처럼 끌어안지도 않고 제대로 붙어보려고 했는데…….”

“…….”

“마차에서 굴러 떨어지는 바람에 목도 못 움직일 정도로 또 부상을 당했으니… 쯧, 나도 정말 이번엔 너무 속상해서 미치겠어. 진짜루~”

무대붕은 진짜 애석한 표정까지 지으며 또다시 화려하면서도 놀라운 연기력을 맘껏 펼쳤다.

그랬는데…

누가 봐도 안타까운 그런 절묘한 표정까지 연출하며 발군의 연기력을 보여주었는데…….

짝!

결과는 뜻밖에도 따귀였다.

옆으로 돌아간 무대붕의 뺨엔 가옥의 손바닥 자국이 선명하게 찍혀 있었다.

“이, 이런 씨~”

무대붕은 쌍심지를 켜며 험악하게 눈알을 부라렸다. 그러나 그것뿐 그는 더 이상 어떤 행동도 하지 못했다. 가옥의 눈가에 맺힌 눈물을 보았던 것이다.

“나쁜 새끼…….”

“…….”

“차라리 깨끗하게 이겨. 내 자존심 뭉개지 말고!”

말을 흐리며 가옥은 등을 돌려 뛰어나가기 시작했다.

"흑."

흐르는 눈물을 차마 보일 수 없는 듯 얼굴까지 감싸며.

"……."

사라지는 그녀의 뒷모습을 바라보는 무대붕의 표정은 굳어져 있었다.

"동팔아."

"예, 각하."

"내가 없는 사이에 무슨 일이 있었냐?"

"무슨 일이라기보다는……."

동팔은 머리를 긁적거리며 뒷산에 있는 만년한철 불상에 얽힌 얘기를 상세하게 설명한 후 나름대로 해석까지 했다.

"각하께선 만년한철로 된 그 불상을 주먹과 발로 찌그러뜨렸는데 자신은 온 공력을 다 끌어 모은 감산도로 내려치고도 칼만 부러졌으니 아마 그 일을 계기로 실력 차이를 확실하게 느끼게 되었던 모양입니다. 그 일이 있고부터 가옥이 누나가 좀 이상해졌거든요."

"이당해디다니?"

"말도 없고, 멍하니 하늘을 보고 눈물을 글썽이고, 밥을 먹다가도 괜히 길게 한숨이나 짓고… 아무튼 예전의 오만스러울 정도로 자신있는 모습과는 확실히 달라졌습니다."

"얼래? 그건 당다병에 걸렸을 때 나타나는 등당 아닌가? 예던에 우리 각하 당다병에 걸렸을 때 그랫딴아?"

환규가 고개를 갸웃거리며 무대붕을 쳐다보자 무대붕의 주먹이 환규의 입으로 날아들었다.

뻑!

“우욱! 띠발. 왜 때려? 내가 뭘 달못햇따고?”

환규는 두꺼운 입술을 움켜잡으며 구시렁거렸다.

“한 번만 더 내가 기억하기 싫은 얘기를 꺼내면 그땐 짧은 혀를 아예 뽑아버릴 테다. 알았냐?”

무대붕이 험악하게 인상을 구기며 소리치자 환규의 목은 자라처럼 옴츠려졌다.

“아, 알앗떠……”

무대붕은 가옥에게 얻어맞은 뺨을 어루만지며 씁쓸한 표정을 지었다.

‘당연히 속상하겠지. 남들 삼십 년을 연마하고도 깨우칠 수 없다는 탄구비류사십팔식을 십오 년 만에 대성을 했고, 그로 인해 오만할 정도로 무에 대한 자부심이 팽배한 상태였는데 아직도 이 세상엔 자신보다 강한 사람이, 그것도 바로 지척에 있다는 걸 느꼈을 때의 절망감은 이루 형언할 수가 없겠지.’

무대붕 역시 열 살 때 비천타구육십사수 중 전팔수만 익혀놓고 당숙인 무천표와 비무를 했다가 박살난 경험이 있었고, 열다섯 살 땐 전후 삼십이수까지만 연마해도 개방 최고수 소리를 들을 수 있다는 판단에 부친 무천승과 비무를 했다가 역시 무참하게 깨진 경험이 있었다.

모든 것을 다 잊고 십오 년 동안 무공 수련만 했거늘 아직도 주변엔 자신보다 강한 고수들이 즐비하다는 것을 느꼈을 때의 그 절망감이 어떠한지는 아마 당해보지 않은 사람은 절대 모를 것이다.

‘쯧. 괜히 마음이 안 좋군. 한창 자라나는 새싹이 이런 일로 좌절하면 안 되는데……’

무대붕이 씁쓸한 기분을 지우지 못하고 있을 때,

"각하님! 각하님!"

정통단주 신문팔이 사색이 된 얼굴로 급히 뛰어들어 왔다.

"임마! 또 왜 그래?"

나타날 때마다 호들갑을 떠는 신문팔이었던 탓에 무대붕은 그의 얼굴만 봐도 괜히 짜증부터 솟았다.

나타날 땐 분명 어디에 불이라도 난 것처럼 호들갑을 떨지만 막상 듣고 나면 신통한 게 거의 없었기 때문이다.

"큰일났습니다! 이것 좀 보십쇼."

신문팔은 급히 품에서 꼬깃꼬깃하게 접은 종이를 꺼냈다.

"또 뭐 큰일?"

"글쎄 이걸 보시라니까요?"

신문팔은 종이를 무대붕의 앞으로 내밀었다.

"쓰으… 임마, 내가 언제 이런 거 직접 보는 사람이야?"

무대붕은 인상을 썼다. 자신이 까막눈이라는 것을 알면서도 나타날 때마다 종이를 들이밀며 확인해 보라는 인간이 신문팔이다. 정말 짜증 나는 인간이다, 패주고 싶을 정도로.

"이번 건 각하께서 직접 보시는 게 더 확실합니다."

다른 때 같았으면 말귀를 알아듣고 자신이 직접 읽어줬던 신문팔이었으나 오늘은 계속 직접 확인하라고 들이민다

'이 인간이 왜 이러지?'

무대붕은 의아한 표정을 지으며 꼬깃꼬깃하게 접혀 있는 종이를 직접 펼쳐 보기 시작했다.

"아니?!"

종이를 펼쳐 본 무대붕의 눈이 휘둥그레졌다.

"얼래? 이, 이건 광한이단아?"

그렇다.

신문팔이 내민 종이에는 광한의 얼굴이 그려져 있었다.

"뭐라고 적혀 있는 거야?"

무대붕이 의아한 표정으로 쳐다보자 신문팔은 그제야 종이를 자신의 손으로 가져갔다.

"그럼 지금부터 내용을 읽어드리겠습니다."

현상 수배령

성명:북궁월

나이:28세

죄목:조무 정위 살해, 염병학 대사농 살해, 좌륭 대장군 상해, 공손창 승상 살인 미수 등등…….

현상금:황금 오천 냥

"이름은 다르지만 얼굴은 분명 광한입니다. 우리 개방 개집에까지 붙어 있을 정도로 광한에 대한 수배령이 전국 곳곳에 뿌려져 있습니다."

신문팔은 수배령을 읽은 후 불안한 표정으로 무대붕의 눈치를 살폈다.

'낙양에 간다기에 벽하를 만나러 간 줄로만 알았더니 이 자식… 도대체 뭔 짓을 하고 돌아다니는 거야!'

무대붕의 표정이 한동안 굳어져 있었다.

　　그러더니 갑자기 자신의 머리칼을 움켜쥐며 절규하듯 고함을 지르기 시작했다.

　　"으아아아! 미치겠다— 난 정말 조용히 살고 싶은데 주변에서 왜 이렇게 안 도와주는 거야? 왜? 왜? 왜—!!"

미안해, 각하

천제성(天帝城).

야율노극은 연경 내 성주가 기거하던 내성(內城)을 보수 공사조차 없이 금마국의 황성으로 삼고 천제성이라 이름 지었다.

사공중필과 오록호리를 비롯한 금마국의 모든 고관대작들은 앞으로 대륙의 새로운 주인이 살게 될 성역인만큼 새로이 황궁을 건설해야 한다고 했으나, 야율노극은 그들의 건의를 일거에 일축했다.

"외형은 그리 중요한 것이 아니다. 차가운 북해의 오지에서 우린 눈보라 피할 공간만 있어도 행복해했다. 이곳이면 충분하다. 그리고 우리에겐 아직도 목표가 남아 있다. 황도인 낙양을 정복한 후 우리가 진정한 대륙의 주인이 되었을 때, 그때 그 문제를 다시 검토해도 늦지 않는다."

아울러 그는 연경성을 얻은 것에 만족하지 말고 병사들의 훈련과 그들의 사기가 계속 충만할 수 있도록 최우선적인 배려를 아끼지 말라는 당부를 하였다.

검소하면서도 기필코 대륙의 천자가 되겠다는 그의 야심을 다시 한번 느낄 수 있는 부분이었다.

*   *   *

철패전(鐵覇殿).

철패대제라는 야율노극의 칭호에서 딴 그의 거처다.

그 안에서는 탁자를 사이에 놓고 야율노극과 사공중필이 차를 마시며 담소를 나누고 있었다.

꽤 오랫동안 달리고 달려온 전투 끝에 찾아온 잠시의 평온한 휴식이었다.

"이곳 연경은 오호십육국 시대 때 자네의 조상인 선비족이 세운 연(燕)의 황성이었지."

야율노극은 천천히 찻잔을 내려놓았다.

"본시 선비와 오환은 거의 한 뿌리나 다름없는 사이였지. 대륙의 놈들이 묶어서 동호(東胡)라 불렀을 정도로."

"……."

"그리고 지금 우리의 중추 세력이 되어 있는 모용족도 따지고 보면 우리와 같은 뿌리라 할 수 있을 게야. 중간에 나뉘고 여러 줄기로 갈라지는 바람에 그렇게 됐을 뿐이니까."

“……”

“하여 난, 절대 근본 따위로 출신 성분을 나누는 그런 정책은 절대 펴지 않을 걸세. 뿌리 따위엔 상관없이 능력만 있다면 누구나 출세할 수 있는 그런 국가를 건설할 생각이네. 자네 같은 수재가 단지 선비족의 피가 흐른다는 이유로 그 뛰어난 역량에도 불구하고 한직으로 돌아다니게 만드는 그런 우(愚)만큼은 범하지 말아야지. 하하, 안 그런가?”

야율노극은 가볍게 껄껄거렸다.

사공중필은 씁쓸한 미소를 지었다.

다섯 살 때 사서삼경(四書三經)을 깨우치고 아홉 살 때 제자백가(諸子百家)를 통달하였으며 열두 살 때 역사상 최연소로 대과(大科)에 장원 급제를 하였다.

한땐 높은 관직에 올라 입신양명을 하고 싶은 욕심이 누구보다 간절한 적도 있었다.

그러나 편협한 황궁의 고위층들은 인맥으로 자신의 사람을 심는 데에만 열중했지 소수 민족의 피가 흐르는 사공중필 따위는 쳐다보지조차 않았다. 위로 올라가고 싶어도 비빌 언덕이 전혀 없었고, 능력이 뛰어난 것은 오히려 장애였고 시기의 대상으로 작용될 뿐이었다.

이후 그가 홀연히 사라지고 천하를 주유하게 된 것도 바로 그 때문이었다. 보다 높은 자리에서 국가와 백성들을 위해 자신의 경륜을 맘껏 펼치고 싶었던 그의 꿈은 결국 부질없는 욕심이라는 것을 뼈저리게 깨달았기에……

그런 자신을 누구보다도 크게 인정해 주고, 자신을 얻기 위해 많은 부하들이 지켜보는 앞에서 무릎까지 꿇은 야율노극이다.

그는 야율노극을 대륙의 천자로 옹립하는 일에 자신이 갖고 있는 모든 역량과 열정을 다 바칠 것이며, 남은 인생을 모두 걸게 될 것이다.

"그럼 중원인들에 대한 처우는 어떻게 하실 겁니까?"

사공중필은 고개를 들어 야율노극을 바라보았다.

"어떻게라니?"

야율노극은 의아한 표정을 지었다.

"그들도 그동안 핍박받던 우리 동북의 소수 민족처럼 동등하게 대우하실 건지요?"

"허허. 그야 당연한 얘기가 아닌가?"

야율노극은 다시 한 번 가볍게 껄껄거렸다.

"잘못된 건 정책이지 사람이 아냐. 그동안 아무리 소수 민족을 업신여기고 차별했다고 해도 그건 위에서 만든 정책이 그릇됐기에 그랬을 뿐이지 사람은 누구나 다 똑같은 법일세."

"하나 중원인들은 교만합니다. 자신들 이외의 다른 이민족들은 하등 취급을 하는 게 바로 그들입니다."

"그게 다 정책이 잘못됐기 때문이라는 얘길세. 우리가 대륙의 주인이 되었다고 능력 고하에 상관없이 중원인들을 차별해서야 어찌 국력을 한곳으로 모을 수가 있겠는가?"

"……."

"난 우리 금마국은 그 어떤 민족이든 차별없는 모두가 평등한 왕국으로 만들 생각이네. 그러니 자네도 그렇게 알고 지금부터라도 우리의 영역 안에서 그로 인한 충돌이 없도록 법을 만들어 모두에게 공표하도록 하게."

"명심하겠습니다, 폐하."

사공중필은 고개 숙여 대답을 했다. 그러면서 다시 한 번 야율노극이야말로 대륙의 진정한 제왕감이라는 확신과 함께 깊은 존경심을 느꼈다.

중원인들의 횡포에 자신들의 터전을 빼앗기고 북해 최북단의 오지까지 쫓겨난 오환족이다. 추위와 굶주림을 견디지 못하고 죽어간 수많은 선조들을 생각하면 여전히 가슴속에서 치미는 분노를 억제하기 힘들 텐데도 불구하고 그는 이미 가해자들을 용서하고 새로운 대륙 건설만을 생각하고 있었던 것이다.

"참, 들려오는 소문을 들으니 중원의 무림인들이 우리에게 대항하기로 결의했다고 하던데… 그게 사실인가?"

"그렇사옵니다, 폐하."

"흠, 뜻밖이군. 아무리 같은 길을 걸어도 승(僧), 도(道), 속(俗) 등으로 나뉘고 서로 추구하는 게 다른 만큼 뜻을 일치하기가 힘든 게 바로 중원무림인이라고 들었거늘, 그런 그들이 단합하여 우리에게 대항하겠다면… 음, 이건 보통 일이 아니군."

야율노극의 표정은 잠시 어두워졌다.

그렇다.

나약한 중원 황실을 상대로 하는 싸움이라면 언제 쳐들어가도 승산이 있다고 생각했다. 하나 황실과 늘 거리를 두고 있던 중원의 무림인들이 나서서 자신들의 앞길을 막겠노라고 한다면 얘기가 달라진다.

"그 부분은 너무 염려치 않으셔도 됩니다, 폐하."

사공중필은 미소를 지으며 입을 열었다.

"……?"

야율노극은 의아한 표정으로 사공중필을 쳐다보았다.

"중원에는 백도무림인들만 있는 게 아니니까요."

“그게 무슨 얘긴가?”

“백도무림인들이 하는 짓이라면 무조건 눈에 불을 켜고 반대로 엇가는 무리들이 있죠. 그들은 중원에선 흑도라고 하지요.”

야율노극의 눈이 크게 확대되었다.

“그럼 흑도무림인들을 이용하자는 얘긴가?”

“그렇사옵니다, 폐하.”

“음… 좋은 방법이긴 한데…….”

“중원무림인들끼리 서로 싸움을 붙여 전력을 소비하도록 하고, 저흰 예정대로 낙양으로 진입해 들어가면 된다고 사료됩니다.”

“하나 누가 나서서 흑도무림인들을 우리 쪽으로 끌어들인단 말인가?”

“이미 그 일을 할 만한 사람들이 스스로 찾아왔습니다.”

“뭐라?”

야율노극은 눈을 휘둥그렇게 떴다.

“그렇지 않아도 그들이 폐하를 뵙고 싶다며 밖에서 기다리고 있었는데, 그럼 불러들이겠습니다.”

사공중필은 말과 함께 문 앞에 서 있는 젊은 호위병을 향해 소리쳤다.

“어서 들라 하라!”

“예!”

끼이익!

대답과 함께 호위병은 문을 열었다.

그러자 세 명의 인물이 철패전 안으로 천천히 들어서기 시작했는데, 그들은 다름 아닌 바로…

중사 땅에서 결의형제를 맺은 마인귀, 비무기, 갈포악 삼 인조였다.

*　　　　*　　　　*

"끄응… 끙……."

무대붕은 엄동설한에 찬 수건을 이마에 올려놓고 앓는 소리를 내며 누워 있었다.

세파에 휩쓸리지 않고 조용히 자신이 하고 싶은 짓만 열심히 하면서 그렇게 살고 싶었다. 그런데 자신의 수족 같은 광한이 무려 황금 오천 냥이라는 역사상 최고의 현상 수배범이 되었으니 그의 기분이 지금 어찌 온전할 수 있겠는가.

더구나 이틀 전, 무대붕이 혀 짧은 환규와 술을 한잔하기 위해 밖으로 나갔던 사이에 지난날 잡방의 부방주이자 가공할 구취의 소유자인 마구리가 관군을 이끌고 개방을 찾아오기까지 했다고 한다. 황금 오천 냥짜리 수배범이 바로 개방에 있다며.

그때까지 광한이 돌아오지 않았기에 괜찮았지만, 다시 또 언제고 관군이 들이닥치게 될지 모르는 비상 상황이니 무대붕의 심기는 그야말로 최악이었다.

"에고… 망할 자식. 어쩜 턱밑에서 고렇게도 속을 썩이는지……. 에고, 에이고."

무대붕은 골골거리며 다 죽어가는 목소리로 신음을 했다.

"쯧쯧. 팔자 좋군, 젊은 놈이."

언제 나타났는지 광마불이 옆으로 다가와 혀를 찼다.

"끄응~ 영감, 내가 오늘은 영감이랑 놀아줄 몸 상태가 아니거든.

끄으응~"

"뭐? 놀아줘?"

"끄응~ 미안. 그러니까 웬만하면 좀 사라져 줘. 알았지? 에이고."

무대붕은 누운 상태에서 어서 사라지라는 손짓을 했다.

광마불은 어이가 없었으나 어디 한두 번 겪는 무대붕의 싸가지도 아니니 이젠 아예 그러려니 했다. 괜히 건드려 봐야 본전 찾을 것 같지도 않고 하여 떱은 표정으로 몸을 돌리려는 순간,

"영감! 잠깐만!"

무대붕은 느닷없이 몸을 벌떡 일으키며 소리쳤다.

"영감은 알지?"

"알다니, 뭘?"

광마불은 의아한 표정을 지었다.

"지난번에 광한이가 어디 갔냐고 물은 후에 영감도 잠시 행방이 묘연했잖아? 그때 혹시 광한이와 함께 있었던 거 아냐?"

무대붕은 마치 포청의 포두처럼 범인을 취조하는 듯한 눈으로 광마불을 직시했다.

"뭔 뚱딴지야? 내가 알다니?"

"영감, 귀신을 속여도 날 속일 수 있다고는 생각하지 마. 내가 어떤 사람이라는 건 영감도 잘 알잖아? 난, 육만 개방인들의 총수야! 내가 이만한 자리에 앉았을 땐 다 그만한 이유가 있는 거라구. 그러니까 속일 생각 말고 어서 이실직고해."

'그만한 이유? 썩을 놈. 아비 잘 만나 물려받은 주제에 말 하나는 엄청 암팡지게도 하는군.'

광마불은 어이없는 표정을 지었다.

그러나 무대붕이 이토록 광한 때문에 앓아 누웠고 그의 묘연한 행방에 대해 궁금해하는 건 지극히 당연한 이치라 생각했다.

"암! 내가 저승사자는 속여도 잘난 우리 무대붕 각하를 어찌 속일 수가 있겠나? 정말 대단해. 그 정도의 근거만을 갖고도 나랑 광한이 함께 있었다는 것을 생각해 내다니."

"말했잖아? 육만 개방 총수 자리에 앉아 있을 땐 다 그만한 이유가 있는 거라고."

'썩을 놈. 아무튼 기회만 있으면 똥인지 된장인지도 모르고 잘난 척은……'

광마불은 내심 못마땅했으나 표정만큼은 밝았다.

"그래, 다 가르쳐 줄게. 대신 술 살래?"

"술?"

"세상엔 공짜가 없잖아? 그만한 위치에 있는 사람이 그것도 모르진 않을 텐데?"

광마불은 입가에 득의만면한 미소를 머금었다.

술!

나타날 때부터 목적은 그것이었다. 광한 때문에 골머리가 아픈 무대붕의 옆구리를 찔러 술을 얻어 마시겠다는 나름대로의 계산이 있었던 것이다.

'내가 요 며칠 술 구경도 못했걸랑. 헬헬헬.'

*　　　　*　　　　*

결의 삼 형제는 야율노극에게 정중한 예를 올린 후 부복을 하고 앉아 있었다.

“하늘의 천신보다도 더욱 존경하옵는 금마국 폐하를 이렇듯 직접 알현하다니, 이건 정말이지 저희 가문의 영광이옵나이다.”

삼 형제 중에서 무공은 가장 형편없지만 입심만큼은 최고로 발달된 비무기가 입을 열었다.

“허허, 나를 만나기 위해 직접 이곳으로 오셨다고 하던데… 맞소?”

야율노극은 가볍게 미소를 지으며 물었다.

“그렇사옵니다, 폐하.”

“이유를 말해 줄 수 있겠소?”

“말씀드리기 황공하옵게도 저희 삼 형제는 신의로 맺은 결의형제들로서 그동안 우리를 알아줄 주군을 찾기 위해 구주(九州)와 팔황(八荒)을 샅샅이 뒤지며 다니던 중, 드디어 이렇게 폐하를 찾게 되었습니다.”

비무기는 고개조차 들지 못한 채 최대의 정중한 예를 갖춘 상태로 말을 이어 나갔다.

“저희 삼 형제는 오랫동안의 심사숙고 끝에 폐하만이 이 시대의 영웅이시며, 천하의 만백성을 구원할 유일한 절대자라는 것을 깨닫게 되었습니다. 폐하를 위해서라면 언제든지 몸을 초개처럼 던질 수 있는 각오도 이미 섰습니다. 그러니 저희를 받아주시옵소서, 폐하!”

“받아주시옵소서!”

비무기의 뒤를 따라 마인귀와 갈포악도 깊이 부복한 상태로 입을 열었다.

“우리 사공 군사의 얘기를 들으니, 중원 흑도무림에서도 상당한 영향력을 행사하는 분들이라고 하던데.”

“굳이 이런 말씀을 제 입으로 하기가 뭐하지만, 저희 큰형님이신 마인귀님은 한때 청해성의 최강자로 군림하던 분이셨고, 제 아우 갈포악군은 녹림흑맹단이라는 녹림 최강의 방파 수장이었죠."

"호오, 대단한 분들이셨구려."

"그렇사옵니다, 폐하! 모두 전력이 화려했습죠. 그리고 본인은 중원 최대 방파인 개방에서 부방주로 이십 년을 근무한 후, 전임 방주 사후 장로들과 모든 문도들이 방주를 맡아 자신들을 이끌어 달라는 간청에도 불구하고 그곳을 나와 잡방이란 방파를 세우고 그곳의 방주로서 활동했었사옵니다."

"어찌 그 좋은 자리를 박차고 나왔소? 그러기가 쉽지가 않을 터인데."

"견물생심이라고, 저 역시 어찌 육만 개방인들의 총수가 되고 싶은 생각이 없었겠습니까? 하나 쪽수만 많지 내실이 없고, 더욱이 제가 싫어하는 무림맹과도 관계가 있는 탓에 그 막강한 권좌를 박차고 잡방을 설립했던 것이죠. 또한 본성이 원래부터 있던 문파의 계승자가 되기보다는 새로운 것에 도전하고, 창업을 하는 창업주가 되기를 원하는 체질인지라 그런 모험을 했던 것 같사옵나이다."

비무기는 마치 연습을 많이 하고 온 듯 전혀 얼굴 색깔 하나 변하지 않고 태연스럽게 입에서 나오는 대로 지껄였다.

"하하! 고맙소. 정말 잘 오셨소. 그대들을 보니 마치 천군만마를 얻은 듯한 기분이구려. 하하하!"

야율노극은 흐뭇한 표정으로 크게 웃었다.

물론 비무기의 얘기를 곧이곧대로 믿을 만큼 어수룩한 인물은 아니다.

그러나 무림에서 어느 정도의 영향력을 갖고 있는 이들이 자신의 수하가 되기를 이렇게 자청하고 나섰다는 건 결코 나쁠 게 없다.

사공중필의 말대로 자신들에게 대항하기 위해 힘을 합쳤다는 정도 무림인들을 상대하기 위해선 이들과 같은 사파무림인들의 힘이 절대적으로 필요한 판이다. 때문에 아율노극은 이용 가치라는 측면에서 이들을 기꺼이 받아들이게 된 것이다.

"성은이 망극하옵나이다, 폐하!"

삼 형제는 다시 한 번 고개를 바닥에 찧으며 깊은 부복을 했다.

바야흐로 삼 형제의 새로운 변신이 이루어지는 순간이었다.

'변신할 수 있는 것도 능력이다. 대세의 흐름에 미적거리지 않고 먼저 뛰어든 만큼 기필코 이번에는 제대로 날개를 활짝 한 번 펼치고 말리라!'

부복하고 있는 삼 형제의 표정은 심각하고 비장했다.

그 어느 때보다도…….

*　　　*　　　*

"……."

담일기는 무거운 표정으로 식탁에 앉아 깊은 상념에 빠져 있었다.

사흘 전 광한을 만난 이후 계속 그의 말이 뇌리에 맴돌았다.

'으음, 결코 만만치 않은 일인데…….'

담일기는 광한의 제안을 어떻게 처리해야 할지 쉽게 답을 내리지 못했다.

일순 그의 얼굴에 비장한 빛이 스치는 것과 동시에,

담일기는 자리에서 벌떡 일어났다.

＊　　　＊　　　＊

"썩을… 이게 뭐야?"

광마불의 표정은 마치 소똥이라도 밟은 것처럼 푸르뎅뎅하게 변했다.

의당 야래향에 있는 이름난 기루에 가서 공짜 술 한잔 대접받을 거라고 계산했는데 예상과는 달리 무대붕은 부하에게 술상을 봐오라고 시킨 것이었다.

돼지 껍데기, 지렁이 무침에 개방 자체에서 담아 마시는 밀주(密酒)를 쳐다보는 광마불의 얼굴엔 실망이 가득했다.

"꼬마야, 너답지 않게 이 무슨 겸손함이냐?"

"왜? 술 한잔하고 싶다며?"

무대붕은 의아한 표정으로 쳐다보았다.

"술이란 건 자고로 나가서 마셔야지 이렇게 안에서 마시면 분위기도 안 사는 법이라구."

"나가다니? 어디로?"

"헐헐… 참, 대개방의 각하답지 않게 오늘따라 왜 이러시나? 노부도 사내라구. 이왕이면 나긋나긋한 계집이 따라주는 술을 마시고 싶지 이렇게 꾸리한 방구석에서 수컷 둘이 마주 보며 한잔하고 싶겠냐? 그러니 야래향으로 가서 기녀들의 시중을 받으며 마시자, 꼬마야."

광마불은 어린아이처럼 보챘다.

"나도 당연히 기루에 가서 마시고 싶어. 하지만 내가 어떻게 영감과 함께 기루에 가서 술을 마실 수가 있겠어? 그랬다간 내 체면이 뭉개질 정도로 망신살이 뻗칠 텐데 뭣하러 위험하게 그런 짓을 하겠어?"

무대붕은 오히려 칭얼거리는 광마불을 향해 못마땅한 표정을 지었다.

"체면이 뭉개지다니? 왜? 뭣 때문에?"

광마불은 따지듯 크게 소리쳤다.

"그걸 지금 몰라서 묻는 거야?"

"임마! 술값이 아까우면 아깝다고 해. 괜히 쫀쫀하게 핑계대지 말고!"

"젠장, 통 크고 화끈한 사나이 중의 사나이를 어떻게 보고 그깟 몇 푼 안 되는 술값 운운하는 거야? 기분 더럽게."

"그럼 기루에 안 가는 이유가 뭐야? 얘기했듯이 나도 남자라구. 싱싱한 젊은 기녀들이 따라주는 술을 마시고 싶단 말야."

"영감, 그러다가 또 괄약근이 열렸다며 바지 훌렁 벗고 응가 하면 어쩌려구?"

띵!

어찔한 현기증과 함께 광마불의 붉은 적안이 떨어질 것처럼 돌출했다.

아무리 늙었지만 광마불도 남자다. 더구나 본인 스스로는 외형만 좀 썩었지 지금도 남자 구실을 하는 데엔 그 어떤 장애도 없다고 믿어 의심치 않았고, 어떤 여자든 걸리기만 하면 밤새도록 까무러치게 만들 자신까지 팽배했다.

하여 무대붕을 꼬셔 오랜만에 술도 마시고, 그동안 전혀 사용하지 못한 채 비축만 했던 남자의 정기를 맘껏 발산하고 싶었는데…….

'이런 썩을! 이놈아, 그때 바지를 벗고 응가를 한 건 깐죽거리는 네

놈의 잔소리가 듣기 싫어서 그랬던 거라구!'

마음 같아선 이렇게 외치고 싶었다.

하나 그 얘기만큼은 할 수가 없었다. 그랬다간 독화 예군영도 못 찾고 이곳에서 보따리를 싸고 나가야만 한다.

빈대처럼 자신이 이곳에 붙어 있는 것은 아무 데서나 똥칠을 할 수밖에 없는 불쌍한 늙은이라는 동정 때문인데, 괄약근에 전혀 이상이 없다고 어찌 그 얘기를 번복할 수 있겠는가!

'에잇! 내가 미쳤지. 그때 바지를 내려 왜 그 짓을 했을꼬!'

벌컥.

광마불은 신경질적으로 술잔을 들이켰다.

"영감, 이제 얘기해 봐. 그동안 광한이 녀석이랑 어디서 뭘 어떻게 한 거야?"

"꼬마야, 보채지 마라. 괄약근 때문에 기루에도 못 가는 불쌍한 늙은이, 술 마시는 중이다."

광마불은 짜증스런 표정으로 술잔을 입 안에 털어 넣고는 고춧가루 몇 개만 달랑 뿌려져 있는 지렁이 무침을 잘근잘근 씹어 먹었다.

"썩을~ 뭐, 다른 안주는 없냐? 아무리 거지 놈들이라지만 안주 하나도 개발 못하고 허구한 날 이게 뭐냐? 이러니 발전이 없지. 꼬마야, 부하더러 안주 개발 좀 하라고 해라."

광마불은 연신 투덜거렸다.

"알았어. 꼭 지시할 테니 이제 그만 읊어보쇼. 대체 광한이 녀석과 뭔 짓을 하고 돌아다닌 건데?"

"기다려, 임마. 한 잔만 더 마시고."

벌컥.

광마불은 또다시 술잔을 들이킨 후 낙양에서 있었던 일을 대충 간략
하게 설명하기 시작했다.

"그, 그러니까 공손 승상의 패거리가 광한의 원수였단 말야?"
무대붕은 눈을 휘둥그렇게 뜨며 반문했다.
"오냐. 그러니까 광한이처럼 생각이 깊은 녀석이 그런 짓을 했지 괜
히 일을 저질렀겠냐?"
"……."
무대붕의 얼굴은 서서히 차갑게 식어가고 있었다.
"광한의 부친인 북궁장천 어사대부가 모함을 받고 효수된 게 바로
그놈들 때문이더라구. 그러니 아무리 냉정한 광한이라 할지라도 부모
의 원수와 어찌 한 하늘 아래서 살아갈 수 있겠냐? 그래서 결국 그런
식으로 난장을 부린 거지."
쩝쩝!
광마불은 언제 안주가 시원치 않다는 투정을 했냐는 듯 꿈틀거리는
지렁이를 돼지 껍데기에 싸서 열심히 먹어대고 있었다.
"영감, 그래서 어떻게 됐지? 복수는 제대로 했나?"
"임마, 혼자서 그 거대한 무리들을 상대하는 건데 제대로 할 리가 있
겠어? 안 돼진 게 오히려 다행이지."
"그럼, 죽은 놈은 뭐고 현상 수배는 뭐야?"
"일단 부친의 필체를 모사(模寫)한 악질을 비롯하여 쓰레기 같은 몇
놈은 처단했지만 공손창을 비롯한 무리들이 여전히 건재하니 제대로
하려면 아직도 먼 셈이지.
"……."

“그리고 상대가 권력의 이 인자인 승상과 그 무리들인데 말처럼 복수가 쉽겠냐? 괜히 어설프게 건드렸다가는 제놈만 오히려 당하기 십상이지.”

순간 무대붕은 자리에서 벌떡 일어났다.

그의 표정은 얼음처럼 차갑게 식어 있었고 눈에선 뜨거운 광망이 이글거렸다.

“뭐야? 왜, 왜 그래?”

광마불은 의아한 표정으로 무대붕을 쳐다보았다.

“광한이 할 수 없다면 내가 하겠어. 내가 놈들을 깡그리 쓸어버리겠다구.”

음성 또한 무심하면서도 싸늘했다. 평소의 무대붕과는 어울리지 않는 모습이었다.

“뭐, 뭐라구?”

광마불은 입을 쩍 벌렸다.

“이 정신 나간 녀석아! 상대는 일인지하만인지상인 승상과 그를 추종하는 고관대작들이다. 그러한 그들을 상대로 네놈이 뭘 어쩌겠다고?”

“얘기했잖아. 몽땅 쓸어버리겠다고!”

“이 녀석이⋯⋯?”

광마불은 이럴 수도 있으리라고 생각을 안 한 것은 아니다.

한번 흥분하면 앞뒤 안 가리는 게 그의 성격이라는 것을 누구보다도 잘 알고 있는 사람이 바로 광마불이다.

광마불과의 비무만 해도 그렇다.

분명 자신의 무공이 광마불보다 못하다는 것을 알면서도 다시 겨루

다가 죽을지언정 절대 인정하지는 않는 외고집이었다.

하물며 자신의 수족과 같은 광한이 역모에 대한 진상을 파악하고, 그 복수를 하려다가 오히려 죽을 고비를 넘겼다는 데 어찌 무대붕이 그 일을 그냥 모른 척 가만히 있겠는가!

광마불은 그런 무대붕의 불같은 성격을 잘 알기에 어차피 알게 될 이야기인만큼 자신이 중간에 나서서 대충 중재를 하려는 생각으로 얘기를 꺼낸 것인데…….

'뭐야? 이 녀석, 도무지 내 얘기는 귓전으로도 받아들이지 않은 표정이잖아?'

광마불은 크게 당혹스러웠다.

"이, 이놈아! 그들에게 손을 댔다간 네놈은 천하의 공적이 되고 말 텐데 그래도 그 짓을 하겠단 말이냐?"

"비겁하고 쓰레기 같은 놈들을 처단하는 일인데 어째서 공적이 된다는 거지?"

"이, 이런 황당한 놈, 어쨌든 그들은 황제를 보필하는 최측근들이야. 그러한 고관대작들을 처치하고도 네놈이 온전할 성싶으냐?"

"황제를 위해서라도 그런 놈들은 하루라도 빨리 죽어줘야 돼. 그리고 설령 그로 인해 내가 천하의 공적이 된다 해도 상관없어."

"어째서?"

"난 어떤 경우가 생기더라도 우리 개방 식구들의 억울함을 풀어줘야만 하는 개방의 각하니까. 알겠어?"

그와 동시에 무대붕은 밖을 향해 소리쳤다.

"동팔아! 게 있느냐?"

드륵!

“각하, 무슨 일이신지요?”

문이 열리며 동팔이 들어섰다.

“지금 즉시 마차를 준비토록 하라. 낙양으로 가야겠다.”

“알겠습니다.”

동팔은 인사를 꾸벅한 후 신속히 밖으로 나갔다.

“임마, 정말 일을 저지를 거야?”

광마불은 더 이상 술도 마시지 못하고 안절부절못했다.

“말했잖아. 난 내 식구들이 당하는 꼴은 절대 못 본다구.”

“너야 그렇지만 다른 식구들은?”

“다른 식구라니?”

“네가 일을 저지르면 너뿐만 아니라 모든 개방인들까지 천하의 공적이 되는데 그래도 괜찮단 얘기냐?”

“……!”

무대붕은 순간적으로 흠칫했다.

들고 보니 충분히 그럴 수도 있는 일이다. 자신이 공적이 되면 어찌 자신의 부하들이 온전할 수 있겠는가?

하나 그렇다고 이미 머리 꼭대기까지 치솟은 분노를 삭일 수는 없었다.

“황제와 백성을 위해서도 옳은 일인데도 나와 우리 식구들을 공적으로 만든다?”

“명분이야 충분하지만 그래도 조정에서는 네 식으로 생각하질 않는다니까.”

“정말… 그들이 정말 누가 훌륭한 사람인지도 모르고 우리 식구들까지 공적으로 만든다면… 그땐 어쩔 수 없이 황궁과도 맞장을 떠야겠지."

무대붕의 얼굴엔 싸늘한 한기가 감돌았다.

"뭐, 뭐라구?!"

일이 이렇게까지 극단적으로 엇나가게 되자 광마불은 이 사태를 어떻게 추슬러야 할지 도저히 막막하기만 했다.

"각하."

동팔이 다시 풍류각 안으로 들어섰다.

"준비 다 됐느냐?"

"예, 준비는 다 됐는데……."

동팔이 어색한 표정으로 머리를 긁적이자 무대붕은 의아했다.

"임마, 왜 그래? 뭐야?"

"뭐냐 하면… 광한 학사님께서 돌아오셨습니다."

쿵!

무대붕의 얼굴이 딱딱하게 굳어졌다.

그와 동시에 동팔의 뒤로 광한이 천천히 나타나기 시작했다.

"각하."

광한은 어색한 미소를 지었다.

"이, 이런 망할 자식!"

무대붕은 험악하게 인상을 찌푸리며 탁자 위에 있는 술잔을 집어 던졌다.

빠악!

술잔은 광한의 이마를 강타했다.

광한의 능력이라면 그 정도쯤 피하는 것은 문제가 아니었으나 무대붕의 불편한 심기를 배려한 탓인지 그는 결코 피하지 않았다.

주르륵.

광한의 반듯한 이마에서 피가 흐르기 시작했다.

그리고…

털썩!

광한은 무대붕의 앞에 천천히 무릎을 꿇었다.

*　　　*　　　*

"뭣이라?!"

영중제는 황당한 표정을 지었다.

"북궁월에게 사면(赦免)을 내리라니… 자네 지금 제정신으로 하는 소린가!"

그는 노성을 지르며 부릅뜬 눈으로 담일기를 직시했다.

"폐하, 적도들은 하북성 연경을 자신들의 황도로 삼았습니다. 종묘사직이 바람 앞의 등불처럼 위태로운 상황입니다. 이럴 때 우리에겐 그 어느 때보다도 북궁월 같은 젊은 영웅의 출현이 절실한 시기입니다."

"그러나 그는 역모의 수괴인 북궁장천의 아들이야. 아무리 나라의 운명이 위태롭다 할지라도 그런 친구를 어찌 전선에 내보낸단 말인가? 그건 절대 있을 수 없는 일이다."

영중제는 더 이상 논의할 가치도 없다는 식으로 말을 잘랐다. 하나 담일기는 한 걸음도 물러섬이 없이 영중제의 얼굴을 응시했다.

"폐하! 정말 북궁장천, 그 친구가 폐하의 권좌를 넘봤다고 생각하십니까?"

“……!”

영중제의 얼굴에 미세한 경련이 일었다.

“폐하께서도 북궁장천의 역모에 관한 부분은 믿지 않고 계시지 않습니까? 그래서 북궁월의 목숨만큼은 살려주신 게 아니십니까?”

“담 태감! 대체 무슨 말을 하고 싶은 겐가?”

영중제는 붉어진 안색으로 노성을 질렀다.

“이제는 더 이상 공손 승상과 그 일당의 눈치를 살피지 마시고 폐하의 의지대로 행동하십시오.”

“뭐라? 눈치를 살피다니? 무엄하도다! 감히 짐 앞에서… 다른 사람도 아닌 자네가 어찌 그런 망발을……!”

영중제의 얼굴은 분노와 흥분으로 시뻘겋게 타올랐다.

스물셋의 나이에 권좌를 물려받은 이후 이와 같은 모욕은 처음이었다. 물론 공손창 일당의 눈치를 안 본 것은 아니다. 하나 자신의 앞에서 신하가 대놓고 이런 식으로 얘기를 한다는 건 꿈에서조차 생각지 못한 일이었다. 그것도 자신의 오른팔이나 마찬가지라 생각했던 담일기의 입에서 흘러나오고 있으니 그 분노와 배신감을 어찌 말로 형언할 수 있을 텐가.

그러나 영중제의 불편한 심기와는 관계없이 담일기의 음성은 이어지고 있었다.

“폐하, 예전에는 공손 승상과 그 일당들이 조정의 주요 보직들을 모두 장악하고, 뿐만 아니라 지방 호족(豪族)과 대상(大商)까지도 두터운 인맥을 맺은 탓에, 그들의 힘이 너무도 막강했기에 북궁장천과 같은 충신이 모함당하는 것을 알면서도 어쩔 수 없이 그를 처단할 수밖에 없었습니다.”

“…….”

“하나 지금은 상황이 다릅니다. 적도들이 바로 턱밑까지 달려온 상황입니다. 더 이상 그들의 눈치를 보실 때가 아닙니다. 거친 광풍 속에 꺼져 가는 제국의 운명을 생각하시고 북궁월과 같은 젊은 영웅에게 다시금 중대한 임무를 맡기시는 것이 폐하께서 하실 일이라고 사료되옵니다. 부디 통촉하여 주시옵소서!”

담일기는 피눈물을 흘리며 머리를 바닥에 짓찧었다.

영중제.

그는 아무런 말도 하지 않았다.

처음엔 자신을 모욕하는 듯한 담일기의 발언에 분노가 머리끝까지 치밀었으나, 뜨겁게 솟아오른 분노는 어느덧 차갑게 식어갔고 눈에는 이슬이 고였다.

기실 담일기가 아니라면 누가 또 이와 같은 충정을 나타내겠는가!

“담 태감, 자네가 보기에도 짐이 그토록 무능하였던가?”

“…….”

“하긴… 이런 말을 확인하는 것도 우습겠지. 자네 말대로 난 북궁장천이 역모 따위나 저지를 사람이 아니라는 것을 알면서도 그들의 요구대로 효수형에 처한 이름뿐인 천자였으니까.”

“크흑… 모두 소신이 폐하를 제대로 모시지 못했기 때문입니다. 통촉하여 주시옵소서!”

두 사내의 얼굴에선 똑같이 눈물이 흐르고 있었다.

영중제의 얼굴은 허탈했고 담일기는 비통했다.

“담 태감.”

한순간의 정적이 흐른 후 영중제의 입술이 열렸다.

"예, 폐하."

"짐 역시 그대의 말대로 하고 싶다. 한데 그것이 가능할까?"

"가능이라뇨? 무슨 말씀이신지……?"

"역모에 관한 부분은 짐이 해결한다고 할지라도 그가 조정의 대신들을 해친 것은 너무도 명확한 사실이 아닌가? 그런 극악범에게 임무를 맡긴다면 승상 일당의 반대는 물론 백성들까지도 납득하지 않을 게 아닌가?"

"그 부분은 크게 걱정하실 일이 아닙니다."

담일기는 얼굴엔 흡족한 미소가 걸렸다.

영중제의 마음이 움직이고 있다는 것을 충분히 느낄 수 있었기 때문이다.

"어째서 말인가?"

"극악한 범죄자들을 전장에 투입시키고 공을 세우면 사면해 주는 방안은 예로부터 있어왔던 관례입니다."

"호오, 그랬나?"

"예. 그리고 이러한 관례를 먼저 제안한 것도 실은 북궁월이었습니다."

"뭐라?"

"아울러 자신은 정규 병사가 아닌 범죄자들과 함께 전장에 나가서 싸우겠다고 하였습니다."

"과연… 북궁월다운 생각이로군. 하하하! 그와 같은 전례가 있었다면 문제가 없겠군."

영중제는 미소를 지으며 고개를 끄덕였다.

"좋아. 그렇다면 북궁월이 하고자 하는 대로 자네가 최대한 배려해

주게. 그리고 이것은 짐의 명령이네."

"알겠습니다, 폐하."

"그리고 그에게 하고 싶은 말이 있으니 짐과 북궁월과의 만남을 주선토록 하게."

"……?"

담일기의 눈이 크게 확대되었다.

"폐하께서 직접 그를……?"

"당연하지. 한때 짐과는 처남 매부지간이 될 뻔한 사이가 아니었던가? 짐은 그 친구에게 할 얘기가 많네."

영중제는 씁쓸한 미소를 지었다.

"폐하… 성은이 망극하옵나이다!"

담일기는 다시 한 번 머리를 조아리며 깊은 부복을 했다.

전쟁 영웅 북궁월!

바야흐로 지금은 지난날 서융국과의 칠년전쟁을 종식시킨 젊은 영웅의 출현이 절실한 시기다.

영중제는 위태로운 대륙과 백성의 근심을 떨쳐 버리기 위해서라도 이번만큼은 자신의 의지를 보여야만 한다.

북궁월의 사면이라는 극약 처방을 통해서라도.

아울러 영중제는 이 순간 또 다른 한 인물을 떠올렸다.

'이럴 때 그 친구도 옆에 있다면 좋으련만…….'

*   *   *

여전히 광한은 무릎을 꿇고 앉아 있었다.

벌컥.

무대붕은 광한을 쳐다보지도 않은 채 술을 들이켰다.

웬만하면 여자 없이는 술을 마시지 않는 인물이다. 그런 무대붕이 노린내가 풀풀 나는 광마불을 앞에 두고 술잔을 들이킨다는 건 그만큼 상태가 안 좋다는 의미였다.

"미안해, 각하……."

광한은 다시 한 번 씁쓸한 표정으로 입술을 열었다.

"뭐가? 뭐가, 이 새꺄!"

무대붕은 버럭 성질을 부렸다.

"이것저것… 각하가 알고 있는 것 모두. 그리고……."

"됐어, 이 망할 놈아! 더 듣고 싶지도 않아!"

무대붕은 술과 안주가 놓여진 자리에서 벌떡 일어났다.

덜컹.

이어 그는 신경질적으로 창문을 열어젖혔다.

"…왜 나한테 얘기하지 않았냐?"

무대붕은 등을 지고 선 채로 말했다.

"그런 일이 있으면 있다고 왜 나한테 얘길 안 했냐? 이유가 뭐지?"

조금 전 흥분했던 모습과는 달리 차분한 음성이었다.

"꼬마야, 그거야 광한이가 자신의 일 때문에 네가 곤경에 처할 수도 있을까 봐 그랬던 거지. 육만 개방인의 총수라는 녀석이 그 정도로 느낌이 둔해서야……."

"보리알처럼 끼어들지 말고 영감은 빠져! 이건 광한이 녀석과 나의 문제야!"

광마불이 한마디 거들며 참견하는 순간 무대붕은 험악하게 인상을 구기며 소리를 질렀다.

"보, 보리알?!"

광마불의 눈은 또다시 튀어나올 것처럼 불거졌다.

무림 최고의 배분이자 최강의 고수가 졸지에 보리알로 전락되는 순간이었다.

'끄으응~ 이런 썩을 놈의 자식, 더도 말고 덜도 말고 구십 살까지만 살아서 너와 똑같은 놈 만나라!'

광마불은 강호의 예절이 땅에 떨어진 것에 다시 한 번 절망하며 술을 들이켰다.

"그런 거냐?"

무대붕은 등을 돌리며 천천히 다가왔다.

"영감의 말처럼 단지 내가 곤경에 처할까 봐 내게 그 어떤 일언반구도 없이 그런 짓을 한 것이냐?"

"……."

광한은 대답하지 않았다.

"나쁜 자식!"

콱!

무대붕은 광한의 멱살을 움켜잡으며 일으켜 세웠다.

"네놈이 보기엔 이 인간 무대붕이가 겨우 그 정도로 하찮게 보였냐? 누명 쓰고 억울하게 효수를 당한 네 부친의 복수를 함께 하지 못할 정도로?"

"각하, 미안해. 나로 인해 각하와 개방 식구들이 다치는 것을 원치 않아."

"주둥이 닥쳐, 이 나쁜 새꺄!"

뻐억!

무대붕의 무쇠 같은 주먹이 광한의 안면을 가격했다.

꽈당탕탕!

줄지에 광한은 바닥을 수차례나 구르며 나가떨어졌다.

"이 새꺄! 그깟 쓰레기들 처리하는 데 나와 우리 식구가 왜 다쳐? 그리고 설령 다치면 좀 어때? 너의 원수를 갚는 일인데!"

"각하… 하지만……."

"임마! 만약 내가 나의 원수를 갚는다고 방방 뜰 때, 너 같으면 자칫 너한테도 불똥이 떨어질 수 있을 것 같다고 팔짱 끼고 가만히 있을 거야? 너도 가만히 있진 않을 거 아냐? 그래, 안 그래?"

무대붕의 흥분은 좀처럼 가라앉질 않았다. 자신도 모르게 그런 일을 저지른 광한의 행동이 도저히 용서가 안 되는 모양이었다.

"각하, 하지만 상대는 각하가 어찌할 수 없는 그런 인간들이야. 제발 흥분만 하지 말고 내 입장을 좀 헤아려 줘."

광한은 착잡한 표정으로 대꾸했다.

"싫어! 이 자식아! 못해. 아니, 안 해!"

무대붕은 단호했다. 그러면서 입구에 당혹스런 표정으로 서 있는 동팔을 응시했다.

"마차 준비됐다고 했지?"

"예, 각하……."

"좋아. 지금 출발할 테니 동팔이 넌 말을 몰아라."

무대붕은 더 이상 뒤도 돌아보지 않고 문을 나섰다.

"각하, 제발 그러지 마. 각하만이 아니라 육만 개방인을 생각하라구!"

광한은 문을 나서는 무대붕의 뒷모습을 향해 소리쳤다.

"됐어, 이 자식아! 나도 이젠 네놈한테 아무 말 안 할 거야."

"그만둬. 그만두라구! 나 이제 이곳을 떠날 거야! 그러니 제발 쓸데없는 짓 하지 말라구!!"

광한은 발악하듯 고함을 질렀다.

쿵!

무대붕은 철퇴로 뒤통수를 얻어맞은 듯한 충격을 느꼈다.

"나 이제 이곳을 떠날 거야!"

무대붕의 표정이 딱딱하게 굳어지는 것과 동시에…

더 이상 광한과 말조차 섞지 않을 것 같았던 그는 고개를 벼락처럼 돌렸다.

그리고 그것은 광마불도 마찬가지였다. 죽이 되든 밥이 되든 상관 않고 술만 마시겠다는 그의 단호한 의지(?)가 그 한마디로 깨지게 되었다.

"뭐? 어쩐다고?"

광마불은 돼지 껍데기에 싼 지렁이 무침을 입에 문 상태로 눈을 휘둥그렇게 뜨며 광한을 바라보았다.

"다, 다시 말해 봐. 지금… 뭐라고 했지?"

무대붕은 어이없다는 얼굴로 광한을 쳐다보았다. 광한은 입술을 훔치며 천천히 일어났다.

"말한 그대로야. 나 이제 이곳 개방을 떠날 거야."

"나를 두고 떠… 나겠다고……?"

"물론 각하에겐 입이 열 개라도 할 말이 없어. 무공이 폐지된 초라한 몰골로 죽어가고 있는 날 구하기 위해 만년지극혈보와 공청석유라는 천하의 영약까지 아낌없이 준 각하였고, 자신보다는 날 위해서 상사병이 걸릴 정도로 애틋했던 사랑까지도 포기한 각하였으니까."

광한은 착잡한 표정을 지었다.

'허걱! 뭐? 뭘 줬다고?'

조용히 두 사람의 얘기를 듣고 있던 광마불의 적안이 또다시 크게 불거졌다.

'모든 강호인들이 꿈에서라도 한 번 구경해 보고 싶은 천하의 영약인 만년지극혈보와 공청석유를 싸가지없는 대붕이 저놈이 광한에게 줬다고? 그리고 광한이를 위해서 사랑도 포기했다고?'

광마불은 황당한 표정으로 고개를 갸웃거렸다.

'그럴 리가 없을 텐데… 저 욕심 많은 놈이 그런 귀한 것을 어떻게……? 여자 문제는 인물로 보나, 성격으로 보나, 그리고 교양으로 보나 어차피 광한이와 비교하면 되지도 않을 테니 포기하는 게 골백번 잘한 일이겠지만… 그렇게 귀한 것을 어떻게……?! 쯧, 그중 나한테도 한 개쯤 줬으면 내가 족히 삼십 년은 젊어졌을 텐데…….'

그는 문득 자기가 그 영약을 먹었으면 어찌 되었을까 하는 상념에 잠겼다. 아무리 저승 갈 날이 가까운 퇴물 노인이라 할지라도 인간인 이상 영약에 대한 욕심은 어쩔 수 없었던 모양이다.

"그때 난 분명히 살려주기만 하면 무슨 짓이든 다하겠다고 약속을 했었을 거야."

광한은 침통한 표정으로 말을 이었다.

"미안해, 각하. 약속을 지키지 못하게 되어서……."

“약속을 지키지 못하는 이유가 뭐냐?”

“……”

“복수 때문이라면 내가 함께하겠다고 이미 얘기를 했잖아?”

여전히 무대붕은 차가운 시선으로 광한을 직시하고 있었다.

광한은 고개를 저었다.

“그것 때문이 아냐.”

“그럼?”

어차피 이별을 각오한 듯 광한은 차가운 시선으로 무대붕을 직시했다.

“적도들이 이 땅을 침범했어. 연경도 이미 그들에게 함락되었고.”

“그게 뭐 어쨌다고?”

“전쟁에 참여할 거야.”

“뭐?”

무대붕은 눈을 휘둥그렇게 떴다.

“안타깝지만 어쩔 수 없어. 복수를 생각하기엔 너무도 시간이 촉박하니까.”

광한의 눈에 아쉬움이 스친다. 그 역시 복수를 남겨두고 전장에 참여한다는 결심이 결코 쉽지 않았기 때문이다.

“더 이상 그들이 침략하지 못하도록 무슨 일이 있어도 막아야만 해. 막지 못하면 그들이 대륙의 주인이 되고 말아. 이 땅의 주인은 우리가 아닌 오환족이 되고 만다구.”

“그러면 뭐가 어때서? 네 아버지에게 음모나 뒤집어씌운 쓰레기 같은 고관대작 놈들을 보더라도, 그리고 백성들이 헐벗든 말든 부정부패나 일삼는 탐관오리 놈들을 봐서라도 차라리 이 땅은 뒤집히는 게 나아!"

무대붕은 복수도 중단하고, 자신의 곁을 떠나면서까지 전장에 참여하겠다는 광한을 이해할 수 없다는 듯 크게 소리쳤다.

"만약 네놈이 지난날 서융국과의 전쟁을 종식시켰던 것처럼 이번에도 운 좋게 그와 같은 공을 세운다 할지라도 그게 누구 좋은 일이겠냐? 결국 그 자식들 좋은 일이잖아!"

"……."

"그런 놈들을 위해서 왜 피를 흘리며 싸우겠다는 거야? 임마, 너 낮술 처먹었어? 지금 제정신이긴 한 거야?"

무대붕이 계속 따지고 들자 광한은 씁쓸한 얼굴을 했다.

"내가 전장에 나가서 싸우겠다는 건 그들을 위해서가 아냐."

"아니긴 뭐가 아냐! 결국 그 자식들한테 가장 좋은 일이 되는데. 게다가 그놈들은 자기네 새끼들은 위험한 전쟁터에 절대 내보내지도 않는다구. 이 땅에서 가장 많은 혜택을 받아 처먹으면서!"

"내가 적도들과 싸워야 하는 건 그들이 아니라 내가 살아갈, 그리고 내 뒤에 살아갈 후손들을 위함이야."

"……?"

"각하의 얘기대로 지금의 이 땅의 부정부패는 말도 아닐 정도로 심각하지. 하지만 지금 현재를 보고 미래까지 비관하는 건 어리석은 일일 거야. 우리의 후손들이 살아갈 미래는 분명 지금과는 크게 달라질 테니까."

"하지만… 아무리 그래도… 거 뭐냐……."

무대붕은 뭔가 반론을 제기하고 싶었다. 그러나 안타깝게도 마땅한 말들이 떠오르질 않았다.

“난 우리의 후손들에게 나라 없는 설움을 안겨주고 싶지 않아. 그리고 그건 그들보다 먼저 살아간 세대로서 당연히 해야 할 책무야.”

광한은 무대붕의 눈을 바라보며 차분한 어투로 말을 이어 나갔다.

“금마국과의 전쟁에서 우리가 만약 패하게 된다면… 우리는 그들에게 발톱의 때만큼도 인정받지 못하는 쓰레기 같은 민족이 될 거야. 난 우리의 이후 세대에게 그런 아픔을 주고 싶지 않아.”

“오지랖 떨지 마, 임마. 금마국이 이 땅의 주인이 된다고 해도 아무도 널 욕하는 사람은 없어. 잘난 그 자식들을 욕하면 욕했지.”

“이 땅의 잘못된 악행과 부도덕한 행위들은 모두 역사에 남게 될 거야. 앞으로 우리 세대가 나이를 먹고, 그 이후 세대들이 이 땅의 역사를 평가할 때 과오를 저지른 인물들은 죽어서도 비판의 대상이 될 테니까.”

광한은 미소를 지으며 무대붕의 손을 잡았다.

“우리말을 쓰고, 중원이란 조국이 있기에, 우리는 지금 웃으며 살 수 있는 거라구. 조국을 잃으면 우린 그 어떤 행복한 일이 생겨도 결코 웃을 수가 없어.”

“…….”

“그렇기 때문에 우리가 태어난 조국은 어느 누가 침략하더라도 반드시 지켜내야만 해. 설령 내 생명과 바꾸는 한이 있더라도.”

광한은 여전히 미소를 지었다.

그러나 무대붕의 얼굴은 그 어느 때보다도 딱딱하게 굳어져 있었다.

“그래서?”

“…….”

“그래서 꼭 떠나야겠다는 거냐?”

"미안해, 각하……. 죽는 날까지 각하와 함께 하고 싶었는데……."

"넌… 그때 나와 약속했어. 살려주기만 하면 뭐든지 하겠노라고. 그런데도 떠나겠다는 거냐? 난 전쟁 따위엔 관심조차 없는데."

"미안해."

광한은 그 말밖에는 할 수가 없었다.

무대붕이 아니었다면 아직까지 살아 있다는 보장도 없었을뿐더러 생명보다 소중하게 여기던 벽하도 다시 만나지 못했을 것이며, 전장에 참여할 꿈조차 꾸지 못했을 것이다.

정말이지 입이 열 개라도 말을 할 수 없는 입장이었으나 이대로 남하하는 적도들을 지켜만 보고 있기엔 이 땅에 대한 그의 애정이 너무도 뜨거웠다.

"미안해. 만약 운 좋게 목숨을 부지한다면 꼭 이곳으로 다시 돌아올게. 그리고 각하와 함께 늙고, 죽더라도 각하 먼저 보낸 후에 죽을게."

"정말… 꼭 떠나야겠냐?"

"미안해… 미안해, 각하…… "

"……"

무대붕은 더 이상 그 어떤 말도 하지 않았다.

"……"

그것은 광한 역시 마찬가지였다.

무대붕은 고개를 들어 허공을 응시했다.

잠시 그들 사이엔 질식할 것 같은 침묵이 흘렀다.

"알았다. 떠나라."

오랜 침묵 끝에 무대붕은 체념한 듯한 표정으로 말했다.

"각하."

"대신… 꼭 살아서 돌아와라. 지금은 용서하지만 만약 전쟁터에서 객사라도 한다면 그땐 네놈을 절대 용서치 않을 것이다."

무대붕은 단호한 표정으로 음성을 발했다. 그리고는 이내 등을 돌리며 걸어나갔다.

"각하."

그의 뒷모습을 바라보는 광한의 눈에서 뜨거운 눈물이 흘러내렸다.

'얼레? 대붕이 저놈이 제법 괜찮은 구석이 있네?

광마불 역시 적안을 휘둥그렇게 뜨며 무대붕의 뒷모습을 쳐다보았다. 그의 눈은 오늘 이 자리에서만 족히 열 번 이상 이렇게 휘둥그레졌다.

'그래, 꼭 살아서 돌아올게. 그 어떤 일이 있어도!'

광한은 눈물을 흘리며 비장한 표정을 지었다.

무대붕과 광한!

전쟁은 영원히 붙어 있을 것만 같았던 환상의 복식조인 이 두 사람까지도 이렇게 갈라놓고 있었다.

짧은 재회

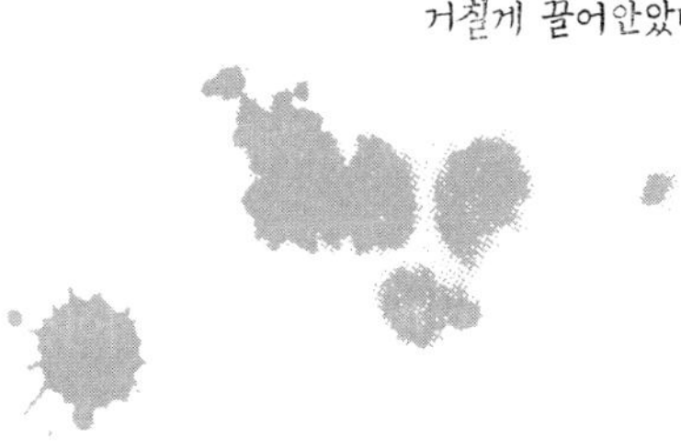

눈이 내린다.

은색의 가루가 대지 위에 뿌려지고 있다. 이 겨울 들어 처음 내리는 눈이었다.

첫눈과 함께 황궁엔 반가운 손님이 찾아왔다.

영중제.

그는 자신의 앞에 나타나 부복을 하고 있는 광한을 보자 가슴이 터져 나갈 것처럼 메어졌다.

"월……."

영중제는 천천히 광한의 앞으로 다가오더니 그의 손을 잡았다.

"고맙다. 정말 고마워. 전란(戰亂)에 빠진 조국을 위해 다시 전장에 뛰어들겠다니……."

담담하고 싶었다.

그러나 건강한 광한의 모습을 이렇듯 다시 보게 되자 그는 자신도
모르게 눈물을 글썽거렸다.

광한의 어린 시절부터 그의 총명함을 익히 봐왔던 영중제였다. 하여
그에게 각별한 애정을 쏟았고, 황족이 아니면 들어갈 수조차 없는 황궁
무고에까지 마음껏 출입할 수 있게끔 했던 인물이 바로 그였다.

뿐만 아니라 그가 가장 사랑하는 여동생 벽하의 배필감으로 점지한
것도 영중제였을 정도로 그에 대한 신뢰와 애정은 너무도 각별했었다.

"그동안 짐을 많이 원망했지?"

"……."

"너무도 짐이 무능했다. 너에겐 그 어떤 변명도 할 수 없을 정도
로……."

"폐하, 이미 지난 일이옵니다. 너무 괘념치 않으셔도 괜찮습니다."

광한은 착잡한 표정으로 입술을 열었다.

"아니야. 짐이 어찌 너와 북궁 대부에 대한 과오를 씻을 수 있겠느
냐? 늦었지만 짐이 꼭… 북궁가의 명예를 꼭 회복시켜 주겠다. 그 어떤
일이 있어도!"

영중제는 단호한 빛을 띠우며 광한의 손을 꼬옥 잡아주었다.

"……."

광한은 대답하지 않았다.

금마국의 침략만 아니라면 기필코 자신의 손으로 처치하고 싶었던
원수들이었기에 아직도 그에 대한 아쉬움은 진하게 남아 있었다.

"담 태감."

영중제는 함께 부복을 하고 있는 담일기를 향해 고개를 돌렸다.

"예, 폐하."

"북궁월에 대한 직위를 생각해 봤나?"

"예전 직위인 특전총사가 좋겠다고 생각했습니다만 본인이 백의종 군을 하겠다는 의지가 워낙 강한 탓에 아직 결정을 못 내린 상태입니 다."

"백의종군이라니? 말도 안 돼. 자넨 한때 이 땅의 모든 이들이 존경 했던 우상이자 영웅야. 그런 자네가 아무런 직위도 없이 전장으로 나 가겠다니… 그건 가당치 않아."

영중제는 도저히 있을 수 없는 얘기라는 듯 손을 저었다.

"폐하, 소신은 지금 살인을 저지른 살인범입니다. 그런 저에게 전쟁 에 참여할 수 있는 길을 열어주신 것만 해도 소신은 감사할 따름입니 다."

"그렇다고 해서 백의종군이라니… 그건 안 돼. 담 태감의 말대로 특 전총사로서 전장을 지휘토록 하라."

"하나 그렇게 되면 공손 승상 일당의 반발이 생겨날 겁니다. 분란까 지 만들며 폐하의 짐이 되고 싶지 않습니다."

"어허~ 짐이라니? 자넨 나라를 구하기 위해서 다시 우리에게 돌아 온 사람이야."

"그러나……."

"상관없어. 나 역시 이제는 그들에게 휘둘리지만 않을 테니까."

영중제는 단호한 표정을 지었다.

"알겠습니다. 그럼 폐하의 명을 받들겠습니다."

광한은 더 이상 거절하지 않고 모처럼 자신의 굳은 의지를 보이는 영중제의 마음을 받아들였다.

"하하, 이거 술이라도 한잔해야 마땅할 텐데 상황이 상황인지라 그럴 수도 없고. 자네 역시 짐과 함께 있는 것보다는 아마도 벽하를 보고 싶겠지?"

흠칫.

광한은 자신도 모르게 죄를 지은 사람처럼 몸을 움찔거렸다.

"하하, 어서 가보게. 이미 자네가 온다는 것을 말해 두었네. 벽하가 많이 기다리고 있을 거야."

영중제는 다시 한 번 껄껄거렸다.

"폐하……?"

광한은 당혹스런 표정을 지었다.

지금의 그 얘기는 자신의 직위가 예전으로 돌아간 것처럼 그녀와의 관계 역시 예전처럼 인정한다는 의미가 아니겠는가!

그렇다.

이제 모든 것은 그의 부친이 누명을 뒤집어쓰기 이전의 원점으로 돌아왔다.

공손창 일당이 어찌 생각하든 관계없이.

영중제가 모처럼 공손 일당과는 상관없이 황제의 직권으로 독선을 부리는 흐뭇한 순간이었다.

*　　　*　　　*

갈증이 난다.

타는 목마름이 비단 물로만 채워지지 않는.

무거운 갈증이 온 방 안을 휘저어놓는다.

허전한 것…

아쉬움과 서러움에 휩싸인 갈증…….

꿈을 꾼다.

어지러움 속을 헤매며 저만큼 어두운 곳에서 그리도 그리던 얼굴이, 안기고 싶은 따스한 품이 다가온다.

있는 힘을 다해 껴안으며 서러웠던 울음을 토해 버리자…

그러나 그는 저 멀리로 날아가 버린다.

여전히 한 줌의 발버둥에 한 모금의 물을 마셔도 물만으로는 채워지지 않는 갈증이 공간 속에 고스란히 남아 있다.

그 갈증은 오직 당신만이 채워줄 수 있는 것이기에.

언제부턴가… 벽하는 자신의 침소인 백향전 안에 서서 열린 창밖으로 내리는 눈을 바라보고 서 있다. 아침 일찍 영중제로부터 그가 온다는 얘기를 들은 이후, 그녀는 안절부절못하고 계속 창밖을 내다보고 있었다.

은색의 눈가루가 아무리 대지를 뒤덮어도 그녀의 갈증은 오늘따라 더욱 심해질 수밖에 없었다.

드륵.

방문이 열리며 애향이가 황급히 들어섰다.

"고, 공주님, 오셨습니다! 그분께서 오셨습니다!"

애향은 그 어느 때보다도 밝고 생기있는 표정을 지으며 입술을 열었다.

"뭐… 정말?"

벽하는 벼락처럼 고개를 돌렸다.

그리고 보았다.

애향의 뒤로 천천히 나타나는 광한의 모습을……

"월… 월랑……"

앵두 같은 입술이 천천히 열리며 그녀의 두 눈엔 벌써 투명한 이슬이 그렁거리기 시작했다.

"월랑… 월랑—!"

벽하는 벅차오르는 감정을 더 이상 억누르지 못한 채 광한을 향해 달려갔다.

와락!

광한은 자신의 품으로 파고드는 그녀의 몸을 거칠게 끌어안았다.

"오랜만이오, 벽하."

"보고 싶었어요, 너무도……"

"용서하구려. 이제야 당신 앞에 나타난 이 못난 놈을……"

"아녜요. 이렇게 나타나 주신 것만 해도 소녀는 너무도 기쁘고 고마울 뿐이에요. 정말이에요."

그녀는 광한의 넓은 가슴에 안긴 채 감격의 눈물을 흘리고 있었다.

애향은 두 사람이 뜨겁게 끌어안고 있는 모습을 바라보기가 쑥스러운 듯 등을 돌리고 있었다.

'이게 얼마 만인가? 공주님께서 저토록 행복한 표정을 하시는 것을 본 것이……'

애향 역시 가슴이 메어졌다. 곁에서 벽하를 모신 지 어언 십 년이다. 지난 몇 년간 벽하의 얼굴에 짙게 드리워진 어둠을 볼 때마다 그녀 역시 가슴이 너무도 아리고 아팠다.

얼굴에 드리워진 그늘을 영원히 떨쳐 버리지 못할 것 같았던 벽하가 정인의 품에서 저토록 행복한 표정을 하고 있다는 사실이 애향은 너무도 기쁘고 좋았다.

'치잇~ 주책 맞게 내가 왜 자꾸 이렇게 눈물이 나는 거람?'

애향은 흘러내리는 눈물을 팔뚝으로 훔치면서도 흐뭇한 미소를 지었다.

"월랑, 대체 어떻게 된 일인가요?"

벽하는 그를 올려다보며 물었다.

"뭐가 말이오?"

"폐하를 만나러 오신 거라면서요? 그럼 이제 월랑에 대한 모든 누명이 다 벗겨진… 우웁!"

의아한 눈으로 바라보던 벽하가 갑자기 헛구역질을 하기 시작했다.

"욱! 우욱!"

"벽하, 왜 그러시오? 혹시 체한 것은……?"

광한이 당황하며 벽하를 부축하려 하자 그녀는 손을 저었다.

"죄, 죄송해요… 우웁… 잠시만요……."

벽하는 입을 틀어막으며 급히 밖으로 나갔다.

"벽하."

광한이 급히 그녀의 뒤를 따라 나가려는 순간,

"호호, 총사님. 그러실 필요 없어요."

애향은 빙긋 미소를 지며 그를 만류했다.

"필요가 없다니?"

광한은 의아한 표정으로 애향을 돌아보았다. 애향은 여전히 밝게 미소를 지었다.

"호호, 공주님께서 임신을 하셨어요. 바로 총사님의 아기라고 하시더군요."

쿵!

광한은 입을 쩍 벌리며 크게 당황했다.

"아, 아기를 가졌다고?"

"호호. 예, 축하드려요."

"아, 아기를……?"

여름이 끝나가던 운명의 그날 밤,

무대봉의 배려로 광한과 벽하는 재회를 했고, 짧은 여름밤을 함께 보냈다. 그러나 그 일로 인해 벽하가 임신을 했으리라곤 꿈에도 생각지 못했다.

"우리의… 아기를……?"

광한은 여전히 똑같은 말만을 반복하며 서 있었다.

도무지 실감을 못하는 그런 표정으로.

＊　　　＊　　　＊

"뭐, 뭐가 어째?!"

공손창은 눈을 휘둥그렇게 뜨며 버럭 소리를 쳤다.

"폐하가 북궁월을 불러들이고, 그놈에게 특전총사라는 직위까지 하사했다는 게 참말이냐?"

"그렇습니다, 승상."

그의 앞에는 전매와 조세를 관리하는 소부(少府) 태사기가 굳은 표정으로 앉아 있었다.

태사기는 본시 내조(內助)에서 황실 예식을 간언하던 산기(散騎)였으나 공손창의 비위를 잘 맞춘 덕분에 소부라는 막강한 직위까지 오를 수 있었다.

그는 공손창의 집에서 기르는 개가 새끼를 낳을 때도 축하 선물을 들고 찾아올 만큼, 공손창의 비위를 맞추는 일이라면 무슨 일이든지 기꺼이 할 정도의 인물이었다.

"그런 역적의 아들놈을 다시 불러들이고 막강한 직위까지 하사하다니!"

공손창은 눈을 가늘게 뜨며 심각한 표정을 지었다.

"염병학 대사농을 비롯한 고관대작들을 살해하고 나에게까지 칼을 들이밀었던 그런 놈을 다시 불러들이다니… 대체 이게 무슨 꿍꿍이지?"

"주변에서 들려오는 얘기에 의하면, 금마국의 침략을 막기 위해선 북궁월을 사면할 수밖에 없었다고 하더군요."

"아무리 그렇다고 사면을 해?"

쾅!

공손창은 흥분하며 앞에 놓여진 작은 탁자를 내려쳤다.

"놈은 역적의 아들이자 살인자야! 아무리 전쟁 때문이라지만 그런 놈을 사면해 주고 높은 감투까지 하사하면 조정의 권위가 어찌 되겠나!"

"에휴~ 당연히 땅에 떨어지겠지요. 그리고 백성들도 기가 막혀 할 테지요."

태사기는 답답한 듯 길게 한숨을 쉬었다.

"북궁월, 그놈은 안 돼!"

빠드득!

공손창은 어금니를 질끈 깨물었다.

"놈은 우리에게 폭탄 같은 존재야. 놈이 다시 폐하 곁에 있으면 안 돼. 폐하의 뜻을 번복시키게 만들어야 해. 뿐만 아니라 이번 기회에 꼭 제거를 해야만 한다. 무슨 일이 있어도!"

*　　　*　　　*

광한이 떠난 이후, 무대붕은 가슴 한구석이 뻥 뚫린 것 같은 허전함에 사로잡혔다.

함께했던 시간은 비록 이 년 반 정도밖에는 안 됐지만, 마치 이십 년 이상을 함께했던 형제가 다시는 돌아오지 못할 곳으로 떠난 것과 같은 느낌이었다.

'쯧, 이렇게까지 기분이 더러울 줄 알았다면 보내지 말 것을 그랬나?'

마음 같아선 '오냐, 네놈이 원하는 대로 해줄 테니 먹은 영약 뱉어 내' 라고 하고도 싶었고, '임마, 너 없으면 나 심심해서 어찌 사냐?' 하며 붙잡고도 싶었다.

하나 안타깝게도 그는 육만 개방인들의 총수다. 아무리 아쉽고 속상해도 총수로서의 체면과 위신을 버릴 수는 없었다.

의연한 모습으로 가겠다는 광한을 보내주는 것이 폼이 날 것 같다는 생각에, 그리고 너무도 속이 상해 눈물이 날 것 같아서 그렇게 정해 버리고 밖으로 나왔던 것이었는데…

요즘 들어선 괜히 감정을 숨기고 폼을 잡은 게 아닌가 하는 아쉬움이 하루에도 몇 번씩 느껴졌다.

'좌우지간 객사했다는 소리만 들려봐. 곧바로 저승까지 따라가서 네

놈을 박살 내버릴 테니까!'

무대붕은 잔뜩 인상을 구기며 무좀약을 발랐다.

개봉제일의 명의라는 허주운 노인이 무대붕의 고충을 알고 특별히 신경 써서 만든 초특급 무좀 연고였다. 가격도 비쌌고, 재료도 귀한 것들로 만들었다는 얘기에 이번만큼은 지긋지긋한 무좀에서 해방될 수 있을 거라고 믿었다.

"쯧쯧. 한겨울에도 무좀이라니? 정말 여러 가지 한다."

빈정거리는 소리와 함께 광마불이 나타났다.

"꼬마야, 장가도 안 간 젊은 놈의 발이 어찌 그 모양이냐? 어디 발이 그래서 장가나 가겠냐?"

"젠장~ 신경 꺼. 영감더러 장가보내 달라고 하지 않을 테니까."

"이 녀석아, 이렇게 물집이 잡히고 딱지가 생긴 무좀은 아무리 열심히 씻고 약을 발라봐야 소용이 없어."

"소용이 없으면? 그럼 영감은 다른 치료 방법이라도 알고 있다는 거야?"

"얼어죽을, 방법은. 이 정도라면 당금의 의술로는 도저히 고칠 수가 없어. 차라리……."

"차라리 뭐?"

"더 이상 다른 곳까지 전염되기 전에 아예 발을 잘라 버리는 게 최선이야. 낄낄."

광마불은 무대붕을 놀려먹는 게 재미가 있는지 키득거렸다. 그러나 결코 조용히 듣고 있을 무대붕이 아니다.

"영감!"

무대붕은 험악하게 인상을 쓰며 버럭 소리를 질렀다.

"이 자식은 좋은 방법을 가르쳐 줘도 성질이네?"

"그게 그렇게 좋은 방법이면 영감 발이나 잘라."

"이놈아, 이거 왜 이래? 난 무좀과는 무관한 사람이라구. 보여줄까?"

광마불은 탁자 위에 발을 올려놓고 버선을 벗으려 하자 무대붕이 인상을 찌푸리며 코를 틀어막았다.

"젠장! 대신 냄새가 지독하잖아? 도저히 인간의 발 냄새라고 할 수 없을 정도의 살인적인 고린내."

"내 발에서 고린내가 난다고?"

광마불은 발에 코를 들이대고 킁킁거렸다.

"음… 나긴 좀 나는군. 아주 살짝."

"젠장! 숨도 못 쉴 정도가 살짝이냐?"

"임마! 살짝 나든 세게 나든 그렇다고 발을 잘라? 발 냄새 때문에? 쯧쯧, 육만 개방인의 총수면 총수답게 제발 말 같은 소리 좀 해라. 네가 그래서 맹주 선거 때 한 표밖에 못 받은 거라구."

"무좀이 좀 있다고 나더러 발을 자르라는 영감의 정신 상태는 멀쩡하고?"

"그, 그건……."

광마불이 흠칫하자 무대붕은 매우 짜증스런 표정을 지었다.

"영감, 내가 부탁 하나 하는데 제발 웬만하면 아무 말도 하지 말고 가만히 좀 계슈. 그게 정 힘들면 보따리 싸서 나가든지."

'끙……. 망할 놈. 내가 갈 데가 없다고 뻑 하면 저 소리라니까.'

광마불은 떫은 표정을 지으며 구시렁거렸다.

그때였다, 가옥이 실내로 들어선 것은.

"……?"

무대붕은 의아한 표정으로 가옥을 쳐다보았다. 보따리를 싸서 나가라고 한 것은 광마불이었는데 뜻밖에도 가옥이 그런 모습으로 들어선 것이었다.

"너… 왜 그래? 그 보따리는 또 뭐고?"

"술 한잔 사줄래?"

가옥은 씁쓸한 표정으로 입술을 열었다.

"술은 왜?"

"그냥, 할 얘기도 있고 해서……."

"……?"

무대붕은 고개를 갸웃거렸다.

표정으로 보나 음성으로 보나, 그리고 들고 있는 보따리로 보나 가옥의 상태가 예전 같지 않았기 때문이다.

"알았다. 잠시만 기다려."

무대붕은 버선을 신으며 일어났다.

"좋아. 그렇지 않아도 나 역시 술 한잔 생각나던 참이었는데… 나가자."

"나가다니? 여기서 안 마시고?"

광마불은 의아한 표정으로 무대붕을 쳐다보았다.

"영감, 그게 뭔 뚱딴지야?"

"지난번에 내가 술 한잔 사라고 했더니 그냥 술상을 봐왔잖아? 돼지 껍데기와 지렁이 무침에 밀주로."

"영감이랑 가옥이가 같아?"

"그러니까 난 썩은 늙은이고 갠 계집이라서 차별하겠다는 얘기냐?"

"젠장! 영감은 아무 데서나 바지를 홀랑 벗잖아? 괄약근 때문에!"

광마불은 흠칫했다.

"아무 데서나 똥칠을 하면서 시샘은……."

무대붕은 못마땅한 표정으로 눈을 흘기고는 이내 가옥과 함께 풍류각을 떠났다.

광마불은 기분이 더러워지기 시작했다.

'그러니까 그걸 빌미로 나한테는 절대 제대로 된 술집에서 술을 안 사겠다 이거냐?'

광마불은 콧구멍을 벌렁이며 씩씩거렸다.

'좋다. 이놈의 싸가지없는 자식! 술 처먹고 들어와서 네놈의 방구석이 어떻게 되어 있는지 한번 꼬락서니를 봐라. 괄약근의 분노, 괄약근의 저주가 어떤 것인지 확실한 작품을 한번 만들어놓을 테니까!'

그는 잔뜩 인상을 구기며 바지를 훌렁 내렸다.

"끄으으응~"

풍류각 밖으로 분노에 찬 광마불의 신음이 흘러나왔다.

그와 동시에 터지는 꾸리꾸리한 음향.

뿌지직… 뿌직… 뿌뿌뜨직…….

광마불의 저주는 이렇게 시작되고 있었다.

*　　　　*　　　　*

월계객점(月溪客店).

개봉 내에서는 일류급으로 꼽히는 고급 객점이다.

비록 음식 값이 비싸긴 했지만, 소주(蘇州) 출신의 주인인 왕월계가 직접 주방에서 만드는 강소 요리(江蘇料理)의 탁월한 맛 때문에 개봉의 유지들이 자주 찾는 곳이었다.

무대붕이 기루를 놔두고 굳이 이곳을 찾은 이유는 가옥이 여자였기 때문이다. 아무리 자신의 취향이 아니라도 젊은 여자와 함께 기루에 가기는 좀 꺼림칙했다.

하여 이곳을 찾았는데, 혼란한 상황 때문인지 늘 문전성시를 이루던 월계객점도 한산하기가 그지없었다.

쪼옥.

이층 창가에 자리를 잡고 앉아 있는 무대붕은 황주(黃酒) 한 잔을 맛깔스럽게 들이켰다.

"그래. 하고 싶은 얘기가 뭐지?"

그는 잔을 내려놓으며 가옥을 쳐다보았다.

"나… 이제 떠날래."

가옥은 어두운 표정으로 입술을 열었다.

"떠나다니? 갑자기 왜?"

"있을 이유가 없잖아. 어차피 내 무공이 각하보다 못하다는 게 밝혀졌고… 그렇다고 특별히 할 일이 있는 것도 아니니까."

"각하?"

무대붕은 눈을 휘둥그렇게 떴다.

가옥에게서 처음으로 제대로 들어보는 호칭이었다.

그동안 무대붕이란 존재를 악착같이 인정하지 않은 채 '야!' 라든가 '임마, 쩜마' 로 일관했던 그녀의 입에서 '각하' 라는 제대로 된 호칭이 흘러나왔으니 무대붕이 어찌 당혹스럽지 않겠는가?

'이 물건이 오늘 여러 가지로 이상하네. 오늘이 그날인가? 달거리를 할 때면 이상해지는 여자들도 있다고 하던데?'

무대붕은 오히려 제대로 된 호칭을 듣는 게 더욱 불안했다.

"가면? 낙양 지부로 돌아갈 거냐?"

"아니."

가옥은 고개를 저었다.

"거기선 무천표 지부장이 날더러 애들에게 무술을 가르치라고 하는데 내 주제에 누굴 가르칠 수 있겠어?"

"네 주제가 어떤데?"

"난 아직도 삼류야. 무천표 지부장은 날더러 여류 무림인 중에선 열 손가락 안에 드는 고수라고 하지만 그건 의미가 없어. 각하만도 못한 무공으로 무슨 무술을……."

"야! 그건 네가 몰라서 하는 소린데, 난 무림이 시작된 이후 가장 강한 고금제일인이야. 네가 나보다 못한 건 당연한 일이지 절대 자존심 상할 일이 아니라구."

"고금제일이란 얘긴 믿지 못하겠고… 어쨌든 나보다 강한 사람이 있다는 게 기분 더러워서 못살 것 같아."

'망할 계집, 기분 더러울 것도 많군.'

기분이 더럽다는 가옥의 얘기에 무대붕의 기분이 더러워졌다.

"그럼? 어디로 떠날 건데?"

"더 이상 무공 연마에 전념할 열정도 식었고, 그렇다고 죽어버리기도 그렇고… 그냥 머리 깎고 산에나 들어가서 남은 인생 그냥 그렇게 썩을 생각이야."

"산에 들어가면 그냥 들어가지 굳이 머리는 뭐 하러 깎냐? 머리털만 아깝게."

"참견 마, 내 맘이니까."

가옥은 말을 자르며 술잔을 들이켰다.

"크으… 술맛이 왜 이렇게 쓰고 지독하지?"

그녀는 잔뜩 인상을 찡그렸다.

술이 들어가자 가옥의 얼굴이 묘하게 붉어졌다. 검은 피부는 다소 하얘지면서 불긋불긋하게 변했다.

'얼래? 얘 참 특이하네? 술이 들어가니까 얼굴 색깔이 오히려 좋아지는걸?'

무대붕은 의아한 표정으로 쳐다보았다.

일단 첫 잔을 마신 후부턴 마치 발동이 걸린 술꾼처럼 가옥은 연신 자작을 하며 술잔을 들이켰다.

"히야… 이젠 술이 안 쓰고 맛있네. 키킥……."

술 몇 잔이 쉬지 않고 거푸 입 안으로 들이부어지자 가옥의 눈은 초점이 풀렸다. 그리고 이유없이 키득거렸다.

"키키킥… 각하야, 끅… 술이 들어가니까 참 좋다……. 끅."

"너… 취했냐? 왜 이렇게 해롱거리냐? 겨우 반병도 안 마셔놓고?"

"키킥… 취했냐고? 몰라… 태어나서… 술이란 걸… 끅… 처음 먹어봐서. 끄윽……."

눈의 초점이 풀린 상태에서 실실거리며 딸꾹거리며…

'끄응, 이놈의 계집애. 이제 보니 술도 마실 줄 모르잖아?'

무대붕의 표정이 푸르뎅뎅하게 변했다. 졸지에 가옥의 술 주정을 받아주게 생겼으니 어찌 그의 기분이 편하겠는가.

"헤헤… 술이 들어가니까 참 기분이 좋다. 끅……. 그리고 각하 얼굴도 갑자기 잘생겨 보이고……."

"네 눈은 술이 들어가야 정상이 되나 보구나. 내 얼굴은 원래 잘생졌다.”

“헤헤… 웃기지 마라. 솔직히 네가 잘생긴 데가 어딨냐? *끄으*… 눈
꼬리는 밑으로 축 처졌지… 콧구멍은 엄지손가락이 왔다 갔다 할 정도
로 뻥 뚫렸지… *끄으*. 입술은 썰면 한 접시는 나올 만큼 두껍지……”

“뭐, 뭐가 어드래?”

“*끅*… 임마, 인상 쓰지 마. 난 사실대로 얘기해 주는 거니까. *끄으*…
게다가 인물이 더러우면 성격이라도 좋아야 하는데 성질도 개떡같지…
그리고… 무좀도 지독하지… *끅*… 정말 장가가기 힘든 조건은 다 갖췄
다구……. *끄으*.”

술에 취하자 잠시 ‘각하’라며 예우하던 호칭은 사라지고 또다시
‘임마, 점마’로 돌아가고 있었다.

“이게… 술 취했다고 입에서 나오는 대로 막 지껄이네?”

무대봉은 인상을 구기며 씩씩거렸다.

“헤헤… 기분 나쁘냐……. *끅*… 미안해… 미안하다구… 흑흑……”

“얼씨구? 이번엔 또 울기까지?”

“흑흑… 아무리 여자로 태어났어도… 무술만 잘하면 얼마든지 출세
할 거라고 생각했는데……. 흑흑.”

가옥은 언제 히죽거리며 웃었냐는 듯 눈물을 펑펑 쏟으며 훌쩍이기
시작했다.

“그래서… 흑흑… 다섯 살 때부터 목검을 잡고 십오 년 동안을 여름
의 땡볕과 겨울의 눈보라 속에서도 미친 듯이… *끄으*… 그렇게 무술
연마만 했는데… 그랬는데… 결국 난… 이룬 게 아무것도 없어… 아무
것도 없다구……. 으허허엉~!”

나지막이 훌쩍이던 가옥이 급기야 대성통곡까지 하게 되었다.

실내에서 식사를 하던 사람들이 일제히 고개를 돌려 쳐다보았다. 무대붕은 당혹스러워지기 시작했다.

"으허엉… 살기 싫어……. 자존심 상하고… 비참해서 살기 싫다구……. 으허어엉!"

가옥은 식탁에 고개를 파묻고는 더욱 크게 악다구니를 치며 통곡했다.

"이런 젠장~ 아주 제대로 주사를 부리는군."

무대붕의 얼굴은 휴지처럼 구겨졌다. 그는 자리에서 벌떡 일어나며 소리를 질렀다.

"야! 주책 그만 떨고 일어나, 어서!"

"으허엉… 엉……."

"일어나라니까!"

"허엉……!"

"정말 안 일어날 거야?"

"……."

가옥의 통곡 소리는 점차 잦아들더니 급기야 아무런 소리도 들리지 않았다.

그때, 십대 후반의 점소이가 급히 달려왔다.

점소이는 가옥의 상태를 알아내려는 듯 가옥의 머리 위로 귀를 가까이 대었다.

"각하님, 잠들었는데요?"

"뭐? 벌써?"

무대붕은 어이없는 표정을 지었다.

'젠장, 정말 함께 술 못 마실 물건이로군.'

"헤헤… 각하님, 냉큼 삼층에 방 하나 잡아드리겠습니다."

점소이는 씨익 미소를 지었다.

"임마! 방은 왜?"

"헤헤… 각하님도 참, 저도 이 바닥에서 몇 년인데 그 정도 눈치가 없겠습니까? 이 순간을 위해 여인 분을 이토록 취하게 만든 거잖습니까? 저도 다 압니다. 헤헤."

"뭐?"

"좋은 시간 되시길 바라겠습니다. 헤헤."

점소이는 꾸뻑 인사를 하고는 이내 객실이 있는 삼층으로 올라갔다.

"저 저 녀석이……?"

무대붕은 어이가 없었다.

육만 개방인들의 총수이자, 무림의 미래를 이끌어갈 차기 지도자인 무대붕이 색마로 취급되는 순간이었다. 그것도 여자에게 강제로 술이나 먹인 후 음심(淫心)이나 채우는 삼류색마.

'끄웅~ 망할 계집, 내가 너 때문에 별의별 취급까지 다 당한다. 젠장!'

무대붕은 여전히 의식 불명의 상태로 탁자 위에 엎어져 있는 가옥의 뒤통수를 보며 씩씩거렸다.

그때였다.

"뭐라구요? 황금 오천 냥짜리 현상 수배가 이젠 신고해도 소용없는 게 됐단 말입니까?"

매우 익숙한 음성과 함께 상당히 부담스러운 악취가 무대붕의 귀와 코를 스쳤다.

무대붕은 소리와 냄새가 나는 곳으로 일층 구석 탁자 쪽을 내려다보았다.

그의 예상대로 잡방의 부방주였던 마구리가 포청의 포두와 함께 앉아서 얘기를 나누고 있는 모습이 시야에 들어왔다.

"거참~ 이 친구, 대체 몇 번을 얘기해야 알아듣는 거야? 조정에서 신고 들어와도 받지 말라는 명령이 하달됐다니까."

사십대의 포두는 술잔을 들이키며 투덜거렸다.

"대체 왜요? 고관대작들을 해친 살인범이라면서요?"

마구리는 매우 당혹스런 표정을 지으며 질문을 계속했다.

"폐하의 명령이라고 하더군."

"폐하가 뭐 땜에 그런 명령을 내린 겁니까? 그런 악질 살인범을 위해서."

"우리 같은 말단이 그 이유를 어찌 알겠나? 위에서 시키는 대로하는 거지."

"폐하가 정말 제정신이 아니군요. 국정을 그런 식으로 줏대없이 운영을 해서야 이 나라가 어찌 되겠습니까!"

마구리는 인상을 쓰며 버럭 소리를 질렀다.

"그렇게 우유부단하니 오랑캐 놈들이 연경까지 집어삼킨 게 아니고 뭐겠습니까? 정말이지 폐하가 그 딴 식으로 정치를 하면 이 나라는 망합니다!"

"자네가 왜 그렇게 흥분하나? 말단 벼슬 하나 없는 사람이."

"쓰파… 황금 오천 냥이 졸지에 허공으로 떴는데 그럼 지금 내가 흥분 안 하게 생겼습니까! 광한이는 무대봉 그 싸가지없는 자식의 수하이니 언제고 다시 개방을 내사하면 그놈을 찾을 수가 있었다구요!"

"어쩔 수 없잖아, 이미 위에서 그렇게 지시가 내려왔으니. 그리고 자네 흥분 좀 그만 하게. 자네가 자꾸 흥분하니까 내가 도무지 숨을 쉴 수가 없네. 도대체 자네 이는 얼마나 안 닦은 건가?”

마구리의 구취에 도저히 견딜 수가 없는지 포두는 코를 막으며 진저리를 쳤다.

“형님도 참… 얘기했잖습니까. 이 난 이후 한 번도 안 닦았다고!”

마구리는 상대의 불쾌감 따위엔 상관없이 당당하게 말했다.

“얼씨구! 자랑이다, 자랑이야.”

문득 마구리의 고막으로 빈정거리는 음성이 파고들었다.

“어, 어떤 새끼가 감히!”

마구리는 인상을 구기며 벼락처럼 고개를 돌렸다.

“으헉!”

돌리는 순간 그의 눈은 튀어나올 것처럼 크게 확대가 되고 몸은 딱딱하게 얼어붙었다.

제33장

오해야, 정말 오해라구!

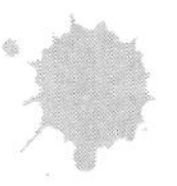

"무, 무대붕……?"

그렇다.

어느새 무대붕이 그의 앞에 우뚝 서 있었다.

"오랜만이다. 변함없이 네놈의 주둥이에선 악취가 진동하는구나."

무대붕은 씨익 미소를 지었다.

"그, 그러게. 조, 좋지 않은 냄새를… 풍겨서 미안해……."

마구리는 어색한 표정과 함께 말을 더듬거렸다.

'미안? 얼씨구. 이 인간이 벌써부터 환경 적응에 들어가네?'

무대붕은 너무도 순순히 자신의 치부를 인정하며 사과까지 하는 마구리의 모습에 기가 막혔다. 환경에 따라 살쾡이가 됐다가 순한 양도 될 수 있는 그의 적응력이 그저 감탄스러울 따름이었다.

"근데 각하가 여긴 어쩐 일이야? 식사하러 온 거야?"

마구리는 무대봉에 대한 호칭도 깍듯하면서도 자연스럽게 불러주고 있었다. 이런 순발력은 비무기의 특기였는데, 마구리는 아마도 그의 밑에서 부방주로 근무하면서 교활한 비무기의 처세를 자연스럽게 몸에 익힌 듯했다.

"아니, 네놈 좀 패려고!"

우직!

짤막한 대답과 함께 무대봉의 묵직한 주먹이 마구리의 콧잔등에 꽂혔다.

"으와악!"

콰당당탕!

마구리는 비명과 함께 곤두박질을 쳤다. 그러나 결코 그 한 방으로 깔끔하게 상황을 끝낼 무대봉이 아니다.

"끄으으……."

"힘들게 움직일 것 없어, 내가 다 알아서 졸도시켜 줄 테니까."

무대봉은 코피를 훔치며 천천히 일어나려는 마구리의 가슴팍 위에 올라타 앉았다.

"가, 각하… 대, 대체… 왜 이래……. 이, 이러지 마……."

마구리는 공포에 질린 표정을 지으며 턱을 덜덜 떨었다.

"왜 이러냐고 했냐?"

"그, 그래… 내가… 한때 비무기 그 나쁜 새끼한테 속는 바람에… 각하에게 버릇없이 굴었던 점은… 이미 뼈에 사무치도록 반성을 했어……. 그러니까… 이젠 용서해 줘."

"그러기에 칠칠맞지 못하게 왜 그런 자식한테 속아, 속기는! 그렇기 때문에라도 네놈은 맞아야 돼."

퍽!

"으악! 자, 잘못했어. 용서해 줘. 이제라도 정신 차리고 잡방에서도 나왔잖아."

"임마! 네놈이 잡방에서 나오고 싶어서 나왔냐? 비무기가 증발하고 문도들이 모두 떠나 버려 폐방(廢幇)이 되니까 어쩔 수 없이 나왔지."

퍼퍽!

"우왁! 우악! 하, 하지만… 어쨌든 이미 난 새 사람이 됐어. 정말이야! 그러니 용서해 줘… 제발……."

"새 사람이 됐다는 놈이 현상금에 눈이 멀어 포두들을 끌고 우리 개방으로 들이닥쳐? 그리고 현상 수배가 풀리니까 그걸 또 미치도록 억울해하고? 그래서 넌 더 정신 차릴 때까지 나한테 좀 맞아야 돼."

빠빠빠빠빡!

"으악! 살려… 우왁! 사, 사람 살려… 우아악!"

때린 이마와 광대뼈만을 절묘하게 골라서 때리는 무대붕의 현란한 주먹질에 마구리가 할 수 있는 건 비명과 살려달라는 절규뿐이었다.

어느덧 장내에서 식사를 하던 사람들은 먹거나 떠들어대던 일들을 멈춘 상태였다.

그들 모두는 인간을 미학적으로 패고 있는 가해자의 화려한 동작과 신나게 얻어터지면서도 삶의 미련을 버리지 못하고 악착같이 살려달라고 애원하는 어느 한 피해자의 생생한 모습을 매우 진지한 표정으로 응시하고 있었다.

"아, 아니, 저 친구가?!"

마구리와 함께 동석을 했던 포두는 눈을 휘둥그렇게 뜨며 자칫하다간 자신과 의형제처럼 지내는 마구리가 황천으로 떠날지 모른다는 불안감에 벌떡 자리에서 일어났다.

"이봐. 개방각하, 그만 해. 이게 무슨 행패인가?"

개봉의 포두로서 그가 어찌 개봉제일의 유명인인 무대붕을 모를 수 있겠는가.

무대붕이 비록 나이는 별로 안 먹었지만 엄청나게 고강한 무공에 싸움닭 같은 지랄 맞은 성격을 갖고 있는 개봉 최대의 무림방파의 총수라는 것을 포두는 너무도 잘 알고 있었다.

하여 그는 긴장하며 조심스럽게 그의 행동을 만류했다.

"이러다가 마구리가 죽으면 자넨 살인자가 되는 거야. 평생 뇌옥에서 썩을 생각이 아니라면 이제 그만 하게."

빠빠박!

"장 포두, 내가 어디 사람 한두 번 패? 죽는 일 없을 테니까 신경 끊고 원래 자리에 가서 술이나 마시라구."

무대붕은 고개조차 돌리지 않은 상태로 하던 일을 계속했다.

"이, 이 사람아, 난 포두야. 이런 일이 벌어질 때마다 그걸 처리하는. 그런데 내가 빤히 눈을 뜨고 있는 앞에서 이런 일을 하면 어쩌자는 건가? 나도 무시받으면 참질 못하는 사람이라구. 자네만 성질이 있는 게 아냐! 그러니 좋은 말 할 때 그만 해."

여러 사람들 앞에서 포두의 체면이 서질 않자 그는 짐짓 노기 띤 표정을 지었다.

"참지 않으면 어쩔 건데?"

빠악!

무대붕은 엄청나게 불거진 무대붕의 광대뼈에 마지막 주먹을 날린

후 벌떡 일어났다. 그와 동시에 마구리는 시체처럼 완벽하게 쭉 뻗어
버렸다.

마구리는 이와 같은 참혹한 꼴을 당하지 않기 위해서 아부를 하고
비무기도 욕하는 등 나름대로 최선을 다했으나 노력만 아깝게 되고 말
았다.

"그래서 날 뇌옥에라도 가두겠다는 거야 뭐야?"

무대붕은 포두에게 얼굴을 들이밀며 인상을 긁었다.

"경우에 따라선. 말했듯이 나도 성질이 있거든."

"그래? 어디 능력있으면 한번 그 성질 부려봐. 포청에서 잘리고, 저
팔계 누이 같은 당신 마누라에게 맞아죽고 싶으면."

"마누라라니? 내가 왜 우리 마누라한테 맞아 죽는단 말야?"

포두는 눈을 휘둥그렇게 떴다.

"그걸 몰라? 당신, 동가로에서 어물전(魚物廛)을 하고 있는 젊은 과
부랑 그렇고 그런 사이라며?"

덜컥!

무대붕의 입에서 '어물전 젊은 과부' 라는 얘기가 나오는 순간, 포두
는 심장이 떨어지는 것 같은 충격을 느꼈다.

"그 얘기가 당신 마누라한테 들어가면 당신은 아마 그날로 병풍 뒤
에서 향내를 맡게 될 텐데? 게다가 당신 마누라가 개봉성주의 처 팔촌
조카니 포청에서도 당신을 가만 내버려 두지 않을 테고."

"그, 그걸… 어떻게……?"

포두는 입술을 부들부들 떨며 반문을 했다.

"당신, 우리 개방의 정보망은 천하제일이야. 맘만 먹으면 당신 집에
있는 수저가 몇 개고, 이빨 빠진 그릇이 몇 개인지 다 알아낼 수 있다

구. 알겠어?"

무대붕은 엄지손가락으로 콧구멍을 후비며 여유있는 표정을 지었
다.

"헤헤… 이 사람아, 말이 그렇다는 거지, 내가 감히 어찌 자네를 포
청으로 데려가겠나? 자넨 개봉제일의 저명 인사야. 자네처럼 품격있는
유명인이 괜히 사람을 때렸겠나? 다 그만한 이유가 있으니까 팼겠지."

포두는 비굴한 표정으로 아양을 떨었다.

"그럼. 두말하면 하품이지."

무대붕은 엄지손가락에 붙은 왕건이를 포두의 어깨에 스윽 문지르
며 의기양양한 얼굴을 했다.

"고, 고마우이… 역시 자네는 도량이 큰 대인일세. 정말 존경스럽네.
크윽."

포두는 감동한 표정으로 무대붕의 손을 덥석 잡았다.

그는 자신의 어깨에 뭐가 묻었던 상관이 없었고, 무대붕이 그 손가
락으로 뭔 짓을 했는지 관심이 없었다. 그저 마누라와 성주의 귀에 자
신의 불륜 행각이 들어가지 않게만 할 수 있다면 그 왕건이를 핥을 수
도 있을 만큼 절박하고 애절했다.

그 순간 눈치 빠른 점소이가 다가왔다.

"각하님, 그 여자 분을 삼층 특실에 모셔다 두었습니다."

"뭐?"

"각하님께서 싸우느라고 정신이 없으시기에 제가 대신 그분을 침상
에 곱게 눕혀 드렸죠. 헤헤. 제가 웬만하면 공치사 같아서 그런 얘기를
안 하는데 혹시 모르실 수도 있다는 생각에 말씀드리는 겁니다."

점소이는 공치사 같아서 하기 싫다면서 열심히 자기가 한 일에 대해

낯을 내었다.

"그런데 그 여자 분께서 속이 거북하신지 막 토하려고 하기에 제가 욕실로 모셔가서 모두 토하게 해드렸습니다. 헤헤. 정말 너무 많이 취하셨더군요. 옷도 아무렇게나 막 벗어 던지고."

"뭐라구? 그래서?"

무대붕은 눈을 크게 뜨며 인상을 썼다.

"헤헤… 인상 펴십쇼, 각하님. 아무리 제가 조숙하다지만 각하님께서 노리고 계신 여자 분이 옷을 벗어 젖히는 것을 감히 어찌 쳐다보겠습니까? 정말 아무것도 안 보고 그냥 나왔으니 너무 걱정 마십쇼. 헤헤."

"임마! 헛소리 말고 얼른 올라가서 끌고 내려와! 개방으로 데려갈 거니까."

"예? 잠시 묵지 않고 그냥 가시겠다구요?"

점소이는 빠른 자신의 눈치로도 도저히 이해할 수 없는 듯, 의아한 표정으로 반문을 했다.

"이 자식아, 자꾸 말 시키지 말고 시키면 시키는 대로나 해. 어서!"

무대붕이 짜증스런 표정으로 성질을 부렸다.

"각하님, 그렇게 되면 제가 그분의 벗은 몸을 보게 될 텐데요? 옷도 입혀 드려야 하고?"

흠칫!

"아, 아냐, 됐어. 그냥 놔두고 넌 가서 일이나 봐."

무대붕은 순간적으로 크게 당황하며 말을 바꿨다.

"헤헤… 예, 좋은 시간 보내십쇼. 그럼 전 이만."

점소이는 꾸뻑 인사를 하고는 실실거리며 사라져 갔다.

'끄응… 술이 취했으면 취했지, 옷은 왜 벗고 난리야? 끄응, 망할 계집애. 아무튼 여러 가지로 속을 썩인다니까.'

무대붕은 양손으로 머리를 벅벅 긁었다. 온갖 인상을 쓰고 입술 사이로 앓는 소리를 흘리며…….

천하의 무대붕을 이토록 난처하게 만드는 가옥의 주사.

무대붕의 하루는 오늘도 변함없이 고단하기만 했다.

*   *   *

"뭐가 어째? 그러니까 우리더러 오랑캐의 앞잡이가 되라는 얘기냐?"

머리털이 하나도 없는 육십대의 대머리노인이 인상을 긁으며 비무기를 향해 버럭 노성을 질렀다.

독두귀마(禿頭鬼魔) 골회(骨獪).

십오 년 전까지만 해도 독두파(禿頭派)라는 산서성(山西省) 최대의 사파 집단을 이끌던 일급 마두였다.

머리털을 하루에 한 번씩 면도하고 돼지기름으로 광을 내야만 한다는 지침에 따라 그의 부하들은 늘 번쩍이는 머리통을 앞세우며 각종 추악하고 더러운 이권 사업에 개입하고 돌아다녔다.

자신들이 운영하는 도박장에 손님들을 끌어들이기 위해 늘씬한 젊은 여인들로 호객 행위를 하고, 각종 사기 도박으로 손님들의 주머니를 거덜 냈고, 고리(高利)의 도박 자금을 대주며 그것까지 모두 홀랑 다 뜯어먹었다.

게다가 그들에게 돈을 빌려 쓴 도박꾼들이 제때 돈을 갚지 못할 땐 돈이 될 만한 것들을 몽땅 압수했고, 그래도 부족하면 마누라와 자식들까지 팔아서 돈을 회수할 정도로 지독하고 악랄한 무리들이었다.

그런 만행으로 자살하는 사람이 늘어나고 멀쩡하던 가정들이 파탄에 이르는 등 독두파에 대한 사람들의 원성이 극에 달하자 무림맹에서는 병력을 출동하여 독두파를 박살 내버렸다.

하여 독두귀마는 무림맹이라면 적개심으로 가득 찰 수밖에 없었고, 특히 앞장서서 자신의 문파를 쑥대밭으로 만든 무천승이라면 더 더욱 이를 갈았다.

"선배님, 그들이 오랑캐든 아니든 그게 무슨 상관입니까? 그건 문제거리조차도 안 됩니다."

비무기는 차분하게 입을 열었다.

이미 야율노극을 대면하고 그에게 충성을 맹세한 결의 삼 형제는 그동안 무림의 공적으로 도망 다니거나 무림맹의 위세에 주눅이 든 사파의 거두(巨頭)들에게 은밀히 초대장을 보냈다.

독두귀마를 비롯하여 산동성(山東省) 최고의 살인마로 꼽혔던 산동백정(山東白丁) 교세기(敎世祁), 소림의 장로 행세를 하며 수많은 불가의 여신도를 겁탈하고 돈까지 뜯다가 소림의 공적이 된 미륵색귀(彌勒色鬼) 변광팔(卞光八), 언제나 여장에 짙은 화장을 하고 다니며 애정이 깊은 연인이나 금실 좋은 부부만 보면 이유없이 그냥 죽였던 사천변태(四川變態) 육갑해(陸甲海) 등… 이름만 대면 알 만한 악명 높은 인간 말종들이 비무기의 초대를 받고 나타난 것이다.

"문제가 안 된다니? 잘난 정파무림맹 놈들 때문에 우리가 비록 무림 공적으로 몰린 입장이긴 하지만 그래도 우린 근본없는 오랑캐들과는 질적으로 다른 중원인들이야. 그런 우리가 어찌 놈들의 앞잡이 노릇을 할 수 있겠나!"

“아미타불. 빈승도 동감이외다.”

독두귀마가 목청을 높여 반발하자 혈색 좋은 미륵색귀가 염주를 굴리며 나직한 음성으로 동조를 하였다. 외모라든가 하는 짓을 보면 영락없는 승려였다, 인상까지 매우 넉넉하고 좋은.

“몸속에 흐르는 피가 밥을 먹여줍니까? 아니면 명예와 권력을 가져다 줍니까?”

비무기의 차분한 표정으로 재차 입을 열었다.

“지금의 불명예를 벗고 우리와 같은 사파인들이 제대로 인정받는 세상을 만들기 위해서라도 이 땅은 한 번쯤 뒤집혀져야 합니다. 정파무림 놈들은 그렇게 되는 것을 막기 위해 전쟁 참여를 선언했습니다. 이 얼마나 좋은 기회입니까?”

“……..”

“우리도 전쟁에 참여하는 겁니다. 우린 무서운 기세로 쭉쭉 뻗어 나가는 금마국의 첨병이 되어 그동안 우릴 못 잡아서 안달이 났던 정파 놈들과 맞서 싸우는 겁니다. 그래서 놈들을 작살낸다면 이 얼마나 통쾌한 일이겠습니까?”

“복수할 수만 있다면 뭔들 못하겠소? 하지만 우리에 비해 놈들의 쪽수가 훨씬 많은데 우리가 무슨 재주로 그들을 박살 낼 수 있겠소?”

얼굴에 칼자국이 거미줄처럼 그어져 있는 산동백정이 씁쓸한 표정으로 입을 열었다.

“그러니까 우리도 되도록 많은 사파인들을 규합해야겠죠. 그래서 용맹한 금마국의 병사들과 함께 더 이상의 침략을 불허하겠다며 똘똘 뭉친 정파무림 놈들과 한판 벌이는 겁니다. 소문 들어 아시겠지만, 금마국의 병사들은 수많은 전투를 치르는 동안 아직까지 단 한 번의 패배도 용납치 않은 무적의 용사들입니다. 그들과 우리 사파무림인들이 힘을 합쳐 정파무림 놈들을 박살 내면 우린 이 땅의 주류(主流)로서 어깨에 힘을 주며 정말 살맛 나게 살 수 있게 됩니다.”

“음… 정파 놈들이랑 제대로 한 번 붙어볼 수 있다는 게 가장 마음이 끌리는군.”

“아미타불. 빈승도 동감이오. 그동안 그 새끼들 피해 다니느라고 제대로 여사 한번 품어보지 못했소.”

독두귀마와 미륵색귀의 고개가 동시에 끄덕여졌다.

“호홍~ 만약 오빠 말대로 그렇게 해서 이 나라의 주인이 바뀌면 우리에게도 큼직한 감투 하나씩은 떨어지겠네?”

사천변태가 코맹맹이 소리로 묻자 실내에 모인 결의 삼 형제의 얼굴이 일제히 누렇게 떴다.

사천변태 육갑해는 삼십대 중반의 분명한 남자다.

코는 허공을 향해 뻥 뚫린 들창코에 송충이처럼 짙고 굵은 눈썹, 그리고 언제나 핏발 선 눈동자 등, 남자치고도 상당히 못생긴 추남이었다.

그럼에도 그는 여인들이 입는 붉은 홍장에 뒤로 묶은 머리칼은 화려한 장신구로 치장했고, 얼굴은 기녀처럼 짙게 화장까지 한 몰골로 앉아 있는 것이다.

그냥 앉아 있어도 흉측한 몰골이 여장을 하고 있으니 어찌 끔찍하지 않겠는가?

‘끙… 오빠? 토할 것 같군.’

‘세상에 미친놈도 참 여러 가지군. 저러고 싶을까?’

마인귀와 갈포악은 소문으로만 접했던 사천변태의 실체를 보고, 막상 징그러운 그의 웃음소리까지 듣게 되자 구역질이 날 것만 같았다.

"하하… 그야 당연한 일이죠. 철패대제님께서는 대륙의 주인이 바뀌면 우릴 개국 공신으로 인정하는 것은 물론 그에 상응하는 엄청난 포상이 있을 것이라고 이미 공표하셨습니다."

비무기는 울렁거리는 비위를 억지로 진정시키며 껄껄 웃었다.

"그럼 난 사천성 중경의 성주 자리나 하나 달래야지. 그 다음엔 젊고 늘씬한 놈들을 뽑아서 내 수발을 들게 만들 거야. 그거 생각만 해도 벌써부터 행복해서 미치겠는걸. 호호홍~"

사천변태는 다시 한 번 끔찍한 웃음소리를 토했다.

"사천변태께선 우리의 계획에 동참하는 걸로 생각하겠습니다. 다른 분들의 생각은 어떤신지요?"

비무기는 좌중을 둘러보았다.

"음… 오랑캐의 앞잡이라는 게 맘에 걸리긴 하지만, 정파 놈들을 박살 낼 수 있는 절호의 기회인만큼 나 역시 찬성이네."

"아미타불. 빈승도 당연히 찬성이오. 그리고 우리와 뜻을 함께할 동지들도 열심히 포섭하겠소."

독두귀마와 미륵색귀의 대답을 필두로 이곳저곳에서 뜻을 함께하겠다는 얘기들이 이어졌다.

"나도 무조건 동참이오. 이번 기회에 정파 놈들 딱 천 명만 목을 따 버리겠소."

"호호홍~비무기 오빠, 난 굳이 또 얘기 안 해도 되지?"

"노부 역시 잔갈파의 명예를 걸고 노부의 부하들과 함께 열심히 싸워보겠소."

"나도 찬성이오."

실내에 모인 서른세 명의 사파 거두는 이렇듯 예상 밖으로 쉽게 뜻을 합쳤다.

정파무림인들에 대한 분노와 적개심, 그리고 개국 공신으로서 부와 명예를 거머쥘 수도 있다는 기대 때문인지 그 어떤 이견도 없었다.

이제 전쟁은 정과 사의 무림인들에게도 피할 수 없는 승부가 되었다.

＊　　　＊　　　＊

밤이다.

구중궁궐의 지붕을 덮은 흰눈 위로 교교로운 달빛이 뿌려지고 있었다. 그러나 모두가 잠든 늦은 시간이었건만 벽하의 침소인 백향전은 밤을 잊은 듯 화창 사이로 불빛이 새어 나오고 있었다.

유등(油燈).

붉은 유등이 방 안을 밝게 비추고 있다.

탁자 위엔 광한이 특전총사로서 앞으로 입게 될 군복이 가지런히 접혀져 있었고, 침상에선 도란도란한 말소리가 흘러나왔다.

"월랑은 아기가 아들이면 좋겠어요? 아니면 딸이 좋겠어요?"

광한의 팔베개에 머리를 괸 벽하는 사랑으로 가득한 눈으로 그를 바라보며 물었다.

"글쎄."

"전 아들이었으면 좋겠어요, 당신을 똑 닮은."

"큰일날 소리. 나 같은 놈을 닮아봐야 사랑하는 여자의 속이나 썩이지 뭐에 쓰겠소?"

"호호, 그건 그래요."

벽하가 밝게 미소 짓자 광한은 떨떠름한 표정으로 그녀를 바라보았
다.

"쯧, 아무리 그렇다 해도 막상 그대가 그런 식으로 인정을 해버리니
조금은 섭하군."

"소녀가 그동안 얼마나 많은 날을 당신 때문에 아파했고, 당신 때문
에 절망했는지 아서야 해요."

문득 벽하의 눈가에 투명한 이슬이 고이기 시작했다.

"너무도 힘들게 만난 사람이기에 이제 다시는 떨어지고 싶지 않은
데… 이제 잠시 후면 또다시 그리움만 남겨둔 채 제 곁을……."

격해지는 마음에 목이 메이는 듯 벽하는 더 이상 말을 잇지 못했다.

"……."

광한은 가슴이 아팠다. 어찌 그녀의 마음을 모를 수 있겠는가!

자신도 그녀와 헤어지고 싶지 않았지만 그럴 수 없는 현실이 그저
안타까울 따름이었다.

"짧은 만남… 그리고 기약할 수 없는 긴 이별. 당신을 사랑하는 건
너무도 힘든 고통이네요. 이번만큼은 절대 보내고 싶지 않은데… 어떡
하든 저와 우리 아기 곁에 있어달라고 애원이라도 하고 싶은데…… 그
래도 안 되겠죠?"

"……."

벽하의 눈에서 흘러내리는 눈물을 보자 광한 역시 가슴이 메어졌다.
그리고 어찌 이런 행복한 시간을 외면하고 싶겠는가!

광한은 소리없이 흐느끼는 벽하의 눈물을 훔쳐 주었다.

"미안하오."

"……."

"지금 이 순간 내가 당신에게 해줄 말은 이것밖에 없구려."

광한이 착잡한 표정으로 음성을 발하는 순간,

"으허헝… 월랑……."

벽하는 감정을 더 이상 억제하지 못하고 광한의 품으로 파고들며 큰 소리로 오열을 했다.

"흑흑… 살아오실 거죠? 꼭 살아서 돌아오실 거죠?"

"물론이오."

"꼭 살아와 저와 우리 아이 앞에 나타나실 거죠?"

"물론이오."

"됐어요. 그러면 됐어요. 흑흑……."

벽하는 넓은 그의 가슴에 얼굴을 파묻으며 오열했다.

한 마리 새처럼 자신의 품에 안겨 흐느끼는 벽하의 모습을 바라보는 광한의 눈에도 눈물이 고였다.

사랑하는 여인과 곧 태어날 자식을 두고 전장으로 떠나야만 하는 광한의 운명.

그는 이 순간 처음으로 자신에게 이런 운명을 마련한 하늘을 원망했다.

*　　　　*　　　　*

춥고 깊은 밤.

잠 못 드는 청춘은 황궁에만 있는 게 아니었다.

월계객점의 삼층 특실 창에서도 역시 불빛이 새어 나오고 있었다.

여인은 실오라기 하나 걸치지 않은 몸으로 침상에 누워 있었다.

피부색은 가무잡잡했으나 오히려 그래서 더욱 뇌쇄적인 모습이었다.

목은 길었으며 그 아래로 유연한 선이 흐르다가 갑작스럽게 두 개의 봉우리로 솟아오른다.

여인의 가슴은 그 자체로 하나의 산악이었다. 풍만함이라고 표현하기에는 어딘지 부족한, 그보다는 뭔가 더 적절한 표현이 있을 것 같은 가슴이었다. 두 개의 커다란 육봉(肉峰) 한복판에는 각각 분홍빛 유실이 수줍은 듯 떨고 있었다.

가슴의 융기는 다시 매끄러운 평원으로 이어졌다.

끝없이 펼쳐질 것 같은 평원…

그 중간에는 깊은 우물이 하나 있어 균형을 깨뜨리고 있었으며 평원은 갑작스럽게 절벽으로 이어졌다.

그 절벽은 깊은 숲으로 이루어져 있었는데…….

꿀꺽!

문득 사내의 침 넘어가는 소리가 들렸다.

'뭐야? 이거 벗은 몸이 장난이 아니잖아?'

사내의 눈은 음욕으로 이글거렸다.

사내의 손은 어느새 여인의 가슴을 향해 다가가기 시작했다.

또다시 입가에 침이 흘렀다. 그런데 이번엔 미처 삼키기도 전에 침이 밑으로 뚝 떨어졌다.

"으응… 뭐, 뭐야?"

사내의 침이 얼굴에 떨어지는 순간, 여인은 중얼거리며 희미하게 눈을 떴다.

그러나 희미하게 뜨여진 그 눈은 곧바로 얼굴 전체를 뒤덮을 정도로 크게 확대가 되었다.

"꺄아아악! 뭐야?"

여인은 비명 소리와 함께 벌떡 몸을 일으켰다. 그러나 그녀는 자신이 옷을 홀딱 벗고 누워 있다는 사실을 발견하고는 또 한 번 비명을 질렀다.

"꺄아아악! 나쁜 새끼!"

그녀는 이불로 황급히 몸을 가리고는 이내 사내를 향해 손을 날렸다.

쫘악!

사내의 뺨이 돌아갔다.

"이 색마 같은 인간! 네가 이러고도 육만 개방인들의 총수야? 이 추잡하고 더러운 놈아!"

여인은 씩씩거리며 표독스럽게 노려보았다.

"그, 그건 오, 오해야. 내가 벗긴 게 아니라… 네가 벗은 거라구!"

졸지에 색마로 몰린 사내는 두 손을 저으며 변명했다. 하나 흥분한 여인에겐 통하지가 않았다. 흥분과 분노는 그녀로 하여금 자신이 벌거벗은 상태라는 것조차 잊게 했다.

그녀는 벌떡 일어나 자신의 감산도를 움켜잡았다. 그리곤 벌거벗은 상태로 사내를 향해 맹렬하게 휘둘렀다.

"색마! 널 죽여 버리고 말 테다!"

슈아아악!

섬뜩한 도기가 공간을 양단하는 순간, 사내는 자칫하다간 자신의 목숨이 위태로울 수 있다는 위기감을 느꼈다.

'젠장! 변명도 안 통하니……. 일단 튀는 게 최상책이다!'

사내는 벌거벗은 여인이 휘두르는 칼을 피하며 신속히 문을 열고 도망치기 시작했다.

“야! 무대붕, 이 나쁜 새꺄! 서! 거기 안 서!”

여인은 도망치는 사내를 계속 쫓아가려 했으나 형편상 그럴 수가 없었다. 아무리 원통하다고 해도 젊은 여인이 벌거벗은 상태로 도망치는 사내를 쫓아갈 수 있겠는가.

‘끄응… 나쁜 자식, 어디 두고 보자. 빠드드득!’

벌거벗은 여인, 가옥이란 이름을 가진 그 여인은 이를 갈며 분노를 삼켰다.

사내, 가옥의 벗은 알몸을 쳐다보다가 색마로 몰린 무대붕이란 사내는 뒤도 안 돌아보고 한참을 도망치다가 어느 넓은 공지 앞에 우뚝 섰다.

“헥헥…….”

무대붕은 가쁜 숨을 몰아쉬더니 그냥 바닥에 털썩 주저앉았다.

“젠장. 이게 무슨 꼴이람? 천하의 무대붕이 졸지에 색마로 몰리다니. 그것도 내 취향도 아닌 싸가지없는 계집애한테.”

무대붕은 주저앉은 상태에서 머리칼을 거칠게 움켜잡았다.

“아냐, 이건… 이건 꿈이야. 꿈이 아니고선 도저히 이런 개망신이 있을 수가 없어!”

머리칼을 움켜잡으며 완강하게 고개를 젓더니 이내 밤하늘을 올려다보며 괴성을 질렀다.

“으아아아—! 이건 꿈이라구, 꿈!”

그렇다.

무대붕에겐 정말 꿈으로 돌리고 싶은 참혹한 밤이었다.

복수는 내가 한다

—왜라너? 이 미친놈아, 난 너의 각하야. 다른 건 몰라도 졸병의
복수만큼은 악착같이 대신해 주는 각하. 알겠어?

전선(戰線)은 평온했다.

마치 찻잔 속에 고여 있는 물처럼.

무서운 기세로 대륙 제이의 거성인 연경을 집어삼킨 야율노
극은 마음 같아선 계속 남하하여 황도인 낙양마저 함락하고
싶었으나 그러기에는 시기가 적절하지 못했다.

때는 십이월, 한겨울에다가 도저히 밖을 돌아다닐 수 없을
정도로 살을 에는 지독한 혹한이었다.

그렇지 않아도 계속 이어지는 수많은 전투를 치르느라고 지
칠 대로 지친 병사들이었다. 차라리 날이 풀릴 때까지 충분한
휴식기를 갖게 하는 것이 효율적이라는 판단에 병사들은 다시
전장에 투입될 그날을 위해 재충전하고 있었다.

한편, 중원 역시 젊은이들을 징집(徵集)하고, 화약과 방패와
검, 창 등 각종 병기들을 보강하며 그들의 침공을 대비하였고,
정파무림인들은 언제라도 전선에 참여할 만반의 준비를 갖추

며 금마국의 도발을 예의 주시하였다.

　이렇듯 전선은 너무도 지독한 혹한으로 인해 어느 누구도 먼저 선공을 강행할 수 없는 평온을 유지하고 있었다.

＊　　　　＊　　　　＊

　"폐하! 북궁월을 사면하고 그에게 특전총사라는 막강한 직위까지 하사하셨다니, 그건 결코 있을 수 없는 일이옵니다!"

　공손창이 격앙된 표정으로 목청을 높였다. 그러자 그와 함께 이른 아침부터 천붕전을 찾은 여러 문무백관들도 공손창의 뜻에 동조하기 시작했다.

　"그렇사옵니다. 북궁월은 역모를 저지른 북궁장천의 혈육이자 여러 조정 신료들을 살해하고, 심지어는 공손 승상께도 위해를 가하려 했던 극악무도한 살인자입니다!"

　"가뜩이나 황실과 소신들에게 악감정을 갖고 있는 그런 인물에게 막강한 벼슬까지 내리시다니, 그건 호랑이에게 날개를 달아준 격입니다!"

　"북궁월의 머리는 적도들과 싸우는 것보다는 분명 제 부친 죽음에 대한 복수로 가득 차 있을 겁니다. 언제고 그놈은 병력을 이끌고 이곳으로 들이닥칠 겁니다!"

　"부하들 없이 단신으로도 그 난리를 친 놈이 아닙니까? 그러니 후환을 만드시지 말고 어서 직위를 삭탈하고 놈을 잡아들이는 것이 올바른 선택이라 사료되옵나이다!"

　영중제는 무거운 표정을 지으며 대신들을 바라보았다.

이미 문무백관들의 이와 같은 반발은 예상하고 있었다. 그렇기에 새로울 것도 없었다.

"지금은 전란(戰亂) 중이오. 북해 끝까지 쫓겨갔던 오환의 무리들이 연전연승을 하며 연경성까지 집어삼킨 상태요. 제국의 안위가 바람 앞의 등불처럼 위태로운 상황에서 북궁월같이 출중한 젊은 영웅을 전장에 투입시킨 게 어찌 잘못이란 말이오?"

"폐하! 말씀드렸다시피 그는 역적의 혈육이자 조정 신료들을 살해한 살인자이기도 합니다. 아무리 비상시국이라지만 그런 인물을 사면하고 막강 직위까지 하사한다는 건 그 어느 시절에도 없었던 일이옵니다!"

공손창은 얼굴까지 시뻘겋게 붉히며 잘못된 인사 조치임을 재차 강조했다. 그러나 영중제 역시 물러섬이 없었다.

"말씀 잘하셨소. 그렇소이다. 지금은 제국이 적도들에게 넘어가느냐 마느냐 하는 비상시국이오. 그런 상황만 아니라면 짐 역시 그와 같은 조치를 취하진 않았을 것이오."

"그렇다면 폐하께선 제아무리 흉악한 범죄자라 할지라도 전장에 나가 싸움만 잘할 수 있다면 기꺼이 감투를 내리시겠다는 말씀입니까?"

"그렇소. 어떤 죄를 저질렀든 관계없이 적도들을 무찌를 수만 있다면 짐은 그렇게 할 것이외다. 제국의 안위는 그 어떤 것보다도 먼저 지켜야 할 최우선의 가치요."

"폐하, 아무리 상황이 안 좋다 할지라도 북궁월 같은 자를 다시 거둔다는 것은 좀……."

"조용히 하시오! 짐의 말이 아직 안 끝났소."

전매와 조세를 관리하는 소부(少府) 태사기가 입을 여는 순간 영중제는 노기를 띠며 그의 발언을 가로막았다.

"죄, 죄송합니다, 폐하……."

뜻밖으로 강경한 영중제의 음성에 태사기는 움찔하며 고개를 조아렸다. 그로서는 단 한 번도 본 적이 없었던 영중제의 서릿발 같은 단호함이었다.

"다시 말하지만, 지금과 같은 비상시국에선 국가의 안위를 지키는 것이 최우선이오. 그렇기 때문에 짐은 각종 범죄로 뇌옥에 갇혀 있는 죄수들 중에서 전쟁에 참여하고자 하는 지원자가 있다면 얼마든지 받아줄 것이며, 만약 그들이 전공(戰功)이라도 세운다면 사면은 물론 거기에 상응하는 상까지 내릴 생각이오."

영중제의 얼굴엔 더 이상 물러서지 않겠다는 결연한 의지가 서려 있었다. 하나 공손창 역시 쉽게 물러설 위인은 아니었다.

"북궁월이 한때 서융과의 전쟁에서 혁혁한 공을 세운 것을 모르지는 않사옵니다만, 그렇다고 그가 이번 전쟁에서도 그와 같은 전공을 세울 수 있다는 예단은 너무도 과하신 듯하옵니다."

"거참, 북궁월의 지난 전공을 인정한다면서도 어찌 짐의 행동을 과하다고 하시는 건지 정말 이해할 수가 없구려. 북궁월은 이미 우리들에게 그런 능력을 보여주었소. 그러면 충분히 믿을 수 있는 것 아니오?"

"하나……."

"그만 합시다. 짐은 이제 더 이상 그 문제를 갖고 그대들과 정력을 낭비하고 싶지 않소."

"폐하, 이건 결코 간단한 문제가 아닙니다. 아무리 능력이 있다고 해도 역도의 아들이자 공신을 죽인 살인마에게 죄를 묻지도 않고 이처럼 우대를 한다면 이제부턴 결코 규율이 서지 않을 것이며, 지방 호족들 또한 황실을 우습게 여기게 될 것이옵니다. 제발 통촉하여 주시옵소 서!"

"통촉하여 주시옵소서!"

공손창을 비롯한 모든 문무백관들이 일제히 머리를 조아리며 읍소 를 했다. 그러나 영중제는 짜증스런 표정을 지으며 나가라는 손짓을 했다.

"이미 결정난 일이오. 그만 하고 물러들 가시오. 피곤하여 좀 쉬어 야겠소."

"폐하!"

"어허, 물러나라고 하였소이다!"

영중제가 얼굴을 붉히며 버럭 노성을 지르자, 문무백관들은 당혹스 러웠지만 워낙 그의 태도가 강경한 탓에 어쩔 수 없이 그 자리에서 물 러나야만 했다.

'전란이라는 이유로 내 뜻을 무시하고 자기 식으로 국정을 운영하고 싶은가 본데… 흥, 과연 그럴 수 있을지 두고 보자구.'

문무백관들과 함께 천붕전을 물러나는 공손창의 얼굴엔 비릿한 냉 소가 흐르고 있었다.

*   *   *

"으아! 정말 미치겠다! 동팔아. 임마, 정말 깨끗이 다 치우긴 치운 거 야?"

두꺼운 이불을 뒤집어쓰고 집구석에 가만히 앉아만 있어도 뼛골 시린 냉기에 절로 턱이 덜덜거리는 엄청난 혹한이건만, 개방각하의 처소인 풍류각의 모든 창문들은 활짝 열려 있었다.

"예, 제가 구석구석까지 무려 열 차례씩이나 치우고 닦고 했다니까요."

"임마! 그런데도 왜 사흘이나 지난 아직까지도 냄새가 이렇게 진동하는 거야? 아직도 은밀하게 숨어 있는 왕건이가 혹시 남아 있는 거 아냐?"

무대봉은 모든 창문을 다 열어놓은 풍류각 안에서 코를 막고 선 상태로 소리치고 있었다.

본의 아니게 가옥의 알몸을 보다가 색마로 몰린 그날 밤, 무대봉은 자신의 처소로 돌아왔다가 게거품을 물고 졸도할 뻔했었다.

침상과 식탁, 그리고 심지어는 옷장 속에까지 온통 똥으로 장식되어 있었던 것이다. 하여 똥이 묻어 있는 모든 가재들과 그가 그토록 애지중지하던 고급 의복까지 모두 내다 버리고 대청소를 했건만, 사흘이 지난 지금까지도 여전히 냄새가 진동을 하니 어찌 무대봉의 상태가 온전할 수 있겠는가.

무술을 배우기 싫고, 구걸하기도 싫다는 이유로 풍류각의 전담 청소원이란 보직을 신청한 동팔은 자신의 선택을 뼈저리게 후회했다.

'띠발, 내 이놈의 똥 때문에 요절하고 말지……'

동팔은 바닥에 납작 엎드려 실내에 숨어 있는 똥이 없는지 다시 한 번 살피기 위해 개처럼 코를 킁킁거렸다.

천성이 워낙 게으르고 귀찮은 것을 싫어하는 천부적인 거지 체질을 타고난 탓에 풍류각 하나만 청소하면 나머지 시간은 술도 마시고, 잠도 편히 잘 수 있다고 대단히 행복해했는데 요 며칠은 오히려 생명의 위협을 느낄 정도로 수면이 부족했다.

아무리 문을 열어놓고 닦고 또 닦아도 꾸리한 그 냄새가 가시질 않았다. 그러니 성질 급한 무대붕이 어찌 그걸 참고 가만 놔두겠는가? 끝내고 이제 좀 잘 만하면 다시 불러서 청소시키고, 다시 자려고 하면 또 부르고…….

이러니 수면 부족에 만성 피로까지 겹친 상태니 그가 생명의 위협을 느끼는 것도 결코 엄살만은 결코 아닐 것이다.

"없는데요… 아무리 찾아도……."

동팔이는 시뻘겋게 부풀어오른 코가 거북한 듯 코를 만지작거리며 보고했다. 지독한 냄새를 몇 날 며칠 동안 킁킁거린 결과 그의 코로 똥독이 퍼진 모양이었다.

"젠장! 남아 있는 왕건이가 없는데도 어떻게 아직까지도 냄새가 진동을 하는 거지?"

"보통 똥이 아니라 아무래도 내공이 실린 똥 같습니다. 그렇지 않고서야 사흘이나 지났는데도 이렇게 지독할 수가 없죠."

"뭐?"

무대붕은 눈을 휘둥그렇게 떴다. 강호란 땅 위에 두 발을 딛고 살아가면서 무수히 많은 소리들을 들어봤지만 똥에도 내공이 있다는 얘기는 귓구멍 뚫린 이후 처음이었다.

"그렇지 않고서야 하루에 열 차례 이상씩 무려 사흘 동안을 깨끗이 닦고 또 닦았는데도 여전히 이렇게 냄새가 날 수가 없습니다. 더욱이 광마불 영감님은 천하제일의 고수라잖습니까? 똥에 내공이 있는 건 지극히 당연한 겁니다. 그래서 지독할 수밖에 없는 거구요."

동팔이는 확신에 찬 표정으로 입을 열었다.

'그런가? 그래서 내 것도 그렇게 냄새가 지독한 거였나?'

무대붕은 잠시 자신의 것에 대한 기억을 떠올리며 고개를 갸웃거렸다.

"에, 엣취!"

그 순간 기침 소리와 함께 광마불이 실내로 들어섰다.

"어이구, 추워. 꼬마야, 너 미쳤냐? 이런 엄동설한에 창문이란 창문은 몽땅 다 열어놓고 뭐 하는 거야?"

광마불은 턱을 달달 떨면서 의아한 표정으로 무대붕을 쳐다보았다.

"영감, 뻔뻔스럽게 그런 얘기가 나와?"

무대붕은 분노를 짓누르며 노려보았으나 광마불은 여전히 태연했다.

"그런 얘기라니? 넌 그럼 안 춥냐? 난 추운데."

"끄응……."

"역시 젊음이란 게 좋긴 좋구나, 이런 혹한에도 창문을 모두 열어놓고 버틸 수가 있다니. 난 가죽도 썩고 뼈도 썩어서 그런지 추위만큼은 참을 수가 없는데."

"영감! 정말 계속 딴소리 할 거야—!"

무대붕은 더 이상 못 참겠다는 듯 버럭 소리를 질렀다.

"영감, 도대체 왜 자꾸 그러는 거야? 왜 내 방에서 계속 똥을 퍼지르는 거냐구! 정말 계속 그 딴 식으로 할 거야?"

"아하, 난 또 뭐라구."

"아하?"

너무도 태연한 대꾸에 무대붕은 어이가 없었다.

"근데 그건 사흘 전의 일인데 그걸 여태 안 치웠냐?"

“아무리 깨끗이 치우면 뭐 해? 석 달이 지나도 안 없어질 만큼 냄새가 독하게 배어버렸는데! 도대체 무슨 악감정으로 날 이렇게 괴롭히는 거야? 그것도 공짜로 먹여주고 재워준 은인한테!”

“꼬마야, 악감정이라니. 내 어찌 그런 하해와 같은 성은을 베풀고 있는 네게 그런 감정을 가질 수 있겠니? 만약 내가 그런 마음을 갖는다면 난 정말 죽어도 좋은 데 못 갈 거다.”

“그럼 왜 자꾸 그 짓을 하는 거냐구! 아무리 괄약근에 문제가 있기로서니 그 정도도 조절 못한단 말야?”

“응, 못해. 난들 측간을 놔두고 굳이 네 방에서 그러고 싶겠니? 그런데 정말이지 네 말대로 도저히 조절이 안 돼. 참을 수도 없고.”

“정말이야?”

“그렇다니까. 그때도 오죽했으면 늙은 노부가 새파랗게 어린 네 앞에서 바지를 홀렁 내리고 일을 봤겠냐? 에휴, 이래서 늙으면 더 이상 추한 모습을 보이기 전에 알아서 죽어야 한다니까.”

광마불은 길게 한숨을 내쉬며 눈물을 그렁거렸다.

그의 약하고 초라한 모습을 보자 무대붕의 마음은 약해지기 시작했다.

“영감, 눈물 뚝 해. 그럴 수도 있지. 영감이 뭐 늙고 싶어서 늙은 건가? 나 역시도 언젠가는 영감처럼 되지 않는다는 법은 없으니까 너무 속상해하지 말라구.”

“아냐, 넌 다를 거야. 너처럼 멋있는 인간은 늙어도 멋있게 늙더라구. 넌 절대 아무 데서나 똥칠하진 않을 거야.”

광마불은 눈물을 훔치면서 그렇게 말했다. 하나 그의 내심은 결코 입에서 튀어나오는 말과는 너무도 달랐다.

'헬헬, 단순한 놈. 그래서 넌 내 손바닥 안이라니까.'

"움하하! 물론 나야 그렇진 않겠지. 난 늙어도 절제력을 잃지 않을 데니까."

단순한 무대붕은 흐뭇한 표정으로 썰낄거렸다.

"어이구, 왜 이렇게 춥냐? 이 방은 불도 안 떼나?"

문득 무대붕의 고막으로 상당히 귀에 익숙한 음성이 파고들었다.

"아니, 당숙?"

무대붕은 벼락처럼 고개를 돌리며 눈을 휘둥그렇게 떴다.

당숙?

그렇다.

나타난 인물은 바로 낙양 지부의 지부장인 무천표였다.

"근데 이분은 누구신가? 혹시……?"

무천표는 문득 광마불을 쳐다보았다. 그리고는 조심스럽게 물었다.

"광마불 노선배님… 맞나요?"

"험. 조카 녀석과는 달리 안목이 출중하구먼. 오냐, 노부가 바로 광마불님이시다."

무천표가 한눈에 자신을 알아보자 광마불의 목에는 자연스럽게 힘이 들어갔다.

"여, 역시 그랬군요. 경이로운 후광이 전신을 감싸고 있는 게 어쩐지 범상치 않게 느껴지더라니만!"

"헐헐. 이렇게 안목이 있는 친구들은 노부의 범접할 수 없는 신위를 금세 느낀다니까."

"암요, 어디 노선배님이 보통 어르신입니까? 당금 무림 최고 배분이자 최강의 고수님이신데."

무천표는 광마불의 얘기라면 무엇이든 수긍할 자세가 되어 있는 사람처럼 연신 감탄을 했다.

그러나 광마불의 예상과는 달리 무천표의 안목은 그리 대단한 게 아니었다. 개방 거지들이 총단과 지부를 빈번하게 왕래했던 터라 광마불이 이곳 개방 총단에서 더부살이를 하고 있다는 얘기는 이미 익히 들어서 알고 있었다.

때문에 굳이 탁월한 안목이 없어도 못 보던 눈알 시뻘건 노인이 있다면 그가 광마불이라고 충분히 미루어 짐작할 수 있었다.

"노선배님, 절 받으십쇼. 각하의 당숙이자 현재 개방 낙양 지부를 맡고 있는 철면주개 무천표입니다."

무천표는 광마불을 향해 정중하게 큰절을 올렸다.

한눈에 자신을 알아본 것만 해도 기특한데 거기에다가 깍듯하게 큰절까지 올리니 광마불의 입은 다물어질 줄을 몰랐다.

"당숙, 지금 뭐 하는 거야? 곧 저승 갈 노인네라고 미리 제사를 지내주려는 거야?"

무대붕은 엎드려 절을 하고 있는 무천표를 의아한 눈으로 쳐다보았다.

"뭐? 제사? 저, 저런 썩을 놈! 말하는 싸가지하곤!"

광마불의 좋던 기분이 순식간에 증발해 버렸다.

"어허. 조카, 말을 그렇게 하면 쓰나? 강호 제일 연배이신 웃어른께."

"어른이면 뭐 해? 어른 값을 못하는데."

"어른 값을 못하다니?"

"당숙이 직접 저 영감에게 물어봐. 나는 입이 무거워 내 입으로 저 영감이 아무 데서나 바지 훌렁 벗고 똥칠을 하고 다닌다고 절대 말 못 하니까."

'끄으응~'

광마불의 얼굴이 똥색으로 변했다.

"노, 노선배, 벌써 몸이 그렇게 되셨습니까?"

무천표는 황당한 표정으로 구겨진 광마불의 얼굴을 응시했다.

'끄응… 끄으응……'

광마불은 대답 대신 구겨진 얼굴로 신음만 삼켰다.

"쯧쯧. 천하의 노선배님도 세월의 흐름만은 막을 수가 없나 보군요. 어느덧 벽에 똥칠이나 하는 그런 노인이 되셨다니……."

무천표는 너무도 안타까운 표정으로 혀를 찼다. 그러면서 문득 이렇 듯 허명만 남은 퇴물에게 괜히 큰절을 했다는 후회도 밀려왔다.

'아냐아냐! 이 자식들아, 그건 오해야! 난 아직도 쌩쌩해.'

광마불은 이렇게 외치고 싶었다. 그러나 죽어도 그렇게 말할 수는 벗었다. 이미 저질러 놓은 분업(糞業:똥의 업보) 때문에.

"그나저나 당숙이 이 추운 날에 여기까지 어쩐 일이야?"

무대붕은 무천표를 바라보며 물었다.

"일단 창문부터 닫자. 아이고~ 추워라. 이 추위에 먼 길을 왔더니 몸이 동태다."

무천표는 밖이나 다름없는 실내 공기에 몸을 움츠리며 턱을 달달 떨 었다.

"동팔아, 창문 모두 닫고 나가서 군불 팍팍 좀 때라. 그리고 따끈한 차도 한잔 내오고."

"내 것까지 두 잔이다."

무대붕이 동팔을 향해 지시를 내리자 광마불이 보리알처럼 톡 끼어들었다. 무대붕은 못마땅한 표정으로 쳐다보며 한마디 하려다가 그냥 참기로 했다.

'괜히 또 자극받았다고 똥칠하는 그 꼴을 보느니 차라리 그냥 내가 입을 다물자.'

말은 하고 싶었지만 억지로 인내하며 참는 무대붕.

그는 광마불을 통해 무서워서 피하는 게 아니라 더러워서 피하는 것도 있다는 교훈을 경험으로 체득하고 있었다.

이윽고, 창을 닫고 군불을 열심히 땐 결과 실내는 훈훈해지기 시작했지만 덕분에 냄새는 더욱 심해졌다.

"크으… 정말 지독하구만. 차라리 창문을 열어놓는 게 낫겠어."

어째서 실내에 꾸리한 냄새가 진동하는지 이유를 듣게 된 무천표는 차를 한 잔 마신 후 도저히 참기가 힘든지 진저리를 치며 일어났다.

"됐어. 추운 것보다는 냄새를 맡는 게 나아."

광마불은 다시 창문을 열려고 하는 무천표에게 제동을 걸었다.

"그래도 도무지 숨을 쉬지 못할 정도로 지독해서……."

"쓰으~"

무천표가 냄새를 구실로 슬며시 창문을 열려고 들자 광마불이 적안을 부라렸다.

덜컥.

무천표는 하마터면 심장이 떨어져 나갈 것 같았다. 자신을 직시하는 광마불의 눈빛이 너무도 섬뜩하고 공포스러웠기 때문이다.

"헤헤… 당연히 추운 것보단 냄새를 맡는 게 낫지요. 그러고 보니 이 냄새도 맡을 만하네요."

무천표는 어색하게 머리를 긁적이며 자리에 앉았다.

'휴우, 눈빛만으로도 살인을 할 수 있는 인물이 광마불이라더니만 정말 심장에 구멍이 뚫리는 줄 알았네.'

무천표는 식은땀을 흘리며 길게 한숨을 내쉬었다.

"당숙? 냄새가 나면 그냥 열지 왜 그래? 저 영감은 대접해 줄 가치도 없는 노인네야. 신경 쓰지 말라구."

무대붕이 의아한 표정으로 입술을 열자 무천표가 고개를 치켜들며 노성을 질렀다.

"조카! 영감이 뭐냐, 강호제일의 어르신한테!"

"당숙, 왜 그래? 느닷없이?"

"조카도 이젠 강호에서 차지하는 위치가 있는 만큼 윗사람을 공경할 줄도 알라구. 특히 광마불 노선배는 무림맹주인 혜공 대사보다도 항렬이 높은 강호제일의 어른이야. 그렇게 경우 없이 굴어선 안 돼!"

심장에 구멍을 뚫을 것 같은 싸늘한 눈빛 때문이었을까?

아무 데서나 똥칠한다는 얘기에 잠시 광마불을 만만하게 취급하려 했던 무천표의 언행은 그를 처음 대면했을 때보다도 더욱 깍듯하게 바뀌어갔다.

"입장을 바꿔서 생각해 보라구. 조카도 언젠가는 늙을 텐데 그때 조카처럼 새파란 젊은이가 늙은 조카에게 그런 식으로 싸가지없이 굴면 기분 좋겠어?"

"당숙, 뭔 뚱딴지야? 내 성질 몰라? 어린 놈들한테 그런 소리를 듣고 가만히 있게? 그런 버르장머리없는 놈은 그 순간에 그냥 작살이야, 작살!"

무대붕은 생각만 해도 불쾌한 듯 인상을 긁으며 말을 이었다.

“난 무능한 놈은 용서할 수 있어도 버릇없는 놈은 절대 가만두지 않는다구. 그건 당숙도 잘 알잖아?”

“그런 사람이 어찌 강호제일의 어른인 광마불 노선배님께는 버릇이 그 모양인가?”

“그, 그건……”

무대붕은 순간적으로 움찔했다.

‘헬헬. 당숙이란 놈이 제법 똑똑하구먼, 그런 비교도 할 줄 알고. 요 놈, 입이 열 개라도 할 말이 없을 게다.’

매우 흡족한 미소가 광마불의 얼굴 가득 피어올랐다.

그러나 아무리 할 말이 없는 입장이라고 입을 다물고 가만있을 무대붕은 결코 아니었다.

“나, 나는 육만 개방인들의 총수인만큼 사회적인 지명도와 체면 같은 게 있는 입장이라서 아무에게나 말을 높이고 대우해 줄 수 없어. 그래선 안 된다는 거 알고 있지만 그만한 입장이라서 그러는 거라구.”

“임마! 그 무슨 말 같지 않은 해괴한 헛소리냐? 그럼 감투 쓰고 있는 인간은 늙은이들을 공경하면 안 된다는 얘기냐?”

할 말이 없을 줄 알았던 무대붕이 엉뚱한 이유를 들고 나오자 광마불은 화를 벌컥 냈다.

“큰 조직을 이끌고 있는 총수들은 피치 못할 사정으로 그럴 수밖에 없어. 만약 내가 아무에게나 예절 바르고 깍듯하게 군다면 좋은 사람이라는 소리는 듣겠지만 그래선 부하들이 날 무서워하지 않아. 만만하게 생각할 뿐이지.”

“미친놈, 그런 식이라면 소림이나 무당 같은 거대 문파의 장문인들도 네놈처럼 버르장머리가 개판이어야 마땅한데 그들은 왜 겸손한 거지? 그래선 후배나 부하들이 만만하게 생각할 텐데 왜? 어째서?"

"총수라고 다 똑같은 게 아니거든. 각기 자신이 가장 효율적으로 지도력을 발휘할 수 있는 방법도 다르고."

"그러니까 윗사람이든 아니든 말을 함부로 하는 게 네놈이 선택한 가장 효율적인 지도력이냐?"

"뭐, 그런 셈이지."

"에라~ 이 자식아. 네놈한테 굳이 어른 대접받고 싶지 않으니까 집어쳐라, 집어쳐!"

광마불은 더 이상 상종해 봐야 계속 말 같지 않은 소리나 듣게 될 것이라는 판단에 버럭 성질을 내고는 돌아앉아 버렸다.

'젠장, 저 자식의 입에서 말 같은 소리가 나오리라고 생각한 내가 미친 늙은이지.'

광마불은 수세미 같은 머리를 벅벅 긁으며 구시렁거렸다.

무대붕은 광마불의 상태가 어떻든 더 이상 관심을 두지 않았다. 수틀리면 광마불의 괄약근이 열린다는 사실을 익히 알고 있기에 더 이상 그를 자극하는 언행을 중단하고 무천표를 응시했다.

"어쩐 일이야, 당숙. 워낙 추위를 잘 타 겨울엔 바깥출입을 안 하는 사람이 뭔 일로 총단에 온 거야?"

"으응, 사실은 이것 때문에……."

무천표는 품속에서 서찰을 한 장 꺼냈다.

"그게 뭔데?"

"광한이가 조카에게 전해주라는 편지야."

"뭐?"

무대붕은 눈을 크게 떴다. 그것은 광마불도 마찬가지였다. 그 역시

광한이라는 이름이 나오자 눈을 휘둥그렇게 뜨며 팽이처럼 다시 돌아
앉았다.

"이틀 전에 광한이 녀석이 우리 낙양 지부에 들렀더라구. 금마국과
의 전쟁 때문에 부하들과 함께 전선으로 나가는 길이라면서."

"그래서?"

"그러면서 그 망할 자식이 개방엔 잘 훈련된 비합전서구들이 있는
만큼 전서구를 통해 총단에 있는 각하에게 이 편지를 전해주라고 하더
라구."

"망할 자식이라니! 날 잊지 못하고 나에게 편지를 전해주라는 훌륭
한 광한이에게 왜 욕을 하고 난리야?"

무대붕은 험악하게 인상을 구기며 무천표를 쏘아보았다.

"당연히 망할 자식이지. 이런 살인적인 혹한에 무슨 재주로 전서구
를 보내겠냐? 전서구도 지금은 추워서 둥지에서 한 발짝도 나오질 않
는 실정인데 편지를 전해주라는 건 결국 나더러 갖다 주라는 얘기가
아니면 뭐겠냐구?"

무천표 역시 나름대로 투덜거리며 욕을 할 만한 이유는 있었다.

"그럼 부하들을 시키면 되지 뭣하러 직접 들고 와선 내가 가장 아끼
고 사랑하는 광한이에게 욕을 하는 거야? 듣는 각하 조카 기분 더럽
게."

"조카야, 난들 직접 오고 싶어서 왔겠냐? 하지만 부하 놈들이 죽으
면 죽었지 도저히 이 혹한에 개봉에 있는 총단까진 못 가겠다며 거부
하는 걸 난들 어쩌겠냐? 그리고 그렇게 가기 싫은 놈들 시켰다가 만약
서찰도 못 전해주고 도중에 얼어 죽기라도 하면 그건 또 어쩌고."

말인즉 옳았다.

게으른 게 거지다. 그리고 조금만 귀찮아도 하기 싫다고 뻗어버리는 것 역시 거지의 근성이다.

그런 거지들에게 이 살인적인 혹한을 뚫고 삼백 리 길을 가라고 하면 무천표의 말대로 분명 차라리 죽여달라고 했을 것이다.

'녀석, 그럼 그렇지. 내가 매일 밤마다 네놈 걱정에 잠을 못 이루는데 네놈이 내 생각을 안 할 리가 없지.'

무대붕은 광한이 보낸 서찰을 받자 감격이 물결쳤다. 그리고 오래도록 그 감격을 유지하고 싶었는데 안타깝게도 또 다른 출현자에 의해 깨지고 말았다.

"무대붕, 나 좀 보자."

냉랭한 여인의 음성이 고막을 파고들자 무대붕은 온몸이 얼어붙는 것 같았다.

목소리의 주인공은 다름 아닌 가옥이었던 것이다.

사흘 전, 그 운명의 밤에 벌어진 사건(?) 때문에 가옥은 머리를 깎고 산으로 들어가겠다는 결심을 번복하고 다시 개방으로 돌아왔다.

하여 그녀는 어디까지 자신을 능욕했냐며 따져 댔고, 무대붕은 그런 게 아니라고 사건 내막을 차근차근 얘기도 해보고 당시 증인이라고 할 수 있는 점소이까지 불러 오해를 풀려고 백방으로 노력도 했다.

그 결과 의도적으로 술에 취하게 해서 옷을 벗게 만든 건 아니라는 오해는 풀렸으나 자신의 알몸을 본 건 사실이 아니냐며, 그 부분에 대한 정중한 사과에 반성을 하지 않으면 절대 무대붕을 용서하지 않겠다며 뻑 하면 한 번씩 나타나 그를 괴롭혀 댔던 것이다.

"아니, 가옥아."

무천표는 나타난 가옥을 황당한 표정으로 바라보았다.

"오랜만이우, 지부장."

가옥은 그동안 보여준 성격처럼 지난 이십 년간 자신을 부모처럼 길러준 무천표에게도 정중한 예절은 없었다. 그래도 길러줬다는 은혜 때문인지 고개는 까딱거렸다.

"각하의 이름을 함부로 부르다니……. 허허, 그러니까 너희들 이제 그렇고 그런 사이가 된 거냐?"

무천표는 자신의 의도대로 두 사람이 짝을 맺은 줄 알고 물색없는 웃음을 흘렸다.

"오해하지 마슈, 저런 색마 같은 놈은 한 수레를 갖다 줘도 싫으니까."

"색마라니? 그게 아니라고 이미 점소이가 증언을 해줬잖아!"

무대붕은 억울하다는 표정으로 소리를 쳤다.

"생각해 보니 그것도 못 믿겠더라구. 네놈들 둘이 짜고 입을 맞추면 얼마든지 그 정도 조작은 가능하니까."

"뭐? 얘, 얘가 정말 멀쩡한 사람 잡네?"

"그러니까 나와서 나랑 얘기하자구. 난 절대 그 문제를 간단히 넘길 수가 없어, 절대."

가옥이 연신 싸늘한 시선으로 무대붕을 응시하자 무천표는 의아한 표정을 지었다.

"선배님, 얘네들 지금 무슨 얘기를 하는 겁니까?"

무천표는 고개를 돌려 광마불을 쳐다보았다.

"임마, 잘나신 육만 개방인의 총수께서 하시는 일을 늙은 퇴물이 어찌 알겠냐?"

광마불은 여전히 분이 안 풀린 표정으로 구시렁댔다.

"뭐 해, 나오라니까!"

가옥은 다시 한 번 서릿발 같은 음성으로 추궁을 했다.

"아, 알았다. 얘기할 테니 일단 이것부터 보고 난 뒤에 하자."

무대붕은 짜증스런 얼굴로 서찰을 펼쳤다.

"그게 뭔데?"

"내가 너한테 이런 것까지 보고해야 되냐? 내 부하 광한이가 전선으로 가면서 나한테 보낸 편지다. 어쩔래?"

"젠장! 글도 모르는 인간에게 편지는……."

가옥이 비아냥거리자 무대붕 역시 지지 않았다.

"피차 마찬가지다. 그러는 너도 까막눈이면서 누굴 탓하냐?"

무대붕의 말대로 가옥 역시 까막눈을 면치 못했다. 하긴 천하제일인이 되겠다고 다섯 살 때부터 무공 연마에 미쳤으니 글을 깨우질 시간조차 없었던 가옥이다.

"어… 그러면 편지는 누가 읽지?"

무천표가 문득 당혹스런 표정을 지었다.

무대붕과 가옥은 물론 자신까지 까막눈이다. 고개는 당연히 광마불에게로 돌아갔다.

"쯧쯧. 세 명 중에 단 한 놈도 글을 아는 인간이 없다니… 정말 존경스럽다."

광마불은 혀를 차고는 무대붕의 손에 있는 서찰을 낚아챘다.

"이리 내!"

각하, 당연히 별일없겠지? 글도 모르는 각하에게 편지를 쓴다는 게 좀 어울리지 않는 일이지만, 내게 먹인 만년지극혈보와 공청석유가 아까워

속이 편치 못할 각하를 생각하니 위로의 편지라도 보내야겠다는 생각을
하게 되더라구.

'이런 썩을 놈. 오냐! 아깝다. 그렇게 훌쩍 떠날 놈에게 그 귀한 보
물을 먹인 게 너무도 억울해서 잠도 못 잘 정도다!'
서찰을 대독(代讀)하는 광마불의 가래 낀 쉰 목소리를 들으며 무대
붕의 두꺼운 입술은 툭 불거져 나왔다. 무대붕은 자신을 잊지 못하고
편지를 보냈다는 생각에 감격했는데 예상과 달리 서두부터 깐죽거리자
심히 못마땅한 표정이었다.

우리 개방 식구들 모두 잘 지내고 있겠지? 광마불 어르신도 안녕하실
테고. 막상 그곳을 떠나고 보니 개방에서 지냈던 지난 시절이 너무도 소중
하게 느껴지더라구. 짧은 내 인생 중에서 가장 즐거웠던 시간이기도 했고.

'그럼. 어딜 가도 이 무대붕의 우산 아래 있을 때만큼 즐겁고 행복
할 수는 없지.'
구겨졌던 무대붕의 얼굴이 비로소 흐뭇하게 변하기 시작했다. 정말
연기의 대가답게 너무도 빠른 표정 변화였다.

이제 전선으로 떠나면 당분간 각하 생각조차 못할 정도로 삶과 죽음의
경계에서 치열하게 싸우게 될 거야. 하지만 적도들을 모두 물리치고 각하
가 말한 대로 꼭 살아서 돌아가야겠지. 그래서 내가 개방을 다시 찾을 때,
각하는 아마 세 식구를 한꺼번에 보게 될 거야. 나와 벽하, 그리고 아직은
아들인지 딸인지 모를 나의 자식까지. 하하.

'뭐? 그, 그럼 공주가 현재 임신 중이란 얘기잖아?'

무대붕은 눈을 휘둥그렇게 떴다. 그리곤 의아한 표정으로 고개를 갸웃거렸다.

'언제 아기 만들 짓을 했지? 그럼 내가 둘을 만나게 해줬을 때 이것들이 그 짓거리를 했단 얘기가 되는데…….'

광마불은 무대붕이 손가락까지 짚어가며 나름대로 심각하게 임신 시기를 따져 보든 말든 계속 서찰을 읽어 내려갔다.

아무튼 각하, 다시 만날 그날까지 너무 주색(酒色) 밝히지 말고 몸 건강히 잘 보존하라구. 그리고 인격 높고 수양이 깊으신 광마불 어르신께도 좀 잘해 드리고. 하하.

광한의 편지는 그렇게 끝을 맺었다.

"캬～ 겪으면 겪을수록 정말 훌륭한 녀석이야. 살벌한 전선으로 가면서도 노인 공경하라는 말을 남기다니… 정말 어느 녀석과 비교를 안 하려고 해도 도저히 안 할 수가 없다니까!"

광마불은 서찰을 접으며 탄성을 토했다.

"영감, 정말 마지막에 광한이가 그러라고 했단 말야? 영감더러 인격이 높고 수양이 깊다고? 분명히?"

무대붕은 의아한 표정으로 물었다.

"이런 썩을 놈! 그럼 내가 없는 말을 지어내기라도 했단 말이냐? 정의심스러우면 네놈이 확인해 보면 될 거 아냐!"

광마불은 버럭 성질을 내며 팽개치듯 서찰을 건네주었다.

그러나 서찰을 받아 든 무대붕은 확인할 길이 없었다. 곁에 있는 무천표와 가옥 역시 자신과 같은 입장이었으니까.

"영감, 뭐 그깟 일 갖고 삐치긴. 그냥 웃자고 한번 해본 소리 갖고. 움하하하!"

무대붕은 어색함을 지우기 위해 큰 소리로 웃었다. 하나 만약 그중에서 누구 하나라도 글을 아는 사람이 있었다면 광한이 보낸 서찰의 마지막 문장은 광마불의 창작이라는 것을 밝혀냈을 것이다.

'헬헬헬. 꼬마야, 넌 아무리 찧고 까불어봐야 내 손바닥 안이라니까.'

광마불은 무대붕을 골려먹었다는 사실이 매우 흡족한지 씨익 미소를 지었다.

"흠… 그렇다면 뱃속의 아이는 딸이겠군."

가옥이 느닷없이 끼어들며 한마디를 던졌다.

"뭔 뚱딴지야?"

무대붕이 황당한 표정으로 그녀를 쳐다보았다.

"지난번에 금 도끼 은 도끼 나오는 꿈을 꿨다고 해서 내가 태몽이라고 했잖아? 그리고 그 꿈 때문에 내가 태어났다고 했고. 왜, 벌써 잊었어?"

"……!"

무대붕은 입을 쩍 벌리며 눈을 휘둥그렇게 떴다.

자신이 꾼 그 꿈을 어찌 기억 못하겠는가? 그것 때문에 찜찜해서 해몽에 관해 일가견이 있는 주부래를 비롯한 여러 사람까지 소집시켰었거늘.

'그, 그럼 광한이와 벽하 사이에서 저런 괴물이 태어난단 말야? 마,

말도 안 돼!'

무대붕은 광한과 벽하 사이에서 태어날 갓난 가옥을 떠올리며 고개를 설레설레 저었다.

"정말 애국심이 대단한 놈이야."

문득 광마불은 그동안 자신이 보여준 인상과는 너무도 어울리지 않는 그런 진지하면서도 씁쓸한 표정을 지었다.

"적도들이 이 땅을 침략하자 제 부친의 복수도 중단하고 전선으로 달려가다니. 정말 그런 녀석 흔치 않지. 암! 없지, 없어."

"······!"

순간 무대붕은 마치 벼락을 맞은 사람처럼 표정과 몸이 딱딱하게 굳어버렸다.

"본시 부모의 원수와는 한 하늘을 이지 않는다고 했건만 그 복수도 포기하고 자신을 버린 황제와 이 나라를 위해 제 한 몸 던질 생각을 한다는 게 결코 말처럼 쉬운 일이 아니지. 더욱이 사랑하는 여인과 곧 태어날 자식까지 남겨두고."

광마불은 슬며시 무대붕을 응시했다.

"광한이 그 녀석은 모두가 본받을 만한 진정한 영웅이야. 어떤 녀석은 전쟁이 나든 말든 여전히 술이나 처먹고 계집질이나 하고 있는데. 쯧쯧."

보통 때라면 이쯤에서 무대붕의 한마디가 터졌어야 정상이다.

아무리 자신과 한 몸 같은 광한이라지만 이렇게 면전에 놓고 그는 영웅, 자신은 철부지로 취급하고 있는데 그걸 듣고 가만있을 만큼 인내심이 강한 무대붕은 절대 아니기 때문이다.

"······."

그런데도 무대붕은 조용했다. 아니, 그 얘기를 전혀 듣지 못한 사람마냥 무거운 표정으로 굳게 입을 다물고 있을 뿐이었다.

"조, 조카, 왜 그래?"

무천표가 의아한 표정으로 묻자 그제야 무대붕의 입술이 열렸다.

"모두 좀 나가 줄래?"

"……?"

너무도 나직한 무대붕의 음성에 사람들 모두 의아해했다.

"나가라니? 뭔 소리야? 편지 다 읽은 후엔 나랑 얘기하기로 했잖아?"

가옥이 차갑게 말을 내뱉는 순간,

"에이~ 쌍! 나가라는 소리 안 들려? 좀 나가. 모두! 어서!"

쾅! 콰쾅!

무대붕은 의자를 번쩍 쳐들고 일어나더니 아무 곳에나 집어 던지며 버럭버럭 소리를 내질렀다.

"저, 저런 호랑말코 같은 자식! 감히 늙은 노부 앞에서 별 지랄염병을!"

"어르신, 우리 조카가 가끔 저럴 때가 있습니다. 너그럽게 이해하시고 원하는 대로 해주시면 감사하겠습니다. 그리고 가옥이 너도 시키는 대로 하고."

"지부장, 저 인간이 아까 분명히 자기 입으로 그랬단 말예요. 서찰 다 읽으면 따로 얘기하자고."

"알아. 하지만 어디 오늘만 날이냐? 내일도 있고 모레도 있잖아. 그러니까 오늘은 시키는 대로 하자구."

무천표는 광마불과 가옥을 겨우 설득하여 데리고 나갔다.

“…….”

실내에 혼자 남게 된 무대붕.

그는 여전히 굳은 표정으로 깊은 상념에 빠져 있었다.

대체 그는 지금 무엇을 그리도 골똘히 생각하고 있는 것인가?

＊　　　＊　　　＊

밤.

구름에 달이 가려 더욱 어두운 밤이다.

어둠은 묘한 것이다.

어둠 속에서는 가슴속 깊이 꼭꼭 감춰두었던 욕망이 수시로 표출된다. 어둠은 낮 동안 여러 가지 이유로 참고 있을 수밖에 없던 일들을 별다른 망설임 없이 감행토록 만드는 힘을 지니고 있었다.

때문에 음모가 유독 밤에 많이 이루어지는 것도 그런 이유는 아닐는지…….

와룡소축(臥龍小築).

승상 공손창의 사랑채 이름이었다. 그곳에는 지금 많은 문무백관들이 모여 앉아 상기된 얼굴로 영중제를 성토하고 있었다.

“내참, 그동안 국가의 크고 작은 정책이 다 누구의 머리에서 나왔는데, 금마국 놈들에게 땅 좀 뺏겼다고 조정 신료들을 무시하겠다는 거야, 뭐야?”

“지방 호족들이 나약한 폐하를 무시하거나 민란을 일으키지 않고 가만히 있는 게 다 누구 덕인데…….”

"그게 다 공손 승상님 덕분이란 걸 벌써 잊은 모양이지?"

"폐하가 지금 제정신이 아냐. 역적의 자식이자 살인범인 북궁월에게 그런 벼슬을 내린다는 게 어찌 제정신일 수가 있겠나? 더욱이 승상님의 고견까지도 무시하고 말이야."

공손창은 대신들의 이어지는 성토를 무거운 표정으로 묵묵히 듣고만 있었다.

그러자 성질 급한 사마양(司馬陽) 장작대장이 답답한 표정으로 입을 열었다.

"승상님, 뭐라고 한마디 좀 하십시오. 승상님께서 가만히만 계시니 저희가 어떻게 답을 내려야 할지 모르겠습니다."

"……"

"이대로 당하고 가만히 계실 겁니까? 조정을 위해 그토록 충성을 바치고도 그러한 대접을 받았는데 정말 참기만 하실 겁니까?"

"흐훗… 참아? 이 공손창이가 참는다고? 왜? 뭐가 무서워서?"

느닷없이 공손창이 싸늘한 미소를 지으며 반문하자 사마양은 크게 당황했다.

"그, 그게 아니라… 승상님께서 너무도 말이 없으시길래……."

"흐흐… 방법이야 많지, 이 공손창의 힘이 어디까지 뻗어 있고 어째서 나를 무시하면 안 되는지 그 이유를 보여줄 수 있는."

공손창은 득의만면한 미소를 흘렸다. 그리곤 태사기를 바라보았다.

"소부."

"말씀하십시오, 승상 어르신."

"지금부터 자네가 해야 할 일이 있네. 뭐냐 하면……."

공손창은 나직한 음성으로 영중제가 자신에게 눈물을 흘리며 항복할 수밖에 없는 방법을 지시하기 시작했다.

강맹한 금마국이 대륙 제이의 거성인 연경까지 집어삼킨 상태이건만 이들은 아직도 자신의 안위를 위한 모략에만 열중하고 있었다.

아무리 무림인들이 전쟁 참여를 선언하고, 광한이 복수조차 포기한 채 전선으로 달려갈지라도 조정의 최고위층 인사들의 사고가 이런 식이라면 전쟁의 결과는 굳이 안 봐도 예측할 수 있는 게 아닐는지…….

*　　　　*　　　　*

한쪽에선 음모가 무르익고 있는 그날 밤,

무대봉은 탁자 위에 술병 하나를 올려놓고 여전히 깊은 고민에 빠져 있었다.

"…적도들이 이 땅을 침략하자 제 부친의 복수도 중단하고 전선으로 달려가다니, 정말 그런 녀석 흔치 않지. 암! 없지, 없어."

무심코 흘린 광마불의 한마디가 고막을 여전히 맴돌았다.

"본시 부모의 원수와는 한 하늘을 이지 않는다고 했건만, 그 복수도 포기하고 자신을 버린 황제와 이 나라를 위해 제 한 몸 던질 생각을 한다는 게 결코 말처럼 쉬운 게 아니지. 더욱이 사랑하는 여인과 곧 태어날 자식까지 남겨두고!"

쾅!

무대붕은 느닷없이 주먹으로 탁자를 내려쳤다.

'젠장! 왜 이제야 그걸 생각해 냈단 말인가? 왜!'

무대붕은 머리를 벅벅 긁으며 괴로워했다.

"이 나라를 구하기 위해 전장에 참여하는 너의 잘난 애국심을 난 아직도 이해하진 못한다. 아니, 별로 이해하고 싶지도 않다. 그런데도 내가 억울한 건……."

언뜻 무대붕의 눈가에 보일 듯 말 듯한 투명한 액체가 스쳤다.

"내게 삶을 구걸하면서까지 애타게 사랑했던 벽하와 그녀의 뱃속에서 자라고 있는 아기를 두고, 그리고 아버지의 복수를 포기하면서까지 네놈이 떠났다는 것이다."

꿀꺽! 꿀꺽!

무대붕은 속이 답답한지 병째로 술을 들이켰다.

"크으… 광한아! 나는 네놈이 없는 동안 벽하나 뱃속의 자식에게 아비 노릇은 차마 못한다. 나도 자존심이란 게 있으니까. 그러나 네놈이 남겨둔 복수는 내가 해결하마."

입술을 훔치며 뇌까리는 무대붕의 뇌리에 문득 광한의 얼굴이 떠올랐다.

"각하가 왜 그런 일을?"

"왜라니? 이 미친놈아, 난 너의 각하야. 다른 건 몰라도 졸병의 복수만큼은 악착같이 대신해 주는 각하. 알겠어?"

그렇다.

무대붕이 괴로워했던 건, 그가 복수를 남겨둔 채 전장으로 떠났는데

도 자신은 그의 복수를 대신할 생각조차 하지 못했다는 자책감 때문이
었다.

　달빛도 없는 어두운 이날 밤,

　한쪽에선 영중제의 뒤통수를 치기 위한 음모가 있었고…

　다른 한쪽에선 부하의 못다 한 복수를 대신 갚고 말겠다는 한 사내
의 광분(狂奔)이 있었다.

　이래서 어둠은 역시 묘한 것이었다.

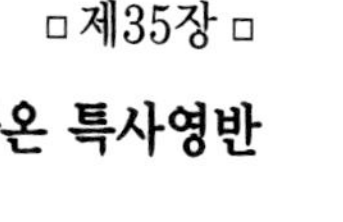

돌아온 특사영반

돌아온 특사영반

"지부장, 그게 무슨 얘기슈? 각하 그 인간이 잠시 행방불명
이라니?"

풍류각 지붕 위로 뾰족한 가옥의 음성이 터져 나왔다.

"말 그대로 증발했다구. 그래서 당분간 내가 각하 대행을
하기로 했어."

무천표는 너무도 태연한 표정으로 조카이자 개방의 총수인
무대붕이 행방불명되었다는 얘기를 하고 있었다.

"이거 참, 잘난 조카 덕분에 개방 총수 노릇도 다해보네. 난
원래 높은 감투는 체질이 아닌데. 쯧."

"난 아직도 지부장의 얘기를 도저히 알아듣질 못하겠수다.
행방불명이면 행방불명이지 잠시는 또 뭐요? 그리고 그 인간
이 증발했다면서도 전혀 걱정스럽지 않은 그 표정은 또 뭐
고."

가옥은 어이없는 표정을 지으며 무천표를 빤히 응시했다.

"걱정을 않는다고? 뭔 소리야? 하나뿐인 조카가 없어졌는데 당숙인 내가 어찌 걱정을 안 할 수가 있겠어? 단지 내가 워낙 과묵하고 냉정한 사람이라서 그 어떤 일이 있어도 얼굴에 표시를 안 나타내는 것뿐이지."

과묵한 무천표는 콧구멍 밖으로 삐쳐 나온 코털을 냉정하게 뽑으며 말을 이었다.

"가옥아, 근데 넌 왜 그렇게 우리 각하 조카를 못 잡아먹어서 안달이냐? 젊은 청춘끼리 좀 사이가 좋으면 어디 덧나기라도 한다든?"

"그 자식이 책임질 일을 저질러 놓고 전혀 책임질 생각조차 안 하는데 그럼 내가 참을 수 있겠수?"

"채, 책임질 일이라니? 그럼 너희 둘이 벌써 그렇고 그런 사이란 말이야?"

무천표는 너무도 밝은 표정을 지으며 반색했다.

조카인 무대붕과 너무도 잘 어울리는 한 쌍이 될 거라며 가옥을 총단으로 보낸 사람이 바로 무천표였다. 그랬으니 지금의 이 소식이 어찌 반갑지 않겠는가.

"어때? 좋았지? 우리 조카가 기술이 좋지? 키키킥, 아마 그럴 거야. 그 방면으론 꽤 많은 수업료를 지불하면서 기술을 터득했거든."

무천표는 채신머리없게도 조카며느리가 될 수도 있는 가옥에게 별의별 질문을 다하고 있었다.

"제기랄! 좋기는 얼어죽을 뭐가 좋다는 거요? 그 망할 인간이 내게 강제로 술을 먹여놓고 내가 취하자 옷을 홀딱 벗겨놨는데!"

강제로?

무대붕은 분명 그녀에게 과음하지 말라는 충고까지 했건만 그녀는 강제로 먹이고 옷을 벗긴 것도 바로 그였다고 말하고 있다. 이렇게까지 진실을 곡해하고 있으니 무대붕이 넌덜머리를 치며 그녀를 피하려하는 것은 지극히 당연한 일일 수밖에.

"가옥아, 중요한 건 그게 아니라 그 다음 얘기다. 옷을 벗긴 다음에 일어난 두 사람 사이의 역사, 그걸 말해 줘야지. 하나도 빠짐없이 아주 상세히."

"그게 전부요! 그 인간이 침을 흘리며 쳐다보다가 그 침이 나한테 떨어지고, 그래서 난 깨어난 후 그 인간을 죽이려고 했는데 그 인간이 줄행랑을 쳤수다. 이게 그 인간과 나 사이에 일어난 그날의 역사요."

"뭐야? 뭐가 그렇게 시시해? 그럼 아무 일도 안 일어났다는 얘기잖아?"

무천표는 잔뜩 기대했던 두 청춘 남녀의 첫날밤이 자신의 예상과는 달리 별게 아니자 상당히 불쾌한 듯 투덜거렸다.

그러나 가옥의 반응은 달랐다. 달라도 많이 달랐다.

"지부장! 아무 일도 아니라니! 그 자식이 내 알몸을 샅샅이 다 봤는데 그게 어째서 아무 일도 아니라는 거야!"

그녀는 눈을 부라리고 목에 핏발까지 세우며 흥분하기 시작했다. 그나마 억지로 반쯤 존대하던 말투도 버리고 표독스럽게 따지고 들었다.

"시집도 안 간 처녀가 알몸을 외간 남자에게 모두 보였다는 건, 이제부터 그 남자의 여자가 된다는 의미라구. 그런데도 무대붕 그 자식은 책임질 생각은 전혀 하질 않고 계속 딴소리나 하질 않으면 피하기가 일쑤니 내가 그놈을 어찌 용서할 수가 있겠냐구! 어떻게!!"

가옥은 눈물까지 그렁거리며 악다구니를 썼다.

무천표는 가옥의 사나운 기세에 자신도 모르게 움츠렸다.

"누, 누가 그래? 알몸을 보이면 그 남자의 여자가 된다고?"

"우, 우리 엄마가 그랬어……. 흑흑… 내가 다섯 살 때 죽은 우리 엄마가 유언으로……."

가옥은 팔뚝으로 눈물을 훔치며 울먹였다.

'내참, 유언할 게 그렇게도 없었나? 그런 게 유언이라니…….'

무천표는 떨떠름했다.

수많은 말 중에서 겨우 그 딴 유언을 남기다니, 그것도 다섯 살짜리 코흘리개에게.

'쯧. 죽은 엄마가 그렇게 유언했다면 가옥이는 조카의 여자가 되어야 당연한 일인데… 근데 과연 조카가 그걸 인정할까? 아예 그 짓거리를 해도 웬만하면 요리조리 오리발이나 내밀 위인이 바로 조카 각하인데, 단지 알몸 하나 봤다고 책임지겠느냐고.'

무천표는 입맛이 썼다. 그렇지만 그는 여전히 무대붕의 짝으로 가옥만한 여자는 없다고 생각하고 있다.

'가옥의 성격상 조카가 책임을 안 지면 조카를 죽이든 자신이 죽든 분명 어마어마한 혈겁을 일으킬 텐데… 그래선 안 되지. 음… 좋아, 이걸 구실로 조카가 돌아오면 빼도 박도 못하게 두 인간을 무조건 엮어버리는 거야. 키키킥.'

늘 썩은 동태처럼 흐리멍덩하던 무천표의 눈빛이 모처럼 반짝였다.

＊　　　＊　　　＊

천붕전.

담일기의 보고를 받고 있는 영중제의 얼굴은 마치 벼락이라도 맞은 사람처럼 딱딱하게 굳어져 있었다.

"그, 그러니까 지방 성주와 호족들이 거둬들인 세금을 자기들이 챙기고 올려 보내질 않는다는 얘긴가?"

"그, 그렇습니다, 폐하."

"이, 이럴 수가! 그렇지 않아도 금마국의 침략으로 엄청난 전비(戰費)가 필요한 이때에 성주와 호족들이 무슨 생각으로 그런 짓을 하고 있단 말인가? 그들은 이 나라가 적도들에게 넘어가든 말든 제 뱃속만 차리면 괜찮다는 것인가!"

영중제는 노기를 띠며 소리쳤다.

그의 말대로 군사들이 먹을 식량에서부터 폭약과 각종 병기와 군마(軍馬) 등, 막대한 전쟁 비용이 들어갈 시기다.

그런 탓에 미안해도 백성들에게 많은 세금을 강요하고 있는 입장인데, 백성들로부터 걷은 세금을 조정으로 올려 보내지 않고 자신들이 착복하고 있다니 이 어찌 참을 수 있겠는가!

"폐하, 아무래도 공손 승상과 그 일당들의 짓인 것 같습니다."

담일기는 영중제의 눈치를 살피며 조심스럽게 입을 열었다.

"뭣이라!"

"그동안 공손 승상이 국정을 좌지우지하다 보니 그와 손이 닿고 있는 지방의 성주와 호족들이 매우 많은 실정입니다. 특히 세금을 착복하고 올려 보내지 않고 있는 개봉, 봉양, 무창, 남창, 항주 등, 규모가 큰 거성(巨城)의 성주들은 대다수가 그의 사람들입니다. 틀림없이 공손 승상의 지시가 있었던 것으로 사료됩니다."

"국가가 적도들에게 넘어가느냐 마느냐 하는 이런 위급한 시기에 공손 승상이 무슨 이유로 그런 터무니없는 짓을 한단 말인가?"

영중제는 이해할 수 없다는 표정이었다.

"북궁월 때문이겠지요."

"……?"

"눈엣가시 같은 북궁월이 사면을 받고 다시 특전총사로 복귀했으니 그들의 심기가 어찌 불편하지 않겠습니까?"

담일기는 단정하듯 말했다.

"아무리 북궁월이 자신들의 마음에 들지 않는다고 이런 전란에 국세를 올려 보내지 말라는 지시를 내렸단 말인가? 전선의 병사들의 식량과 무기가 떨어지든 말든, 그래서 금마국이 대륙을 집어삼키든 말든 그는 상관이 없단 말인가!"

"그러나 적도들이 제아무리 강맹하게 나올지라도 그들은 대륙이 무너지지 않는다는 낙관론자들입니다."

"무슨 근거로 그런 낙관을 한단 말인가?"

"예로부터 오랑캐의 침범은 늘 있었던 것이고, 그럴 때마다 중원인들은 막아냈다는 고정관념을 그들은 버리지 못하고 있었습니다."

"허어… 참, 팔자 좋은 사람들이로군. 대륙의 두 번째 거성인 연경이 그토록 허망하게 넘어갔는데도 아직도 그런 망상들을 하고 있다니……."

국가를 책임져야 할 최고위층 인사들의 사고가 그처럼 안일하다는 사실에 영중제는 그저 허탈할 뿐이었다.

"폐하, 어찌하시겠습니까? 공손 승상과 그 일당은 성주와 호족들에게 그런 지시까지 내리며 다시 한 번 자신의 권위를 내세우고 있습니다."

담일기는 침통한 표정을 지으며 말을 이었다.

"폐하의 의지를 꺾고 북궁월에 대한 그들의 요구를 받아들이실 겁니까?"

"그럴 수는 없다."

영중제는 완강하게 고개를 저었다.

"지금은 지독한 혹한 때문에 잠시 적도들이 숨을 고르고 있지만 어느 정도 날이 풀리기만 하면 그들은 이곳 황도를 점령하기 위해 또다시 도발을 일으키며 남하하게 될 것이다. 북궁월 같은 전쟁 영웅만이 그들의 침략을 막을 수 있다. 북궁월만이!"

북궁월에 대한 영중제의 신뢰는 절대적이었다. 그런 만큼 그 어떠한 희생을 치를지언정 이번 공손창 일당과의 기 싸움에서 절대 양보할 수가 없었다.

"하나 그들이 세금을 가지고 그런 식으로 장난을 치면 군비를 마련할 길이 없습니다. 전선의 병사들은 적도들과 싸우기도 전에 추위와 배고픔에 쓰러지고 말 것입니다."

"그러니 그와 같은 일이 생기기 전에 성주와 호족들을 응징해서라도 거둬들인 세금은 물론 모든 재산을 압수토록 해야지."

"폐하, 그건… 곤란한 말씀이십니다."

담일기가 난처한 표정을 짓자 영중제는 눈을 크게 떴다.

"곤란하다니? 뭐가 곤란하단 말인가?"

"지금은 전시 상황입니다. 따라서 모든 병력들은 전선과 황도를 향해 적도들이 남하할 수 있는 요소요소에 배치되어 있는 상태입니다. 이런 시기에 어찌 그들을 응징할 수 있겠습니까? 그들을 응징하기 위해 전선의 병사들을 불러들인다면 그것은 그야말로 적에게 길을 내주는 격이 될 것입니다. 통촉하시옵소서."

담일기는 영중제까지 나라의 안위 따위는 생각지 않고 이번 기 싸움에 모든 정열을 다 바칠까 봐 두려운지 간곡한 얼굴로 입을 열었다.

"……."

영중제의 표정은 더욱 무겁게 굳어갔다.

어떡하든 성주와 호족들이 움켜쥐고 있는 백성들의 세금으로 군비를 마련해야만 한다. 그러나 그렇다고 불타는 애국심 하나로 전장에 뛰어든 북궁월에게 또다시 죄를 물을 수는 없는 일이다.

"그럼 대체 이 일을 어떻게 해야 한단 말인가?"

답답한 심정으로 영중제가 한숨을 짓는 그 순간,

"폐하……."

젊은 환관 용재출이 조심스럽게 다가왔다.

"무슨 일이냐?"

"저… 그분이 오셨습니다."

"그분이라니? 그가 누군데?"

"지난여름에 잠시 특사영반을 맡으셨던 개방의 무대붕 방주께서 폐하를 알현하시겠다며……."

"뭐? 대붕이가?"

영중제는 눈을 휘둥그렇게 뜨며 자신도 모르게 벌떡 일어났다.

"공주님! 공주님!"

애향은 백향전의 문을 열고 다급하게 뛰어들었다.

탁자 앞에 앉아 털실로 옷을 짜고 있던 벽하가 의아한 표정으로 그녀를 쳐다보았다.

"헥헥… 그, 그분이… 그분이 오셨습니다……."

어찌나 급히 뛰어왔는지 애향은 도저히 숨을 고를 수가 없었다.

"그분이라니?"

"오라버… 아니, 무대붕 특사영반님 말입니다."

어찌나 반가운지 그녀는 자신도 모르게 오라버니라고 말을 할 뻔했다.

"뭐?"

벽하는 눈을 휘둥그렇게 떴다.

"호호… 예, 그분이 오셨어요. 아마 지금쯤 폐하를 알현하고 계실 거예요."

애향은 집 나간 오빠가 다시 돌아오기라도 한 듯 밝은 표정으로 연신 생글거렸다.

'그분이 오셨다고?'

벽하는 문득 무대붕의 얼굴이 보고 싶었다. 한때 자신에게 짓궂게 굴긴 했어도 자신과 광한을 다시 만날 수 있게 만들어준 장본인이 바로 그였으니까.

"……."

영중제는 부복하고 있는 무대붕의 모습을 보자 잃었던 동생을 다시 만난 것처럼 가슴이 뭉클거릴 정도로 반가웠다.

그에게 있어 무대붕이 어떠한 존재였던가?

부족한 재정 때문에 고민하고 있는 자신에게 만금천부의 보물을 헌정하고—그것이 그중의 반이라는 것까진 모르지만—게다가 아무런 사심 없이 단지 국가와 백성을 위해 제 한 몸 헌신하겠다는 뜨거운 애국심 하나로 황궁에 들어왔던 그가 아닌가.

그리고 자신의 기분이 우울할 때마다 밝게 풀어주고, 가려운 곳이 있으면 알아서 긁어주었던 탓에 의동생으로까지 삼았던 무대붕이다.

어찌나 반기웠던지 영중제는 하마터면 찔끔 눈물을 흘릴 뻔했으나 억지로 차가운 표정을 지었다.

"자네가 어쩐 일이지? 제멋대로 돌아갈 때는 마치 두 번 다시 나를 안 볼 것처럼 굴더니만."

영중제는 본심과는 달리 불쾌한 어투로 입을 열었다.

"아우가 어찌 형님을 안 보고 살 수 있겠습니까?"

무대붕이 대답을 하는 순간 담일기가 차갑게 소리쳤다.

"어허, 형님이라니! 감히 폐하께 그 무슨 불경인가!"

"담 태감, 자넨 가만히 있게."

영중제는 손을 들며 담일기를 만류했다. 그리곤 이내 무대붕을 뚫어지게 응시했다.

"그러니까 강호로 돌아간 이후에도 짐을 정말 형이라 여기고 내 생각을 했다는 얘긴가?"

"물론입니다. 어찌 아우가 형님 걱정을 안 할 수 있겠습니까? 본인이 배움은 없지만 한 번 맺은 인연은 결코 가볍게 취급하지 않습니다."

반은 맞고 반은 틀린 얘기였다.

한 번 맺은 인연을 마음 깊이 여기는 것은 무대붕의 성격이기 때문에 분명 맞는 얘기다. 그래서 자신에게 의형제를 맺자는 제의를 하고, 자신의 말이라면 무조건 껄껄거리며 즐거워했던 영중제가 문득문득 생각나곤 했다.

하나 실속도 없이 갖다 바치기만 한 보물에 대한 아쉬움은 있었어도 황세에 대한 염려나 미안한 마음 같은 건 전혀 없었다. 그 둘 사이의 인간 관계상 손해를 본 쪽은 자신이었고 이익을 본 쪽은 황제라는 게 그의 생각이었다.

"대, 대붕이……."

영중제는 이제 가면을 버리고 자신의 감정이 움직이는 대로 감격을 했다.

"이 사람아, 이 형이 그동안 얼마나 자네가 보고 싶었는지 아니? 그래, 잘 와주었네. 그렇지 않아도 내가 요즘 사방의 적들 때문에 매우 힘들고 괴로운 입장이었는데… 정말 잘 왔네."

영중제는 다가와 그의 손을 꼬옥 잡아주었다.

"형님, 부탁이 있습니다."

"그래, 뭔가? 어서 얘기해 보게."

"지난여름에 제가 맡았던 그 일을 다시 한 번 해보고 싶습니다."

"특사영반 말인가?"

"그렇습니다."

"이유는 뭐지?"

영중제는 다소 의아한 표정으로 무대붕을 바라보았다.

"돌이켜 보니 너무도 갑작스럽게 큰 벼슬을 한 탓에 일 하나 변변하게 하지 못하고 강호로 돌아갔다는 사실이 늘 제 마음을 무겁게 만들더군요. 하여 그 불명예를 씻고 조국과 백성을 위해 제대로 한번 헌신하고픈 충정에 이렇듯 형님께 염치없는 간청을 드리고 있습니다."

"……."

"실추된 이 아우의 명예가 회복될 수 있도록 다시 한 번 기회를 주십쇼, 형님."

비장한 표정으로 간청하는 무대붕을 바라보는 영중제의 표정은 너무도 흐뭇해 보였다.

조국과 민족을 위해 제대로 한번 헌신하겠다는데 이 어찌 갸륵하지 않을 수 있겠는가. 그렇지 않아도 기특한 무대붕이거늘.

영중제는 곧바로 담일기를 쳐다보았다.

"담 태감, 지금 특사영반을 맡고 있는 자가 누군가?"

"좌륭입니다."

"그래? 그럼 좌륭에겐 적당한 다른 임무를 맡기고 그 자리에 우리 대붕이를 임명토록 하라."

"폐하……?!"

담일기는 경악했다.

"폐, 폐하. 좌륭은 공손 승상의 일파입니다. 그런 사람을 다른 보직에 임명한다면 공손 승상이 또다시 반발할 것입니다. 생각을 거두어주십시오."

"거두라니! 신료들에 대한 인사권은 짐의 고유 권한이거늘, 그 무슨 망발인가!"

영중제가 얼굴을 붉히며 몹시 불쾌해했다.

"더욱이 좌륭은 북궁월에 의해 다리까지 잃는 바람에 몸도 성치 못한 사람이야. 그런 자를 어찌 특사영반 같은 주요 보직에 계속 앉혀놓을 수 있단 말인가! 그를 한직으로 물러나게 하고 대붕이를 특사영반에 임명해, 지금 당장!"

"폐하, 정녕 공손 승상과 대결하려 하시는 겁니까? 그렇게 되면 결국 이익을 보는 건 적도들뿐이옵니다. 부디 통촉하여 주시옵소서!"

"그럼 짐더러 북궁월을 불러 죄를 물으라는 그런 말 같지 않은 요구를 받아들이라는 건가! 그럴 수는 없어, 절대로!"

"폐하……."

탕!

"어허! 어서 시키는 대로 하라니까!"

영중제는 앞에 놓여진 교자상을 내려치며 버럭 노성을 질렀다.

"……."

담일기는 이토록 진노(震怒)하는 영중제의 모습을 본 적이 없었다. 영중제는 이미 공손 승상과의 한판을 각오하고 있는 것처럼 보였다.

모든 힘이 하나로 집결되어도 힘이 드는 판에 이렇듯 황제와 신하들 사이에 반목이 일어나고 있는 현실에 담일기의 마음은 더욱 무거워졌다.

"알겠습니다, 폐하. 명을 받들겠사옵니다."

이로써 무대붕은 특사영반에 임명되었다.

비록 황궁 내의 권력 구조에 문외한인 무대붕이었지만, 이 순간 영중제와 담일기 사이에 오가는 대화를 결코 무심히 넘길 수가 없었다.

'광한을 불러 죄를 물으라고 했단 말이지, 승상의 패거리들이?'

문득 무대붕의 얼굴에 얼음처럼 싸늘한 냉소(冷笑)가 스치고 지나갔다.

*　　　*　　　*

와룡소축이란 이름을 가진 공손창의 사랑방엔 이 밤에도 많은 대신들이 모여 있었다.

"하하하! 이제 조만간 폐하가 백기를 들고 항복을 하게 될 게야."

"암! 그렇고말고. 지방에서 걷힌 세금이 안 올라오는데 무슨 재주로 국정을 운영하고 전비를 마련하겠나?”

“북궁월 그 망할 놈의 자식, 감히 우리 승상님께 비수를 들이밀고도 뻔뻔스럽게 감투를 쓰고 전쟁에 참여해? 흥! 웃기지 마라. 네놈이 갈 곳은 저승뿐이리구. 푸히하핫!”

“하하하. 암! 빨리 제 아비를 만날 수 있도록 그곳으로 보내주는 게 도리지.”

대신들은 무엇이 그리도 좋은지 낄낄거리며 술을 주고받고 있었다.

“승상 어르신, 과연 대단하십니다. 어떻게 그런 생각을 하셨습니까?”

소부란 직책을 갖고 있는 태사기가 감탄하며 술잔을 올렸다.

쭈욱.

공손창은 시원스럽게 한 잔을 들이키고는 수염을 훔치며 입술을 열었다.

“본좌의 힘을 깨닫게 하는 방법은 한두 가지가 아니지. 하나 지금과 같은 전시에 가장 효과적으로 보여줄 수 있는 방법은 바로 자금을 마르게 하는 것이란 생각이 들더군. 그리고 마침 전매와 조세를 담당하고 있는 소부가 자네란 것도 감안을 했고.”

“하하, 정말이지 승상 어르신의 무궁무진한 책략은 그저 한없이 존경스러울 따름이옵니다. 저희들 같은 머리론 도저히……”

철저한 아부로 지금의 위치에 오른 태사기답게 열심히 비위를 맞춰 주었다.

“흐흐, 아마 삼사 일 후면 항복하는 폐하의 모습을 볼 수 있을 것 같은데, 자네들의 생각은 어떤가?”

“삼사 일이라뇨? 전 아마 내일쯤 폐하가 사람을 보낼 것 같은데요?

하하, 지금 형편상 삼사 일씩 생각하고 말고 할 입장이 아니잖습니까?"

"어쩌면 지금이라도 폐하의 사신이 이곳으로 오고 있을지도 모르죠. 하하하!"

공손창이 슬며시 질문을 던지자 대신들은 이미 승리라도 거머쥔 듯 일제히 의기양양한 얼굴로 껄껄거렸다.

"승상 어르신, 좌륭 영반님이 오셨습니다."

그때 문밖에서 늙은 하인의 음성이 흘러 들어왔다.

"아니, 몸도 성치 않은 친구가 이 시간에 어인 일이지? 그냥 집에서 쉴 것이지."

공손창은 의아한 표정으로 대답했다.

"어서 안으로 모셔라."

"예."

짧은 대답과 함께 방문이 열리며 목발에 몸을 의지하고 있는 오십대의 사내가 들어왔다.

좌륭.

한때 수만 명의 부하들을 거느렸던 대장군의 신분이었으나 공손창을 구하려다가 광한에게 다리를 잃은 이후 특사영반으로 영전했다.

비록 대장군에 비해 수하들의 수는 비교할 수 없을 만큼 적었지만 황실의 서열은 비슷했고, 굳이 활동적으로 움직이지 않아도 부하들끼리 알아서 업무 처리를 해주니 마음먹기에 따라선 한없이 편한 보직이기도 했다.

물론 일을 찾아서 하려면 한도 끝도 없는 곳이 특사부였지만, 대장군 시절에도 성실과는 거리가 멀었던 좌륭이 다리까지 잃은 지금에 와서 새삼 성실을 찾겠는가.

공손창 덕분에 일단 감투는 썼지만, 출근하는 날보다 안 하는 날이 훨씬 많을 정도로 그는 편하게 근무를 했다.

"어디서 오는 건가?"

"황궁에서 곧바로 하청하는 길이옵니다."

"오늘은 출근한 모양이구만, 그냥 집에서 쉬어도 괜찮다고 했는데."

"크흑… 승상……."

갑자기 좌릉이 비통한 표정으로 울먹이기 시작했다.

"오늘부로 특사영반을 그만두고 상림원(上林苑)을 관리하는 수형도위(水衡都尉)나 하라는 폐하의 명을 받았습니다."

쿵!

공손창을 비롯한 장내 모든 이의 눈이 휘둥그레졌다.

"한때 십만 명의 부하를 거느리고 수많은 전장에서 종묘사직의 안위를 지키기 위해 목숨을 걸고 싸웠던 영원한 대장군인 이 좌릉이가 상림원이나 관리해야 되겠습니까? 크흐으윽!"

좌릉은 너무도 처량하게 몰락해 버린 자신의 신세가 허탈한지 연신 닭똥 같은 눈물을 떨구었다.

"정말… 폐하가 그런 인사 조치를 내렸단 말인가? 그것도 다른 사람도 아닌 자네에게?"

공손창은 도저히 믿지 못하겠다는 표정이었다.

좌릉이 자신의 최측근이라는 것은 영중제 역시 익히 알고 있는 사실이었다. 그런 그에게 한직으로 갈 것을 명령했다면 이는 결국 자신에게 백기는커녕 어디 한번 제대로 붙어보자는 선전포고가 아니면 뭐겠는가!

"아, 아니, 폐하가 낮술을 했나? 연경이 넘어간 이후 가끔 낮술을 드신다더니만 취하지 않고서야 어떻게……?"

"쯧쯧, 정말 제정신이 아니구먼. 이젠 우리의 비위를 뒤집는 것만으로 양이 안 차는지 아예 짓뭉개 버리시네?"

"전선에 있는 군사들에게 군량미와 무기를 못 대주고, 그래서 오랑캐에게 황실을 빼앗길지언정 우리에게 백기를 들 수 없다는 얘기야, 뭐야?"

대신들이 일제히 불만스런 표정으로 술렁이기 시작했다.

'음… 어디, 갈 데까지 가보자는 뜻인가?'

공손창은 잠시 심각한 표정으로 골똘히 생각을 하더니만 이내 비릿한 미소를 입꼬리에 걸었다.

'흐흐… 이번엔 제법 독하게 나오시는데, 글쎄… 어디 얼마나 버틸 수 있을지 두고 봅시다. 당신의 그 오기는 결코 일주일도 가지 못하게 될 테니까.'

영중제의 반격에도 공손창은 여전히 미소를 잃지 않았다.

역시 산전수전을 다 겪은 노회한 관록은 뭐가 달라도 달랐다.

＊　　　＊　　　＊

광한의 복수를 끝낼 때까지는 절대 술도 안 마시고 여자와 관계도 안 하겠다는 혼자만의 결심은 그 첫날부터 깨어지게 되었다.

뜻밖에도 담일기가 술병을 들고 그의 침소로 찾아왔던 것이다.

쭈욱.

담일기는 단 한 마디의 말도 없이 거푸 세 잔을 들이켰다.

늦은 밤 시간에 술을 갖고 와선 자신에게 마셔보라는 단 한 마디의 인사치레도 없이 혼자만 마시는 그의 모습이 무대붕은 너무도 괘씸하게 느껴졌다.

'젠장! 수염이 없어서 그런가? 인심 참 야박하군. 기분 나빠서라도 한잔해야겠다.'

무대붕은 그의 허락과는 상관없이 자신의 잔에 가득 술을 따른 후 벌컥 들이켰다.

"크하아~ 쪼오타!"

그는 기분 좋게 인상을 쓰며 입술을 훔쳤다.

"대영반 나리, 나 개봉에서부터 이곳까지 쉬지 않고 오느라 몹시 피곤한 사람이요. 나와 함께 자겠다고 온 게 아니라면 이제 그만 본론을 꺼내슈."

"……"

"어허, 꿀 먹은 벙어리처럼 왜 말을 안 하고 가만히 계시는 거요? 설마 진짜로 나와 함께 자려고 왔단 말요?"

무대붕은 떫은 표정을 지었다.

"그런 생각이라면 버리고 돌아가는 게 신상에 좋을 텐데? 아무리 형님의 측근이라도 그런 변태들은 내가 절대 용납하는 성격이 아니라서."

무대붕이 험악하게 인상을 긁으며 노려보는 순간, 드디어 담일기의 굳게 닫힌 입술이 열리기 시작했다.

"무 방주에게 부탁이 있소."

"부탁?"

무대붕은 고개를 갸웃거렸다.

"꼭 들어주셨으면 하오."

"날 이성으로 생각하느니 뭐니 하는 소리만 아니라면 폐하 형님의 체면을 생각해서라도 긍정적으로 검토해 보겠수다. 뭐요?"

"무림으로 돌아가 주시오."

쿵!

너무도 예상치 못한 소리에 무대붕의 눈은 마치 떨어질 것처럼 불거졌다.

"그, 그게 무슨 얘기요? 그러니까 날더러 황궁에 있지 말고 개방으로 꺼지라는 거요?"

"그렇소. 폐하께선 무 방주에 대한 각별한 애정을 갖고 있는 탓에 특사영반에 임명하셨지만, 지난여름과는 달리 지금 그 자리는 결코 무 방주가 앉아선 안 될 상황이오. 그러니……."

"왜 안 된다는 거요? 승상 패거리 중 하나가 차지하고 있기 때문에? 그런 거요?"

"……."

무대붕이 흥분하며 따지고 들자 담일기는 아무 대답도 하지 못했다.

"이보쇼, 담 태감! 날 너무 띄엄띄엄 보셨나 본데, 이 인간 무대붕은 누가 까라고 한다고 까는 그런 양순한 사람이 아니거든요. 그러니 이제 쓸데없는 소리 그만 하고 그만 가주실라우? 기분 더러운데 괜히 봉변당하지 말고."

"무 방주, 이건 국가의 존망이 걸린 일이오. 정 벼슬을 갖고 싶다면 차라리 다른 직책을……."

"에이! 정말 이 양반이 사람 뚜껑 열리게 만드네! 당신 지금 내 성질을 시험하겠다는 거야, 뭐야!"

무대붕은 더 이상은 못 참겠다는 듯 성질을 내며 벌떡 일어났다.

‘이 양반? 당신?’

담일기는 예의라곤 전혀 찾아볼 수 없는 무대붕의 몰상식한 말투에 어이가 없었다. 누가 감히 이 하늘 아래 태감이자 천위위의 대영반인 자신에게 그와 같은 막말을 함부로 할 수 있단 말인가!

담일기는 천자인 영중제에게도 아직껏 한 번도 들어보지 못한 저급한 소리를 자신보다 직책도 낮고 나이는 비교할 수조차 없을 만큼 까마득한 무대붕에게 듣고 있었다.

하나 담일기는 자신이 느낀 불쾌한 감정대로 맞대응할 수는 없었다. 그러기에는 오늘과 같은 분란을 야기한 자신의 오판이 너무도 컸기 때문이었다.

“무 방주, 나를 봐서라도, 아니, 폐하를 봐서라도 한 번만 생각을 바꿔주시오. 이번 일로 국론이 더욱 분열될 수도 있단 말이오. 그러니…….”

담일기가 모든 자존심을 버리고 간절한 표정으로 자신을 바라보자 흥분된 무대붕의 감정도 어느덧 차분해지기 시작했다.

“담 태감, 내가 비록 황실 일에 대해서 아는 것은 전무하지만 그래도 한 가지는 알고 있소, 이 조정 안엔 북궁월 같은 영웅을 못 잡아먹어서 안달이 난 쥐새끼들이 있다는 것을.”

‘허걱!’

무대붕의 입에서 전혀 예기치 못한 말이 흘러나오자 담일기는 자신도 모르게 경악성을 토할 뻔하였다. 놀라는 것은 지극히 당연했다. 대륙의 실세인 공손 승상 일당을 쥐새끼로 취급하고 있으니 어찌 놀라지 않을 수 있겠는가!

하나 무대붕은 개의치 않고 계속 말을 이었다.

“형님은 적도들의 침략을 막기 위해 북궁월을 사면하고 그로 하여금 전장에 내보내셨는데, 그 쥐새끼들은 나가서 싸울 생각은커녕 오로지 북궁월을 처치하려고 혈안이 되어 있다는 것까지 알게 되었소. 아까 두 분의 대화를 통해서.”

“무, 무 방주, 마, 말씀을 자제하시오. 낮말은 새가 듣고 밤말은 쥐가 듣는다고… 이 황궁 안에는 공손 승상의 추종자들이 생각보다 많은 실정이오.”

“까짓것 들으려면 들으라고 하시오. 어차피 난 그렇게 팔자 좋게 허튼수작이나 부리고 있는 생쥐새끼들을 때려잡으려고 이곳에 왔으니까.”

“그, 그들을 때려잡으러 왔다니… 그게 무슨 뜻이오?”

담일기는 의아한 표정으로 무대붕을 쳐다보았다.

무대붕도 이 순간만큼은 비장한 눈빛으로 담일기의 눈을 직시했다.

“담 태감은 폐하의 오른팔이자 둘도 없는 충신으로 알고 있소. 이제부터 그 쥐새끼들은 때려잡을 테니, 담 태감은 내가 신명나게 그 일을 할 수 있도록 적극 협조해 주시오. 아시겠소?”

“무, 무 방주가 어째서 그런 위험한 일을……?”

“생쥐새끼들이 곳간을 헤집고 다니는데도 아무도 그 일을 안 하니 어쩌겠소? 폐하의 동생인 나라도 해야지.”

“하나 만약 자칫 일이 잘못되면 오히려 그들의 거친 도전을 받게 될 것이오. 물론 무 영반의 생명도 위험할 것이고.”

어느덧 무대붕에 대한 호칭이 바뀌었다. 담일기는 자연스럽게 무대붕의 직위를 인정하기 시작했다.

“담 태감께선 비밀 정보 조직인 천위위의 대영반이라면서 나에 대한 정보는 너무 띄엄띄엄 입수하신 모양이구려. 세밀하게 조사했으면 절대 그런 말씀을 못했을 텐데."

"무슨 뜻인지……?"

"난 치밀하고 빈틈이 없는 사람이오. 절대 만만한 사람이 아니오. 아시겠소?"

무대붕은 담일기의 어깨에 손을 얹으며 씨익 미소를 지었다.

난 치밀하고 빈틈이 없는 사람이다?

글쎄…

무슨 근거로 저런 얘기를 거침없이 하고 있는지는 모르겠지만, 어쨌든 무대붕의 얼굴에는 단호하고도 확고한 자신감이 서려 있었다.

제36장

늬들이 무대봉을 모르나 본데?

늬들이 무대봉을 모르나 본데?

태행산(太行山).

산서, 하북, 하남… 세 개 성(省)의 경계에 위치한 거대한 산이다.

쒸이이잉.

살을 에이는 듯한 차가운 삭풍이 분다.

분지다.

태행산 정상에서 하남성 쪽으로 산길을 따라 이어지는 자락에 넓은 분지가 있었다.

담을 형성한 목책과 무수히 많은 군막들이 늘어서 있는 모습…

그리고 이 추운 혹한에도 불구하고 웃통을 벗고 군사 훈련을 받고 있는 건장한 사내들의 모습이 보인다.

"진격!"

삭풍을 가르는 쩌렁한 음성이 울려 퍼진다.

쾌두두두두!

벗은 상체에서 더운 김을 모락모락 풍기며 병사들이 말과 함께 질주를 한다.

이곳에 오기 전까지만 해도 이들은 뇌옥에 갇혀 있었다. 거의 모두가 언제 햇빛을 다시 볼지 모를 중형의 죄인들이었다.

광한은 이들에게 전쟁에서 공헌을 세우면 죄를 사면해 주겠다는 약속으로 신청자를 받았다. 그 수가 무려 오천여 명.

간혹 상승의 무공을 지닌 인물도 있었지만 거의 대부분이 하오문의 잡배나 뒷골목 건달 수준을 넘지 못했다. 그런 이들에게 광한은 본격적인 도법과 궁술, 그리고 기마술을 훈련시켰다.

물론 그중 가장 많은 시간을 할애하는 것은 기마술이었지만, 그 외의 것들도 결코 소홀함이 없도록 하였다.

상대의 기마대는 용맹무쌍하기로 이미 소문이 나 있다.

수많은 전투에서 단 한 번의 패배도 없을 만큼 그들은 무적, 그 자체다. 그런 상대와 기병전을 벌이기 위해선 이쪽에서 많은 준비를 해야 한다.

일단 말이 뛰어나야만 한다.

상대 기마는 눈 깜짝할 사이에 십여 장의 거리를 질주하는데, 아군의 말이 그보다 못하다면 무조건 비세를 면할 수가 없기 때문이다.

하여 광한은 우수한 말이 많기로 소문이 난 북방의 흑오마(黑烏馬)나 몽고마(蒙古馬)들을 구하는 데 최우선 순위를 두었다.

흑오마는 워낙 유명한 명마인데다가 말의 수도 얼마 되지 않은 탓에 구할 수가 없었으나 몽고마만큼은 상당한 지출을 통해서라도 구입하고 싶었고, 결국 구입했다.

특별 군비로 영중제에게서 받은 만금천부의 보물이 이때의 경비로 지출되었다.

'전투력은 병력 규모에 정비례하지만 속도에는 자승(自乘) 비례한다.'

광한의 신앙과도 같은 전쟁관이다.

속도를 전쟁 승리의 제일 요소로 꼽고 있던 그인 만큼, 적은 병력으로 대병력을 무찌르는 지름길인 기동성을 높이는 데 전념을 다했다.

그 두 번째가 군사 장비의 경량화였다.

아무리 말이 우수하다고 할지언정 무게가 기마병의 갑옷과 전투 무기의 무게가 수십 관씩 나간다면 절대 빠른 기동력을 보일 수가 없기 때문이다. 하여 그는 무게를 최소화시켰다.

세 번째, 그는 화살촉의 모양에 따라 기능이 서로 다르게 하였다. 궁수(弓手)들은 끝이 뾰족한 일반 살상용, 화살촉에 구멍을 뚫어 나아갈 때 천둥 같은 소리를 내게 하는 심리전용과 비거리가 긴 후방 부대용 등을 번갈아 쏘아대면 효과적으로 적진을 유린할 수 있다고 판단했기 때문이다.

끝으로 그는 기병들이 검이나 창 대신 나선형의 유엽도(柳葉刀)를 쓰고 익히게 하였다. 말을 타고 속도있게 움직이는 기마전에서 나선형의 칼은 매우 효과적이다. 반듯한 직선의 검으로는 상대를 찌르거나 베는 수밖에 없지만 나선형의 유엽도는 말이 달리는 속도에 얹어 살짝만 그어도 엄청난 파괴력을 내기 때문이다.

그 외에도 그는 다가올 대규모 전투를 대비한 기병 전술과 전략까지 꼼꼼히 챙겼다.

하지만 이 겨울 혹한이 지나면 상대는 또다시 침공을 강행할 것이다. 너무 시간이 촉박하다.

그렇기에 훈련은 늘 무리하고 고될 수밖에 없었고, 단지 자유의 몸이 되고 싶다는 생각으로 의지없이 전선에 뛰어든 죄수들 중 일부는 고된 훈련을 감당하지 못하고 탈영을 하곤 했다.

그러나 탈영은 거의 불가능했다.

이곳은 하남 전선이었고, 이 일대가 중원군의 기지였기 때문이다.

어젯밤에도 네 명의 병사가 탈영을 시도했었다.

그러나 다음날 아침 그들은 네 구의 시체가 되어 말 등에 올려진 채 돌아와야만 했다.

광한은 그럴 때마다 마음이 무거웠다. 앞으로 보게 될 수많은 젊은 이들의 죽음을 생각하니 더욱 그러했다.

자신이 데리고 있는 이 병사들만이라도 죽음을 최소화하고 싶었고, 그러기 위해선 부단한 훈련뿐이라고 생각했기에 훈련병들의 입에서 단내가 풀풀 나도록 맹훈련을 시켰다.

"일진 출수!"

광한의 우렁찬 목소리.

전열의 최선두에서 달리던 기병들이 일제히 보이지 않는 가상의 적을 향해 유엽도를 휘두른다.

슈화아악!

섬뜩한 소리가 차가운 대기를 가르며 울려 퍼진다.

"좌!"

연속해서 터지는 광한의 고함.

"우와아아!"

쾨두두두두…….

우렁찬 함성과 함께 좌측의 오십여 기병이 일제히 선봉대와 같은 동작은 펼쳤다.

다음은 우측에 있는 병사들이 역시 같은 모습으로 유엽도를 출수하며 질주했다.

"늦다!"

광한의 싸늘한 호통이 터진다.

"일진은 다시 반복한다. 다음은 이진 출수!"

콰두두두……!

그의 호령에 따라 기병들은 쉬지 않고 달리고 또 달린다.

"후욱… 후욱……."

뼛골 시린 지독한 혹한 속에서도 상체를 벗어 젖힌 병사들과 말의 코와 입에선 더운 김이 뿜어진다.

세인들에겐 너무 길고도 지긋지긋한 겨울이었지만, 아직도 익히고 연마할 게 많은 광한의 병사들에겐 너무도 짧기만 한 겨울이었다.

*   *   *

"여기 있습니다, 영반님."

새우젓 눈이 인상적인 특사부 제이단주인 마창악이 탁자에 서찰 뭉치를 내려놓았다.

"이게 뭔데?"

앉아 있던 무대붕은 의아한 표정으로 마창악을 올려보았다.

"공손 승상 일파의 부정과 비리에 관한 보고서입니다. 그중에서도 영반님께서 말씀하신 그 네 명에 대한 것을 먼저 조사했습니다."

"그래?"

촤라락.

무대붕은 서찰 뭉치를 펼쳐 보기 시작했다.

"음… 필체가 좋군."

그는 고개를 끄덕이고는 이내 마창악에게 건네주었다.

"자네가 직접 읽어봐."

"예?"

"무슨 소린지 몰라? 자네가 읽어보라고. 내가 요즘 과로를 해서 그 런지 눈이 피곤해서……."

무대붕은 눈을 비비며 피곤하단 표정을 지었다. 가옥이나 광마불처 럼 옆에서 긁어대는 사람이 없는 만큼 세 끼 꼬박 제대로 잘 먹고 열심 히 코 골아가며 잘도 자고 있건만 그는 지금 피곤하다고 했다.

하지만 아는 사람은 알리라, 그가 어째서 굳이 피곤하다는 어휘를 선택했는지를.

"그럼 지금부터 읽겠습니다."

마창악이 서찰을 넓게 펼치며 내용을 읽으려는 순간, 느닷없이 무대 붕이 벌떡 자리에서 일어났다.

"아냐, 귀찮게 읽을 필요 없다."

"예?"

마창악은 다시 한 번 눈을 휘둥그렇게 떴다.

"거기 적혀 있는 자식들 빼도 박도 못할 부정과 비리를 저지른 것 맞 지?"

"그, 그렇습니다만……."

"모두 네 명이고?"

"예, 맞습니다."

"그중에서 가장 많은 비리를 저지른 놈이 누구지?"

"대장군이자 얼마 전까지 특사부의 영반이셨던 좌릉님이십니다."

"비리나 저지르는 쓰레기 같은 놈에게 님은 얼어죽을……."

무대붕은 못마땅하다는 얼굴로 구시렁거렸다.

"아무튼 됐어. 지금 즉시 단주들에게 대원들을 출동시켜 각 단마다 한 놈씩 잡아들이라 하고, 자네가 맡고 있는 제이단은 나를 따르도록 해라. 우린 그중 가장 죄가 크다는 그놈을 잡으러 갈 테니까."

"영반님… 정말 괜찮을까요?"

마창악은 불안한 표정을 지었다.

"뭐가?"

"모두 하나같이 거물이라… 더욱이 공손 승상의 최측근인 사람들을 체포한다는 게 좀……."

"그 무슨 말 같지 않은 헛소리야! 비리를 저질렀으면 벌을 받는 건 당연한 것인데! 그리고 그 네 명은 이 년 전 북궁장천 어사대부가 역모로 효수당할 때 그 아들인 북궁월까지 함께 처형해야 한다고 가장 앞장섰던 놈들이라면서?"

"그렇기는 합니다만."

"그래서 더 더욱 이놈들은 나한테 혼 좀 나야 돼. 알겠나?"

"예!"

마창악은 일단 대답은 했으나 여전히 이유는 알지 못했다. 무대붕이 자세한 내막을 가르쳐 준 것도 아닌데 그가 어찌 알겠는가.

아무튼…

특사영반 무대붕의 본격적인 활동은 이제부터였다.

＊　　　　＊　　　　＊

"으아아아아아아―!"

황도 낙양의 대홍로에 위치한 좌륭의 구십구 간 대저택에는 요즘 들어 화살 맞은 멧돼지의 절규와도 같은 비명이 수시로 터져 나오고 있었다.

와자장창!

그뿐만 아니었다. 언제나 비명에 이어 온갖 물체가 박살나는 복잡한 소음까지 늘 한 묶음으로 이어졌다.

좌륭.

괴성과 소음의 장본인은 바로 그였다.

"*끄으으… 끄윽……*."

그는 교자상이 엎어지고 술병과 접시들이 깨져 있는 난장판과도 같은 방 안에서 머리를 처박고 있었다.

"천하의 좌륭이… 영원한 대장군 좌륭이 과수(果樹)와 초목, 그리고 새와 짐승들을 관리하는 상림원의 수형도위로 전락하다니……!"

바닥에 처박고 있던 좌륭의 머리가 갑자기 발딱 치솟아올랐다.

"말도 안 돼! 이건 꿈이야. 꿈이 아니고선 절대 이럴 수가 없어!"

미친 듯이 고개를 가로젓는 좌륭의 몸부림이 안타까운 순간이었다.

화려했던 대장군의 신분에서 가끔 황제가 사냥터로 이용하는 상림원의 관리자로 전락했는데 누군들 그 현실을 쉽게 인정할 수 있겠는가.

"빠드득! 모든 게 북궁월 그 자식 때문이야. 그 자식만 아니었던들 난 계속 대장군으로 남아 있었을 것이다! 영원한 대장군으로!!"

틀린 얘기는 아니다.

그에게 다리만 잘리는 일만 없었다면 그의 자리를 넘볼 만한 경쟁자는 없다고 봐도 무방할 정도였다. 더욱이 그는 공손창이라는 배경까지 갖고 있는 입장이었으므로.

하나 멀쩡하던 사람이 갑자기 신체의 일부를 잃고, 게다가 직책까지 한직으로 물러났다면 늘 아름답게 보이던 세상까지 달라 보일 수밖에 없는데, 지금의 좌륭이 그런 상태였다.

"의리없는 늙은이! 나는 자기를 구하기 위해 다리 하나까지 잃었거늘… 근데도 날 위해 아무런 배려조차 안 해주다니……."

늘 존경했던 공손창에 대해 요즘 들어 그는 부적 원망을 하게 되었다.

"생명의 은인도 모르는 나쁜 놈! 그런 인간을 위해 목숨을 걸고 나섰다니… 내가 미쳐도 단단히 미쳤지……."

몸이 성치 못하니 마음도 꼬여만 갔다.

현재 황제와 공손창 간에 자존심을 건 기 싸움이 벌어지고 있는 상황임에도 불구하고 그는 사냥터 관리인으로까지 추락한 자신의 명예를 하루속히 회복시켜 주지 않는 그의 처사가 그저 섭섭하고 괘씸하기만 했다.

그때였다.

"아니? 무엄하도다! 감히 여기가 어디라고 함부로 이 짓거리냐! 어서 물러가지 못할까!"

"꺼져! 이 자식아!"

꽈당당탕!

느닷없이 밖에서부터 소란스런 음향이 들려오기 시작했다.

드르륵!

"대, 대장군님, 나와보십시오! 큰일났습니다!"

저택의 집사를 맡고 있는 노인이 크게 당황한 얼굴로 급히 방문을 열고 뛰어들어 왔다.

"무슨 일이기에 호들갑이냐!"

“지, 지금 황궁 특사부에서 대장군님을 체포하겠다고 사람들이 몰려 왔습니다!”

“뭣이라?!”

좌릉은 기가 막혔다. 아직도 십만 병사를 거느렸던 대장군의 환상에서 깨어나지 못하고 있는 그였다. 그런 그를 체포하겠다고 사람들이 왔다니, 그것도 자신이 얼마 전까지 영반으로 근무했던 특사부의 사람들이 왔다고 하는데 어찌 황당하지 않을 수 있겠는가.

“누굴 체포하겠다고? 이놈들이 미쳤나!”

좌릉은 목발을 챙기며 급히 튀어 나갔다, 쩔뚝거리며.

마당에는 무대붕과 마창악을 비롯한 특사부 제이단의 단원 스무 명이 우뚝 서 있었다.

“마창악! 뭐? 나를 어떻게 하겠다고?”

목발을 짚고 나타난 좌릉은 폭발할 것 같은 흥분을 억지로 참으며 마창악을 응시했다. 광한에게 한쪽 다리를 잃은 이후 대장군에서 물러나 잠시 특사영반을 맡았던 이유로 마창악에 대해선 잘 알고 있는 좌릉이었다.

“죄, 죄송합니다……..”

마창악은 얼마 전까지 자신이 모셨던 좌릉을 이런 일로 찾아왔다는 게 몹시 꺼림칙했고 당혹스러웠다.

“얼어죽을~! 온갖 불법과 비리를 저지른 악질을 체포하러 왔는데 뭐가 죄송하다는 거야!”

무대붕은 인상을 구기며 마치 자신이 죄를 저지른 사람처럼 고개조차 들지 못하고 있는 마창악을 향해 버럭 신경질을 냈다.

“뭐? 아, 악질?”

생전 처음 보는 청년의 입에서 자신을 능멸하는 얘기가 흘러나오자 좌륭은 불쾌하기보다는 먼저 황당했다.

"자, 자네, 지금 본좌더러 뭐, 뭐라고 했나?"

얼마나 기가 막혔던지 말까지 더듬거렸다.

"이런… 귓구멍에 무좀이 생겼나? 별로 어려운 말도 아닌데 못 알아듣네? 체포하러 왔다고 했다."

"이, 이런… 버르장머리가 없어도 어느 정도지, 대갈통에 피도 안 마른 녀석이 본좌에게 감히……."

"본좌라는 소리 하지 마, 귀에 거슬리니까. 범죄자 주제에 얼어죽을 무슨……."

"허엉~ 마창악, 이 자식 이거 어디서 굴러먹던 개뼈다귀냐?"

너무도 황당한 나머지 좌륭은 하마터면 기함을 토할 뻔했다.

"이번에 후임으로 들어오신 무대붕 영반님이십니다."

마창악이 설명하자 좌륭의 눈은 툭 하고 불거졌다.

"뭐? 내 후임으로 들어온 영반이라고? 이런 철딱서니없는 애송이가?!"

"당신, 아직도 전혀 분위기 파악이 안 되는 모양인데, 당신은 지금 범죄자고 난 당신을 체포하러 온 사람이야. 나중에 어떻게 감당하려고 함부로 입을 놀리시나?"

"범죄자라니! 대체 내가 무슨 죄를 저질렀단 말이냐!"

"쯧쯧, 좌우지간 윗대가리에 있는 인간일수록 이렇게 죄의식이 없다니까. 마창악, 읊어줘라."

"알겠습니다."

무대붕의 지시를 받은 마창악은 품속에서 서찰을 꺼내 들었다.

"첫째, 대장군 시절 각종 폭약과 병기를 생산하는 철륜화방(鐵崙火

房) 맹세출 방주로부터 군납을 빌미로 무려 황금 삼만 냥이라는 거액의 뇌물을 받았고……."

"……!"

마창악이 자신의 비리를 까발리기 시작하는 순간 좌룡의 얼굴은 메주처럼 누렇게 뜨기 시작했다.

'아, 아니! 이 자식들이 어떻게 그것을……?!'

그 사실 하나만으로도 그는 기겁을 했는데, 불행하게도 그의 비리는 그것만이 아니었다.

"둘째, 부장(部將)을 비롯한 여러 장수들에게 승진을 빌미로 엄청난 뇌물을 받아먹었으며, 셋째, 지방 향시(鄕試)조차 통과하지 못한 육촌 동생 좌팔(左八)과 처조카 석두충(石頭充)을 중앙 요직으로 끌어들였으며, 넷째……."

그 뒤로도 무려 총 열세 가지나 되는 권력형 비리가 마창악의 입을 통해 까발려졌다.

"마, 말도 안 돼! 마창악… 네 이놈! 무슨 근거로 본좌를 능멸하는 것이냐! 증거있어? 증거가 있냔 말이다!"

이럴 때마다 순순히 인정하는 사람은 거의 없다. 열이면 열, 거의 모두가 증거있냐며 오히려 목청을 높이기가 일쑤다.

그렇듯 자신이 저지른 불법과 비리에 대해 똑똑히 얘기해 주었어도 좌룡은 당연히 오리발을 내밀며 성질을 부렸다.

"일단 우릴 따라오면 말이 되는지 안 되는지 알게 될 거야. 애들아, 어서 체포해!"

무대붕이 부하들을 향해 소리를 쳤다. 특사부 요원들이 만년한철로 된 쇠줄을 들고 다가오자 좌룡은 뒤로 주춤 물러서며 고함을 질렀다.

"뭐, 뭣들 하느냐! 이 자식들을 내쫓아라. 가장 열심히 놈들을 응징하는 자에겐 내가 크게 포상을 내릴 것이다!"

좌릉의 개인 사병들이 창과 검을 들고 특사부 요원들을 막아섰다.

개인 사병이란 말 그대로 좌릉이 개인적인 급여를 지불하는 그의 호위 무사들이었다. 비록 지금은 이름도 없는 무명의 호위 무사에 불과하지만 언제고 좌릉의 눈에 들면 자신도 관직에 들어가 입신양명을 떨칠 수 있다는 기대감에 남다른 충성심을 보이는 그런 무리들이었다.

"어서 물러가거라! 대장군님은 우리가 지킨다. 물러가지 않으면 너희들은 우리와 함께 여기서 뼈를 묻게 될 것이다!"

호위 무사들 가운데 역삼각형의 독사눈을 가진 삼십대 후반의 사내가 검을 앞으로 쭉 뻗으며 외쳤다.

"얼래? 이 녀석들이 똥인지 된장인지도 모르고 재롱을 떠네?"

무대붕은 어이가 없다는 표정을 지었다.

"임마! 충정은 갸륵한데 그 물건은 이미 양자강 오리알 같은 신세다. 네놈들이 아무리 충성해 봤자 전혀 소용이 없다고. 알겠냐?"

"양자강 오리알? 그게 뭔 소리냐?"

"쯧쯧. 이런 무식한 놈, 양자강 오리알이라는 얘기도 모르다니. 임마, 난 절대 두 번 반복하는 성격이 아니니까 잘 들어라."

무대붕은 혀를 차며 말을 이었다.

"예로부터 양자강엔 철새들이 많이 날아오는데 유독 오리들만은 자기 알들을 끝까지 보호하지 않고 내버려 뒀다. 이동 시기가 되거나 홍수가 나서 떠내려가도 누구도 돌봐주지 않는다고 하여 오갈 데 없는 오리알 신세를 양자강 오리알이라고 하는데, 너희들이 충성을 바치려는 좌릉이 지금 그 신세다. 알겠느냐?"

'대장군님이 양자강 오리알 신세라구?'

'듣고 보니 맞는 얘기잖아. 대장군에서 특사영반으로 옮겼고, 또다시 이젠 실권이라곤 전혀 없는 수형도위 자리로까지 물러났으니 양자강 오리알에 깨진 쪽박 신세가 아니고 뭔가?'

'이미 끝장난 사람을 위해 우리가 굳이 나라에서 하는 일에 반기를 들고 대항할 필요는 없잖아? 그에게 잘 보여봐야 얻을 게 전혀 없는데 말야.'

호위 무사들은 서로의 얼굴을 쳐다보며 술렁이기 시작했다.

무대붕은 천천히 앞으로 나서며 독사눈이 내밀고 있는 검끝을 살며시 잡았다.

드드드득!

무대붕이 검끝을 잡자마자 검신(劍身)에는 성에가 덮이며 이내 거미줄과 같은 균열이 생기기 시작했다. 뒤미처…

투… 투… 투… 툭…….

균열된 수많은 검신의 조각들이 바닥에 떨어지기 시작하며 졸지에 독사눈은 달랑 손잡이만 쥐고 있는 꼴이 되고 말았다.

'허걱!'

'세, 세상에! 극냉(極冷)의 기(氣)로 멀쩡한 검을 저 꼴로 만들어놓다니!'

'우, 우리 같은 놈들은 꿈에서도 구경할 수 없는 어, 어마어마한 무공이다!'

모두가 통나무처럼 딱딱히 굳은 채 입을 쩍 벌리며 사색이 되었다.

"깨진 쪽박과 다름없는 상전 때문에 나라에서 하는 일에 함부로 반기를 들면 안 되지. 그렇게 되면 네놈들만 죽는 게 아니라 구족(九族)까지 몰살당하게 되거든."

무대붕의 말투는 지극히 무심하면서도 나직했다. 그러나 듣는 호위 무사들의 표정은 절대 무심할 수가 없었다. 자신들이 힘을 합쳐 일제히 덤벼봐도 상대조차 안 될 엄청난 고수가 구족을 몰살한다는 협박까지 해대는데 어찌 섬뜩하지 않을 수 있겠는가.

이미 대항하겠다는 의지를 팽개친 호위 무사들은 누가 먼저라 할 것 없이 뒤로 슬금슬금 물러서고 있었다.

"아니? 이 멍청한 자식들! 왜들 물러나는 거야? 내가 알아서 다 처리해 줄 테니까 어서 싸워! 그래서 이놈들을 내쫓으란 말야, 어서!"

"……."

좌룡은 흥분하며 버럭 고함을 질렀지만 호위 무사들은 아에 딴 곳을 쳐다보고 있었다. 이미 완전히 박살난 쪽박에 불과한 좌룡을 위해 하나뿐인 목숨을 헛되이 낭비할 만큼 아둔한 인물은 아무도 없었다.

"이, 이런 죽일 놈! 절대 내 눈에 흙이 들어가기 전에는 날 이곳에서 한 발자국도 끌고 나갈 수 없다!"

좌룡은 자신의 호위 무사들까지 딴청을 피우는 최악의 상황이었건만 무대붕을 향해 목발을 휘두르며 발악했다.

슈파앗!

한쪽 다리를 잃은 탓에 제대로 몸을 움직일 수도 없는 신세였지만 목발을 창처럼 사용하자 섬뜩한 강기가 마치 무대붕의 목이라도 날릴 것처럼 펼쳐졌다.

그러나 무대붕은 허리를 굽히며 간단하게 피했다. 그리곤 좌룡을 향해 뭔가 뿌렸다.

파앗!

"우욱!"

좌룡은 뒤로 주춤거리며 비틀거렸다.

"이… 비겁한 자식, 치사하게 눈에다가 흙을……."

부대붕이 뿌린 흙으로 인해 눈도 뜨지 못하게 된 좌룡은 눈을 비비며 고통스러워했다.

"미안해. 눈에 흙이 들어가기 전엔 한 발자국도 못 나간다며? 그래서 그랬어."

무대붕은 히죽거리며 좌룡의 마혈(痲穴)을 찍었다.

쿡.

눈에 들어간 흙을 털어내기 위해 머리를 세차게 흔들며 멧돼지처럼 발광하던 좌룡은 찍소리도 못하고 마치 썩은 통나무처럼 바닥에 쓰러지고 말았다.

"자, 어서 이 물건을 옥거(獄車)에 실어라!"

무대붕이 소리치자 특사부 요원들이 의식을 잃은 좌룡을 부축해 일으켜 세웠다.

양쪽으로 어깨를 부축하며 데리고 나가는 좌룡의 뒷모습을 보며 무대붕은 엉뚱한 생각을 했다.

'멧돼지를 긴 몽둥이에 묶듯이 그런 식으로 끌고 갈까? 그랬으면 딱 좋겠는데…….'

과연 무대붕다운 생각이었다.

*   *   *

"……."

영중제의 얼굴은 오늘따라 더욱 어두웠다.

전선으로 보내줘야 할 군량미와 각종 약제들이 조만간 바닥날 거라는 소식과 공손창 일당들이 모두 각자의 업무를 태업(怠業)하는 바람에 국정이 엉망으로 돌아가고 있다는 보고까지 들어왔기 때문이다.

"폐하, 벌써 열흘째입니다. 이런 식으로 계속 평행선을 달린다면 결국 국론만 분열되고 서로 상처만 입게 될 뿐입니다. 이제 그만 타협하심이……."

"타협이라니! 저쪽에선 천자인 짐에게 여전히 허리 굽힐 생각조차 하고 있지 않는데, 그럼 짐더러 먼저 허리를 숙이라는 얘긴가?"

영중제는 버럭 노성을 질렀다.

"그럼 어찌시려는 겁니까? 그들은 이제 아예 대놓고 업무조차 손을 놓고 될 대로 되라는 식으로 엇가고 있는 실정입니다. 이렇게 된다면 결국 그 피해는 백성들에게 돌아가게 될 것입니다."

담일기는 답답한 심정으로 고개를 떨궜다.

"차라리… 차라리 그때 북궁월을 천거하는 게 아니었는데… 모든 게 소신의 잘못입니다. 크흐윽~"

담일기는 이와 같은 대립이 바로 자신 때문에 일어난 것이라고 생각하며 통한의 눈물을 흘렸다.

그때 자신을 찾아온 북궁월을 외면했더라면…

조국을 위해 적도들과 싸우겠다는 그의 뜨거운 애국심에 감동받고 영중제에게 그의 사면을 요청하지 않았더라면…….

"담 태감, 그대의 잘못은 없다. 모든 잘못은 짐이 무능하기 때문에 일어난 것이다."

영중제는 참담한 표정으로 음성을 발했다.

물러날 수 없는 공손창 일당과의 한판 승부.

마음 같아선 병력을 동원하여 그 무리들의 수장인 공손창을 체포라도 하고 싶은 마음이 굴뚝같지만, 그렇게 되면 그와 손이 닿아 있는 지방 성주와 호족들이 결코 가만히 있지 않을 거라고 생각하니 이래저래 속만 쓰리고 아플 따름이었다.

그렇다 해서 그들의 요구 또한 결코 들어줄 수 없는 입장이었다.

복수의 일념까지도 접고 위기에 빠진 나라부터 구하겠노라고 일반 병력도 아닌 죄수들을 끌고 전선으로 달려간 북궁월이다.

그런 그에게 어찌 또 한 번의 실수를 할 수 있단 말인가.

그건 여동생 벽하와 그녀의 뱃속에서 자라고 있는 자신의 조카를 위해서라도 도저히 있을 수 없는 일이었다.

"휴우, 정말 답이 안 보이는군."

불편한 심기에 영중제가 길게 한숨을 내쉴 때,

"폐, 폐하……."

젊은 환관 용재출이 빠른 걸음으로 영중제의 곁으로 다가와서 보고를 했다.

"무대붕 영반께서 암만 해도 큰 사고를 일으키려고 작정하신 모양입니다."

"사고라니? 대붕이가 왜?"

"글쎄… 좌릉 수형도위를 체포하여 특사부로 끌고 왔지 뭡니까?"

"뭣이라?!"

영중제는 눈을 휘둥그렇게 뜨며 경악했다. 그것은 담일기 역시 마찬가지였다.

'이 친구가 정말 공손 승상과 한판 붙을 작정인가?

담일기의 놀란 표정은 점차 무거워지기 시작했다.

"좌릉 수형도위는 한때 십만 군사를 지휘했던 대장군이셨고, 게다가 공손 승상의 최측근이기도 한 분을 이와 같이 어수선한 시기에 개인 비리 문제로 잡아들였으니… 공손 승상이 알면 결코 가만히 있지 않을 겁니다."

용재출은 불안한 표정으로 말을 이었다.

"폐하, 이 일을 어쩝니까? 폐하께서 직접 가서 말리시는 게……."

"대체 이 친구가 무슨 생각으로 그런 일을……?"

영중제가 이해할 수 없는 듯 얼굴로 고개를 갸웃거릴 때, 이번에는 또 다른 환관 세 명이 한꺼번에 몰려들어 왔다.

"폐하! 태사기 소부(少府)가 오랏줄에 묶인 상태로 특사부에 끌려왔습니다!"

"사마양 장작대장(將作大匠)도 끌려왔습니다."

"손관 경조윤(京兆尹)도 역시 끌려왔사옵니다."

한꺼번에 몰려들어 온 환관들이 다급한 표정으로 연이어 보고하자 영중제의 입은 닫혀질 줄을 몰랐다.

"그, 그자들은 모두 공손 승상의 측근들이잖은가!"

"그렇습니다."

그에 대한 대답은 담일기가 했다.

문득 영중제의 시선이 담일기를 향했다.

"무대붕 영반이 드디어 공손 승상을 향해 칼을 뽑아 든 모양입니다."

"칼을 뽑아 들다니? 그게 무슨 얘긴가?"

영중제가 의아한 표정으로 되묻자 담일기는 몰려든 환관들을 모두 물러가라고 손짓했다.

환관들이 모두 사라지자 담일기는 무대붕과 나눴던 얘기를 빠짐없이 하기 시작했다.

"…그, 그러니까 대붕이가 황궁에 복귀한 이유가 바로 공손 일당을 처치하기 위함이란 말인가?"

모든 얘기가 끝나자 영중제는 다소 의외란 표정으로 입을 열었다.

"그렇습니다. 생쥐새끼들이 곳간을 헤집고 다니고 있는데 때려잡는 사람이 아무도 없으니 폐하의 동생인 자신이라도 그 일을 하겠다고 하였습니다."

"대붕이가 때려잡겠다고?"

"그러면서 때려잡는 건 자신이 알아서 할 테니 폐하께서 그들의 요구대로 북궁월에게 죄를 묻는 일이 없도록 소신더러 곁에서 잘 보필하라고 하였습니다."

"정말… 대붕이가 그랬단 말이지? 자신의 입으로?"

"그렇습니다, 폐하."

"대, 대붕이… 이 녀석……."

영중제는 밀려드는 감동에 목이 메일 것 같았다.

모두가 두려워서 엄두조차 내지 못하는 일을 자진해서 나선 무대붕이다. 어찌 감격스럽지 않겠는가. 그렇지 않아도 기특하고 갸륵하기만 한 무대붕이거늘…….

'대붕아… 그래, 이 형은 널 믿으마. 이 형은 너를 무조건…….'

영중제는 감격의 눈물과 함께, 무조건 무대붕을 믿겠노라고 했다.

물론 별다른 방법이 없기도 했지만.

영중제의 뇌리엔 지난 강호 시찰 때 객점에서 잠시 보았던 무대붕의 엄청난 능력과 그를 향한 강호인들의 절대적인 존경, 심지어 강도 짓을 하러 들어온 인물들까지 무대붕을 마치 신처럼 떠받들던 모습이 아직도 생생했기 때문이다.

영중제는 그런 무림의 신과 같은 무대붕이 직접 나서서 일을 도모한다면 왠지 희망적인 그림이 그려질 수 있겠다는 생각이 들었다.

'그때 무림인들이 너를 대하는 모습은 신, 바로 그 자체였다. 대붕아! 부디 꼭 신과 같은 모습으로 그들을 응징해 다오, 꼭!'

영중제는 맹목적으로, 그리고 절대적으로 무대붕을 믿기 시작했다.

그날의 그 장면이 조작된 연극이었다는 것도 모른 채.

*　　　　*　　　　*

그 소식은 공손창의 귀에도 들어갔다.

"뭐라고! 특사부 놈들이 우리 측 대신들을 잡아갔다고?"

공손창은 보고를 받으면서도 도저히 믿을 수 없다는 표정이었다.

"좌륭 대장군과 태사기 소부를 비롯한 네 명의 대신이 개인 비리 문제로 체포되었다고 합니다."

병사(兵事)를 담당하는 선우기평 대사마(大司馬)가 격앙된 표정으로 입술을 열고 있었다.

"으음……."

공손창은 무거운 표정으로 신음을 흘렸다.

특사부가 황족과 조정 신료들의 부정과 비리를 조사하는 기관이라는 것을 모르는 사람은 없다. 하나 그가 조정의 모든 권력을 움켜쥔 이십 년 가까운 기간 동안엔 적어도 그의 측근들을 체포하거나 내사하는 일은 단 한 번도 없었다.

어느 특사영반이 간이 배 밖으로 나오지 않고서야 모든 실권을 한

손에 쥐고 있는 공손창과 그 일당의 비리를 내사하겠는가? 그랬다가는 오히려 더 큰 반격에 자신의 생명이 온전치 못하리라는 것을 알고 있었기에 설령 드러난 비리가 있을지라도 모르는 척 지나갔던 게 그동안의 관행이었다.

"허허… 뜻밖이군. 폐하가 이 공손창의 수족을 묶기 위해서 그런 방법을 다 쓸 줄도 알고……."

문득 공손창은 허탈한 웃음을 토했다.

"승상 어르신, 그건 아닌 듯싶습니다."

"아니라니?"

"네 명의 대신이 연이어 특사부로 이송되자 천봉전도 소란스러웠다고 합니다. 폐하 역시 경악을 금치 못하셨다고 하구요. 아마도 이번 일은 폐하께서도 전혀 모르는 일이었던 것 같습니다."

"폐하가 모르다니? 그럼 특사부에서 단독으로 그런 일을 계획했단 말인가? 감히 겁도 없이?"

공손창은 더욱 기가 막힌 표정이었다.

"무림에서 온 인물이 주제넘게 그와 같은 막중한 자리에 앉다 보니 똥오줌도 못 가리고 일을 저지른 듯합니다."

"이번 신임 영반은 지난여름에 아무 일도 하는 일 없이 그냥 허송세월만 보내다가 그만둔 무대붕인가 뭔가 하는 친구라면서? 게다가 소문을 듣자 하니 글도 모르는 무식한 놈이 어찌 그와 같은 큰일을 저지를 수 있단 말인가? 그것도 젊디젊은 놈이?"

"취임식 때 아무 일도 해놓은 게 없이 그냥 무림으로 돌아갔다는 것이 너무도 자존심이 상해서 다시 되돌아왔다고 얘기했답니다. 그래서 황실을 정화하고 개혁하는 것을 최우선으로 삼고, 그런 이후에 무림으

로 돌아가 차기 무림맹주 선출 때 그 경력을 적극 홍보하여 꼭 무림맹
주가 되겠노라고 당당하게 지껄였다고 합니다."

무대붕은 황궁에 돌아온 후 특사부 요원들을 상대로 한 취임 인사
때 그와 같은 청사진을 자신있게 밝힌 적이 있었다. 요원들 역시 엉뚱
한 취임사에 어이가 없었지만, 이미 지난여름에도 자신은 지위가 높은
사람이기 때문에 높은 곳에서 얘기해야 한다며 겹쳐 세운 탁자 위에
앉아 횡설수설했던 무대붕을 생생하게 기억하고 있었던 탓에 아예 관
심조차 두질 않았다.

그러나 공손창은 달랐다.

"끄응… 맙소사!"

그는 어쩌나 황당한지 하마터면 뒤로 넘어갈 뻔했다.

특사부 요원들에겐 무대붕의 황당한 짓거리가 이미 누적이 되어 그
러려니 할 수 있는 일이었겠지만 안타깝게도 공손창에겐 그런 경험 같
은 게 없었다.

"그, 그러니까 훗날 무림맹주 선거 때에 쓸 경력을 만들기 위해 지금
그 짓을 하고 있다는 겐가? 그 젊은 녀석이?"

"하여 알아보니 그게 사실이더군요. 지난 선거 때 수많은 선거인단
을 상대로 술 사주고, 선물도 하고, 아무튼 표를 얻기 위해서 돈을 물
쓰듯이 했는데도 단 한 표만 얻었다지 뭡니까? 그게 뼈에 사무쳤을 거
라고 합니다."

"이, 이런 정신 나간 놈! 제놈 경력이나 쌓자고 조정에서 중대한 임
무를 맡고 있는 대신들에게 그런 짓을 하다니!"

"하나, 비리를 저지른 것은 부인할 수 없는 사실입니다. 하여 만약
놈의 의도대로 비리 공직자를 처단하고 조정에 능력있고 깨끗한 젊은

신진들로 개혁이 된다면 그자는 졸지에 백성들의 영웅으로 떠받들어질 수도 있습니다. 그렇게 되면 제놈의 꿈인 무림맹주도 어렵지 않게 될 수 있을 테구요.”

“누구 맘대로!”

선우기평이 근심스러운 표정을 짓자 공손창은 노기를 띠며 벼락처럼 노성을 토했다.

“누구 맘대로 감히 내 측근을 자르고 젊은 신진들로 바꾼단 말이냐!”

“하나 돌아가는 판세가 결코 낙관적이질 못합니다. 게다가 그자는 무식하고 단순한 탓에 협박이나 회유 따위가 통할 것 같지도 않으니…….”

“흐흐, 그놈은 무식해서 어쩔 수 없다지만 그렇다고 천자까지 무식한 건 아니질 않은가?”

공손창은 무슨 대안이라도 있는 듯 의미심장한 미소를 지었다.

“무슨 의미이신지……?”

“그놈이 아무리 찧고 까불어봐야 소심한 천자가 위에서 틀어버리면 그걸로 끝일세.”

“하나 폐하는 지금 오히려 이 상황을 즐기고 있을 텐데요?”

“즐기고 싶겠지만 그럴 수 없도록 만들어야지. 그리고 이번 기회에 아예 두 손, 두 발을 다 들고 항복하도록 만들면 돼. 알겠나? 흐흐흐.”

공손창의 얼굴엔 여유가 흘렀고, 그의 얄팍한 입술 사이에선 득의만면한 웃음소리가 흘러나왔다.

어떤 상황에서도 전혀 흔들림이 없는 노회한 관록.

역시 그는 공손창이었다.

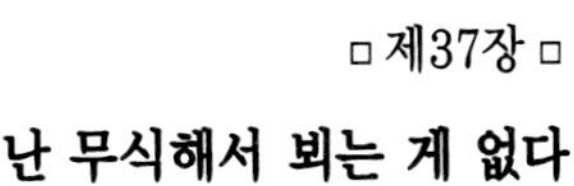

난 무식해서 뵈는 게 없다

취고실(取拷室).

특사부 지하에 위치한 취고실은 모두 네 개로 나뉘어져 있다.

끌려온 죄인들을 취조하고, 경우에 따라 고문도 하는 취고실은 특사부에 끌려온 범죄자들에겐 마치 지옥처럼 느껴지는 곳이기도 했다.

그중 첫 번째 취고실.

그냥 일실(一室)이라고 불리는 그곳엔 지금 좌륭이 쇠사슬에 온몸이 묶인 상태로 앉아 있었다. 봉두난발에 매우 흐트러진 모습이었다.

반면 좌륭의 앞에는 다리를 꼬고 매우 편안한 모습으로 앉아 있는 사내가 있었다. 바로 무대붕이었다.

원래 오늘 끌려온 네 명의 조정대신은 특사부의 각 단주들이 맡아 조사를 하기로 했는데, 좌륭을 담당하기로 되어 있던 마창악은 잠시였지만 자신이 모시던 상사를 취조한다는 게 너무도 고통스럽다고 하여 무대붕이 직접 맡게 되었던 것이다.

"끄으으… 무, 물을 좀……."

부르튼 좌릉의 입술 사이로 신음이 흘러나오고 있다.

"물을 달라고? 어이! 물 좀 갖고 와라."

무대붕은 곁에 있는 팔자눈썹이 인상적인 부하에게 지시를 했다.

팔자눈썹은 신속히 한 대접의 물을 무대붕에게 갖다 주었다.

"어이~ 좌씨! 그러고 보니 목이 많이 타겠구만. 끌려온 지 만 하루가 다 되도록 물 한 모금도 안 먹였으니까."

무대붕은 한때 십만 군사의 수장이었던 좌릉에 대한 호칭을 좌씨로 전락시켰다. 하나 좌릉은 그 따위 일로 감정을 상하기에는 몸도 마음도 이미 너무 지친 상태였다. 그리고 무엇보다도 견딜 수 없는 건, 목이 타서 미칠 지경이라는 것이다.

"으으… 그래… 그러니까 어서… 물을… 다오……."

좌릉은 애절한 표정으로 무대붕을 바라보았다.

"그럼 순순히 이실직고하라구. 나도 좌씨에게 물을 주고 싶어서 미칠 지경이야."

"으으… 물… 좀… 제발……."

"그런 식으로 애원하지 말고 똑바로 얘기하라니까. 좌씨, 아무리 내공이 심후한 사람이라도 하루 이상 물 한 모금 안 마시면 어떻게 되는 줄 알아? 죽어! 죽는다구!"

그렇게 얘기하며 무대붕은 천연덕스럽게 팔자눈썹이 갖고 온 물을 들이켰다.

꿀꺽꿀꺽.

좌릉은 자신도 모르게 침을 삼켰다. 그러나 무대붕은 매정했다.

무려 한 대접의 물을 옆으로 밑으로 흘려가면서도 단 한 모금도 주지 않았다.

"꺼윽~ 너무 많이 마셨나?"

무대붕은 트림을 하며 볼록 튀어나온 자신의 배를 어루만졌다.

"이, 이런 짐승만도 못한 새끼. 정작 물을 마시지 못해 죽기 일보 직전인 사람을 앞에 두고 물을 죄 흘려가면서 처먹어? 그것도 무려 한 대접씩이나……."

좌릉은 너무도 괘씸한 생각에 사지가 묶여 있지만 않다면 당장에라도 달려가서 무대붕의 싸가지없는 입이며, 볼록 튀어나온 배며 닥치는 대로 물어뜯고 싶었다.

"좌씨, 그러니까 얘기하면 되잖아? 얘기만 하면 마실 물이 아니라 목욕물까지 받아주겠다니까."

"이 자식아! 몰라! 난 아무것도 몰라! 대체 모른다고 얼마나 얘기해야 알아듣겠냐구!"

좌릉은 악에 받친 얼굴로 버럭버럭 소리를 질렀다.

"내참… 이 양반, 생긴 건 참으로 야무지게 생겨놓고 왜 이렇게 하는 짓은 골통인지 모르겠네."

"뭐? 골… 골통?"

"그래, 골통이 아니라면 개밥의 도토리 신세로 전락한 이런 상황에서 뭣 때문에 공손창을 위해 입을 다무는 건지……."

무대붕은 한심하다는 듯한 표정으로 혀를 차며 계속 말을 이었다.

"쯧쯧… 이 양반아, 당신이 입을 다물고 있다고 공손창이 당신을 구해줄 것 같아? 흥! 착각 말라구. 그럴 위인이었으면 애당초 다리 한쪽,

음… 무릎 밑이니까 정확히 다리 반쪽 좀 잃었다고 당신을 실권도 없
는 그런 자리에 가는 것을 방치하지도 않았다구. 알겠어?"

"그, 그건……."

"공손창이 보기에 이제 좌씨는 전혀 쓸모없는 존재일 뿐이야. 생각
해 보라구. 공손창 옆에는 사지 멀쩡하고 똑똑한 측근들이 많은데 굳
이 몸 상태가 시원치도 않은 당신을 뭣 하러 챙겨주겠냐구. 이젠 별로
이용 가치도 없는데. 안 그래?"

깐죽거리는 소리였지만 좌릉의 마음은 심하게 흔들리고 있었다.

무대붕의 말처럼 다리를 잃은 이후 자신을 대하는 공손창의 행동이
예전 같지 않다는 것은 그가 가장 크게 느끼는 부분이었다.

'의리없는 늙은이. 나는 두 번씩이나 그 인간의 목숨을 구해줬다.
그 옛날 그의 지방 시찰 때 미친 소들이 그가 탄 마차를 향해 난동 피
울 때 한 번, 그리고 북궁월에게 죽을 뻔했을 때 한 번. 그렇게 두 번씩
내 생명을 걸어가면서 제 목숨을 구해줬거늘… 그는 내가 지금 상림원
관리인 노릇이나 하고 있는데도 모르는 척을 하고 있다!'

좌릉은 서서히 분노가 끓어오르기 시작했다.

'그래, 이 싸가지없는 놈 말대로 그 늙은이는 이제 날 쓸모없는 폐물
로밖에 여기질 않아. 그런 의리없는 늙은이를 위해 왜 내가 또다시 생
명을 걸어야 한단 말이냐? 빠드득! 이번엔 안 당해. 흥! 내가 당한 것만
큼, 아니, 그 이상으로 당신도 당해야 돼!'

생각이 그렇게 미치자 이상하게도 좌릉의 마음은 편해지기 시작했
다.

물에 빠진 사람이 처음에는 지푸라기라도 잡으려고 바동거리다가도
막상 죽음을 인정하고부터는 마음이 편해지는 그런 상태라고나 할까?

아무튼 공손창에 대한 미련을 버리고 나니 좌륭의 마음은 한결 가볍고 평온해졌다.

"물 좀 주겠나?"

"……!"

좌륭의 얼굴에 체념의 빛이 스치자 무대붕의 눈이 반짝였다.

"그럼, 당연히 드려야지."

무대붕은 씨익 미소를 지으며 팔자눈썹을 향해 소리쳤다.

"냉큼 물 갖고 와라, 그것도 꽉꽉 눌러서!"

벌컥… 벌컥…….

좌륭은 하마처럼 무려 다섯 대접의 물을 쉬지 않고 들이켰다.

"꺼윽~ 이제야 살 것 같군. 자네, 수고했어."

사지가 묶인 탓에 자신이 물을 마실 수 있도록 거들어준 팔자눈썹에게 노고를 치하하는 여유까지 생겼다.

"그러니까 내가 이곳저곳에서 받은 그 뇌물을 공손창에게 상납하지 않았느냐는 얘긴데……."

"그렇지. 공손창의 우산 아래 있는 입장에서 혼자 독식할 수는 없을 테니까."

무대붕은 신속히 말을 받았다.

"그래, 네 말대로 내가 받으면 그중 무조건 반은 그 욕심 많은 영감에게 상납했다. 어떤 경우든 무조건 반을 뚝 잘라서."

"오호! 역시 그랬구나. 내가 척 보기에도 좌씨는 남자답고 의리가 있어 혼자 독식하지 않을 것만 같더라구."

"깐죽거리지 말고 알고 싶은 게 있으면 더 묻기나 해. 어서 끝내고 좀 쉬고 싶으니까."

좌륭이 지친 표정을 짓자 무대붕은 고개를 끄덕였다.

"알았어. 그럼 계속 본론으로만 들어가지. 만약 좌씨는 반을 뚝 떼어서 그 영감에게 줬다고 하는 반면에 그 영감이 받은 게 없다고 하면 뭘로 증명하지?"

"입증할 방법이야 많지."

"어떤 식으로?"

무대붕은 다시 한 번 눈빛을 반짝이기 시작했다.

"무 영반님이 좌륭 대장군을 포함한 조정대신 네 분을 체포하여 지금 한창 조사를 하고 있단 말이냐?"

벽하는 눈을 휘둥그렇게 뜨며 놀라는 표정이었다.

"예, 그것 때문에 지금 궐 안이 난리가 났어요. 더욱이 그분들은 모두 공손 승상님의 수족 같은 분들이니 아마 앞으로 뭔 일이 나도 크게 나게 생겼어요."

애향은 난리가 났다면서도 전혀 불안한 얼굴이 아니었다. 아니, 오히려 상당히 즐거운 표정처럼 보였다.

"무 영반님이 왜 그런 위험한 일을……?"

"왜긴요. 비리를 저질렀으니까 특사영반으로서 당연히 해야 할 일을 하고 계시는 거죠."

애향은 마치 무대붕의 대변자라도 되는 것처럼 말했다. 한때 자신을 각별하게 여겨주었던 오라버니 무대붕에 대한 그녀의 의리였다.

"아무리 그렇다 해도 지금은 그런 일로 분란이 일어나선 안 될 시긴데……."

“공주님도 참~ 그들 네 사람은 지난날 북궁장천 어사대부님은 물론 북궁월님까지 참수해야 한다고 누구보다도 강력히 주장했던 사람들이에요. 아무리 금마국의 무리들이 침공을 시작했다 할지라도 그들을 응징할 수만 있다면 무슨 수를 써서라도 응징부터 해야 한다구요!”

애향이 열을 올리며 흥분하는 순간, 문득 벽하의 얼굴이 굳어지기 시작했다.

“대체 월랑과 그분은 어떤 관계죠?”

“…….”

“그분은 어떻게 월랑이 있는 곳을 알고 있었던 거죠? 친구인가요?”

“난… 그에게 너무도 커다란 신세를 졌소. 그가 아니었다면 난 이렇게 살아 있지도, 그리고 당신을 만날 수도 없었을 것이오.”

“그럼 생명의 은인인가요?”

“글쎄… 그렇게 딱 잘라 말할 정도로 간단한 입장은 아닌 것 같소.”

“그게 무슨 말씀이신지요?”

“그는 나를 위해서라면 무엇이든 아끼지 않고 주었소. 천하에 둘도 없는 영약들을 내게 주었고, 나를 위해서 자신의 감정까지도 기꺼이 정리한 사람이오.”

“……!”

“후후, 내가 진 신세는 그 무엇으로 갚아도 부족할 것이오. 설령 생명으로 갚는다 해도.”

“워, 월랑?”

백향전에서 보낸 그 짧은 겨울밤.

벽하는 당시 무대붕에 대한 얘기를 하며 눈시울을 붉히던 광한의 모습이 불현듯 떠올랐다. 그러면서 지금 무대붕이 벌이고 있는 행동에 일련의 의구심을 느꼈다.

'혹시 그분이 월랑 때문에……?'

자신의 정인을 위해서 무엇이든 아끼지 않고 주었다는 무대붕이다. 그런 무대붕이었기에 정인의 복수까지도 대신하는 게 아닌가 하는 생각을 벽하는 조심스럽게 하고 있었다.

"호오~ 그렇다면야 아무리 늙은 구렁이 같은 공손창일지라도 찍소리 못하겠군."

무대붕은 충분히 이해할 수 있다는 표정으로 고개를 끄덕였다.

"당연하지. 이 좌륭이 결코 만만한 인간은 아니니까."

좌륭은 씁쓸한 미소를 지었다.

'만만한 사람이 아니다? 그거 누가 십팔번처럼 많이 애용하는 문구 같은데?'

무대붕은 고개를 갸웃거렸다.

"아함~ 네놈이 계속 잠을 못 자게 만든 탓에 졸음이 쏟아지는군. 좀 쉬고 싶은데?"

좌륭은 눈을 끔뻑거리며 늘어지게 하품을 했다. 하긴 하루 온종일 눈꺼풀 한 번 제대로 못 붙이고 시달렸으니 어찌 졸립지 않겠는가.

"암, 수고했는데 당연히 쉬어야지. 어이, 팔자눈썹."

무대붕은 지극히 당연하다는 표정을 짓고는 부하를 불렀다.

"예."

"우리 좌씨를 가장 깨끗하고 보온이 잘 되는 뇌옥으로 모셔라."

"알겠습니다."

팔자눈썹은 의자에 묶은 쇠사슬을 풀고는 동료와 함께 좌륭을 부축했다. 무대붕은 부하들에 이끌려 나가고 있는 좌륭의 뒷모습을 향해 소리쳤다.

"좌씨, 깨우지 않을 테니까 잘 수 있을 때까지 푹 자라구! 그리고 배고프면 언제든지 밥 달라고 하고!"

"망할 놈. 엄청 고맙다."

"하하, 성실하게 취조에 응했으면 마땅히 그만한 대우는 해줘야지. 난 결코 야박한 사람이 아니거든."

무대붕이 득의만면한 얼굴로 미소를 짓는 순간, 나가는 좌륭과 엇갈리며 염소수염의 사십대 사내가 들어왔다.

제삼단주 우문행이었다.

"영반님."

"왜? 취조가 다 끝난 모양이구만."

"그, 그게 아니라 아무리 협박을 하고 고문을 해도 도저히 말을 들어처먹질 않습니다."

우문행이 당혹스런 표정으로 우물거리며 보고하자 무대붕은 벌떡 자리에서 일어났다.

"뭐가 어째? 그깟 놈 입 하나 열게 하는 일을 멍청하게 아직까지 그것도 못했단 말이야?"

"죄, 죄송합니다. 제 능력으로는 도저히……."

한없이 사람 좋게 생긴 우문행은 고개조차 들지 못한 채 식은땀을 흘렸다. 그는 태사기 소부를 맡고 있는데 생각처럼 여의치가 않은 모양이었다.

"말을 안 들을 땐 고문이라도 하라고 했잖아!"

"말씀드렸다시피… 해봤는데도 소용이 없었습니다."

"내가 보기엔 별로 독해 보이지도 않던데 대체 어떤 고문을 했길래 소용이 없다는 거야? 물 고문? 아니면 손톱 뽑기?"

"아뇨. 어떻게 그렇게 잔인한 짓을!"

"그럼?"

"밥 안 주고 잠 안 재우기를 했습니다."

"뭐?"

무대붕은 어이없다는 표정을 지었다.

"그럼 물은?"

"물은 줘야지요. 물까지 안 먹이면 죽을지도 모르는데…….."

역시 마음 약하고 사람 좋기로 소문난 우문행다운 너그러움이었다.

"인간아! 그것도 고문이냐!"

무대붕은 인상을 붉히며 버럭버럭 소리를 질렀다.

"물은 먹여가면서 그깟 밥 좀 안 먹인다고 그 자식이 불 것 같아? 그리고 이제 겨우 하루야! 하루쯤 잠 못 잤다고 이실직고할 놈이 어딨어!"

"앞으로 시정하겠습니다."

"그래 놓고도 뭐, 별 짓을 다해봤다고? 얼어죽을… 젠장! 그래, 엄청 여러 가지 했다!"

"시정하겠습니다."

인정 많고 마음씨 좋은 우문행은 상관의 말에 변명을 하기보다는 늘 짧고 간결하게 자신의 잘못을 인정했다. 어쩌면 그것이 유약한 그가 살벌한 특사부에서 생존할 수 있는 유일한 길이었는지도 모른다.

상급자일수록 변명보단 깔끔하게 자신의 잘못을 인정하는 수하를 선호했기 때문이다. 그러나 안타깝게도 무대붕에겐 그와 같은 깔끔함이 먹히질 않았다.

"시정? 어떻게 시정할 건데? 그럼 다시 가서 그 자식의 손톱 발톱을 몽땅 뽑아놓는 것은 물론이고, 머리통까지 뽑아버려, 지금 당장!"

"예?"

"뭘 놀래? 시정하겠다면서?"

"그래도 그, 그건……."

"젠장! 거봐. 전혀 시정할 생각이 없잖아! 얼어죽을~ 그래 놓고 뭘 시정하겠다는 거야!"

"그, 그것도 시정하겠습니다."

"끄응……."

무대붕은 더 이상 할 말을 잃은 듯 고개를 떨궜다. 자신의 무능 때문에 상급자가 괴로운 표정을 지으니 사람 좋은 우문행의 마음은 다시 한 번 쓰라렸다.

"정말… 시정하겠습니다……."

"됐어. 시정 집어치우고 따라와. 그리고 내가 하는 것을 보고 배워! 어떤 식으로 처리하는지 보여줄 테니까."

무대붕은 더 이상 말을 섞기 싫다는 듯 손을 저으며 일실 문을 나섰다.

태사기 역시 좌룡처럼 묶인 상태로 앉아 있었다.

다른 게 있다면 물도 안 먹이고 쉬지 않고 단련을 받았던 좌룡과는 달리 그의 모습은 전혀 흐트러짐이 없었다.

"자네가 이번에 새로 임명됐다는 특사영반인가?"

오히려 그는 부하들의 인사를 받으며 입장하는 무대붕을 향해 먼저 말까지 건네는 여유를 부렸다.

'자네?'

끌려온 죄수의 상태가 너무도 양호한 게 일단 기분이 나쁜데 거기다가 이번 사건을 지휘하고 있는 총책임자인 무대붕을 향해 건방지게 하대까지 하고 있다?

그렇지 않아도 걸핏하면 꼬이는 무대붕의 배알이다. 벌써부터 콧구멍이 넓어지고 더운 김이 씩씩 뿜어져 나오고 있었다.

"무림에서 온 젊은이답게 패기는 좋으나 상대를 봐가면서 수사를 해야지 이러다간 자네가 크게 다쳐."

'얼씨구? 이 도둑놈이 충고까지?'

"떡을 만지면 떡고물이 손에 묻듯이 우리 같은 조정대신들이 나랏일을 하다 보면 우리의 의지와는 상관없이 뇌물 수수와 같은 일들이 생기곤 하지."

너무나 온순한 대접을 받은 탓일까?

태사기는 여유가 있었다. 아니, 있는 정도가 아니라 철철 넘쳤다. 마치 강의를 하듯 고위 공직자의 고충을 늘어놓기 시작했다. 그것도 아주 편하고 느긋하게.

"그러나 국가라는 큰 울타리를 놓고 생각을 해야지. 그깟 작은 떡고물 몇 푼에 국가의 흥망을 쥐고 있는 우리 고위 공직자들에게 이런 식으로 죄를 묻는다면 나라 꼴이 어찌 되겠나?"

'갈수록~ 점점……'

"자네 역시 나라에 대한 충정으로 이와 같은 일을 하는 것이겠지만 이건 옳지 않아. 객기에 가까운 소신 때문에 자넨 훗날 대의(大義)를 망친 역적으로 청사(靑史)에 기록될 거란 말일세. 내 말이 무슨 뜻인지 이해하겠지?"

태사기는 미소를 흘렸다. 무대붕이 아무런 대꾸 없이 얘기를 듣고 있는 것은 곧 자신의 말을 수긍했기 때문이라고 생각했던 것이다.

그런데 그는 무대붕을 몰랐다. 몰라도 암팡지게 몰랐다.

"미안하다, 이 새꺄! 무식해서 개뿔도 모른다!"

우직!

흥분한 노성과 함께 무쇠 같은 무대붕의 주먹이 태사기의 콧잔등에 꽂혔다.

"우와아악!"

태사기는 처절한 비명을 토하며 자신이 묶여 있는 의자와 함께 나뒹굴었다.

그리고 아는 사람은 안다, 이것이 끝이 아니고 시작이라는 것을!

빠각! 빡!

무대붕은 일단 태사기와 함께 동체를 형성하고 있는 의자를 그의 몸에서 분리시켰다. 그의 발길질에 의자가 박살이 나자 그는 태사기의 몸 위에 올라탔다.

"어어… 왜, 왜 이래?"

태사기는 두려움이 가득한 눈으로 자신의 가슴을 깔고 앉은 무대붕을 바라보았다.

"그동안 네가 실컷 얘기했으니 이젠 내가 얘기 좀 하려고."

퍽!

깊은 대화를 위한 사전 준비로 일단 무대붕의 주먹이 가볍게 태사기의 아구창을 갈랐다.

"우왁!"

무대붕의 입장에선 아주 가벼운 준비 운동이었지만 얻어터지는 태사기에게는 결코 가벼울 수 없는 충격이었다.

"나랏일을 하다 보면 의지와 상관없이 떡고물 좀 챙길 수가 있다고?"

퍼퍼퍼퍽!

"우왁! 우와아아악! 그만……."

"이 자식아! 세금을 관리하는 직책에 앉아서 지방에서 올라오는 세금을 슬쩍 집어삼키는 것도 네놈 의지랑 상관없는 일이냐!"

빠빠빠빡!

"끄아아악! 제발……."

"세금 슬쩍해서 공손창이랑 나눠 처먹었지?"

뻐뻐뻐뻑!

"으아아… 그래… 그랬어……. 아니… 그 늙은이가 더 먹었어……."

"그 영감이 너보다 더 많이 먹었는지 증명할 방법은?"

바바바박!

"끄악… 있어. 일일이 기록해 둔 장부가 있어……. 으악! 그러니 살려줘… 제발……."

이목구비를 알아볼 수 없을 정도로 떡이 된 태사기는 피눈물을 흘리며 생명을 구걸했다. 근엄하고 여유로 가득했던 모습은 눈을 씻고 찾아볼 수 없는 순간이었다.

무대붕은 손을 탁탁 털며 천천히 일어났다.

"그러기에 진작 털어놨으면 나도 마음 아프게 이런 짓 안 하고 서로 좋았잖아."

말은 그렇게 했지만 그의 마음은 전혀 아플 게 없었다. 오히려 한바탕 드잡이를 벌이고 나니 몸도 마음도 상쾌하기 이를 데 없었다.

"끄으으… 고, 고마워… 살려줘서……."

걸레처럼 널브러져 있는 태사기는 주먹질을 중단하고 일어선 무대붕에게 감사의 말을 잊지 않았다.

비록 무대붕이 자신을 그 꼴로 만든 가해자이긴 했지만, 몇 차례만 더 주먹질을 했어도 죽을 수밖에 없는 자신을 더 이상 두들겨 패지 않았다는 의미에선 생명의 은인이기도 했다.

가해자인 무대붕을 생명의 은인으로 생각할 정도로 태사기는 이제 무대붕의 앞에선 그 어떤 사실도 털어놓을 수밖에 없는 입장이 되었다. 아마도 이제부터 태사기의 머리 속엔 세상에서 가장 공포스럽고 전율스런 물건(?)은 바로 무대붕의 주먹이라고 생생하게 각인될 것이다.

'머리통에 먹물이 많이 차 있는 놈들일수록 주둥이로는 명분이니 의리니 내세우다가도 막상 몇 차례 매타작이 시작되면 어느 누구보다도 말 잘 듣는 순한 양으로 돌변하게 되지. 왜냐하면 말 안 들으면 또 얻어터진다는 것을 절대 잊지 않을 만큼 똑똑하거든. 그리고 맞으면 고통스럽다는 것도 잘 알고.'

무대붕은 잠시 흡족한 미소를 짓고는 우문행을 향해 고개를 돌렸다.

"잘 봤지?"

"예, 하나도 빠뜨리지 않고 열심히 봤습니다!"

"제대로 된 답이 안 나오면 앞으론 내가 보여준 식으로 해. 특히 먹물이 많이 들어간 놈일수록. 알겠지?"

"예. 명심, 또 명심하겠습니다!"

늘 그랬듯이 깔끔하고 절도가 있는 우문행의 대답이었다.

그러나 인정 많고 마음 약한 그가 과연 무대붕처럼 죄인을 복날 개 패듯이 팰 수 있을는지…

그것 역시 두고 볼 일이었다.

제38장

공손창의 반격

공손창_의 반격

부르르…….

문서들 펼쳐 들고 있는 영중제의 손이 떨리고 있었다.

"그, 그러니까 이런 식으로 대신들과 함께 비리를 공모했단 말인가?"

"그렇습니다."

무대붕은 짧게 대답했다.

"허어… 세상에, 간단한 국책 사업을 하나만 펼치려 해도 늘 자금이 없어 어쩌질 못하고 있건만 그들은 이런 식으로 국세를 빼돌리고 온갖 뇌물을 상납받으며 엄청난 부정 축재를 해오고 있었다니……."

영중제는 너무도 어이없고 황당했다. 그러면서 분노가 치밀었다.

자신이 이토록 무능한 황제가 된 것도 따지고 보면 언제나 바닥인 국고(國庫) 때문이었다. 국고에 돈이 없어 가난한 백성들을 궁휼하지 못하고, 이 땅을 지키는 병사들까지 군량미를 비롯한 군수 물자 한번 넉넉히 보내지 못했거늘…….

그래서 더욱 가슴이 아팠고 자신의 무능이 원망스러웠는데 그 모든 것들이 바로 공손 일당의 엄청난 비리 때문이라고 생각하니 피가 거꾸로 솟는 것 같았다.

"헐벗은 백성으로부터는 막중한 세금을 거두면서도 국고에 제대로 환수되지 않았던 이유가 바로 그들의 장난 때문이었다니, 그리고 전매와 군수 물자에도 온갖 비리들이 있었다니……."

"모두가 개만도 못한 도둑새끼들입니다. 그중 가장 큰 도둑새끼는 공손 영감이구요."

무대붕은 자신도 모르게 욕이 튀어나올 것 같은 것을 억지로 참았다.

"어허… 담 태감, 이 일을 어쩌면 좋은가? 대체 이 일을……."

영중제는 허탈한 표정으로 담일기를 응시했다.

"……."

담일기는 그 어떤 대답도 하지 못했다. 그 자신도 공손창이 온갖 비리를 저지르고 있다는 것은 익히 알고 있었다. 하나 이렇게까지 엄청날 줄은 예상치 못했다.

그리고 이 순간 그가 대답할 수 없는 또 하나의 이유는 설령 공손창이 그와 같은 엄청난 비리를 저질렀다고 해도 그에게 벌을 내릴 수가 없는 현실적인 이유 때문이었다.

영중제도, 그리고 담일기도 똑같은 이유로 답답해하고 있을 때 무대붕이 불쑥 입을 열었다.

"형님, 이제 그 영감탱이를 체포하겠습니다."

“뭐라?”

영중제가 눈을 휘둥그렇게 떴다.

“왜 놀라십니까? 아무리 승상이라 해도 그 영감은 악질 중의 악질입니다. 반드시 체포하여 응징해야겠습니다.”

“하나 그건…….”

영중제가 그 일이 결코 간단치가 않다는 이야기를 하려는 순간,

“폐, 폐하! 크, 큰일났습니다!”

젊은 환관 용재출이 허둥거리며 급히 달려왔다.

“이번엔 또 무슨 일인데 호들갑이냐?”

늘 나타날 때마다 숨넘어가는 표정을 하는 용재출이었던 탓에 영중제는 대수롭지 않게 말을 받았다.

“이, 이것을 보십시오. 정주(鄭州)를 비롯하여 개봉(開封), 산동의 제남(齊南), 산서의 태원(太原) 등, 각 성(省)의 도성(都城) 성주들로부터 상소문들이 올라왔습니다.”

용재출은 들고 있는 여러 개의 서찰 뭉치들을 영중제 앞에 내려놓았다.

“상소문?”

영중제는 불안감이 들었다.

“이자들은 백성들로부터 걷은 세금을 현재 올려 보내지도 않는 공손승상의 추종자들 아닌가?”

“확인해 보시지요.”

담일기 역시 불안스럽긴 마찬가지였다. 상소문을 올린 자들은 다름 아닌 공손창의 천거로 그 자리에 앉은 인물들이다. 이와 같이 미묘한 시기에 그들이 영중제에게 상소문을 올렸을 땐 분명 그만한 이유가 있

으리라고 충분히 짐작할 수 있었다.

"아, 아니! 이자들이!"

천천히 상소문을 펼쳐 보던 영중제의 얼굴이 딱딱하게 굳어버렸다.

"이, 이자들이 감히 짐에게 이런 망발을……!"

영중제는 어찌나 분노했는지 음성까지도 부르르 떨더니만 이내 상소문을 갈기갈기 찢기 시작했다.

쫘악! 쫘아악!

"폐, 폐하?"

담일기는 눈을 휘둥그렇게 뜨며 기겁을 했다.

"불충한 것들! 아무리 짐이 무능한 천자라 할지라도 그렇지… 어찌 감히 이런 상소를 올린단 말인가! 감히 어떻게!"

흥분이 가라앉지 않은 듯 영중제의 음성은 여전히 격앙되어 있었다.

"형님, 도대체 그자들이 뭐라고 했습니까?"

무대붕은 궁금하지 않을 수가 없었다.

"특사부에 잡혀 들어간 네 명의 공신에 대한 내사를 중지하지 않으면 앞으로 그 어떤 황명도 듣지 않겠다고 엄포를 놓았다. 감히 짐에게!"

"뭐, 뭐라구요?"

무대붕은 입을 쩍 벌리며 기가 막히다는 표정을 지었다.

아무리 무식한 무대붕이라지만 어느 세상에도 국록(國祿)을 먹는 관료가 천자를 상대로 이런 식의 엄포를 놓았다는 얘기는 들어본 적이 없었다.

"아울러 짐의 귀와 눈을 가리며 국정을 농락하고 있는 간신을 당장 처단하라는 요구까지 들어 있지 뭔가!"

“간신이라뇨? 그게 누군데요? 설마 그 자식들이 저를……?”

“그러니 기가 찰 노릇이 아닌가! 비리 공직자를 처단하고 조정을 개혁하려고 불철주야 열심히 뛰고 있는 자네를 간신이라고 하고 있으니…….”

‘간신? 끄으응~ 이 무대붕이가 간신이라구?’

무대붕은 졸도하고 싶은 충격을 간신히 참았다.

이제껏 독불장군이니 무대포니 하는 소리는 들었어도 그와 같은 애기는 귓구멍이 뚫린 이후 처음 듣는 애기였으니 그 충격이 오죽하겠는가.

“형님! 그, 그래서요? 잘나신 그분들께서 이 간신 놈을 어떻게 하라던가요?”

무대붕은 부글부글 속이 끓는 것을 억지로 참으며 입을 열었다.

“네 명의 공신에 대한 내사를 중단하고 자네를 참수하면 조정에 올려 보내지 않고 자신들이 갖고 있는 세금을 당장이라도 보내겠다고 했네.”

‘빠드득! 이런 망할 놈의 새끼들. 뭐? 내 목을 치라고?’

무대붕은 씩씩거리며 이를 갈았다.

“형님, 당장 그 겁대가리 상실한 놈들을 박살 내버리십쇼. 미친 개새끼들에겐 몽둥이가 약입니다.”

“무 영반! 그, 그게 그리 간단치가 않소이다.”

담일기가 무거운 표정으로 음성을 발했다.

“간단치가 않다니? 감히 천자를 능멸하는 무리들을 처단하는 건데 뭐가 간단치 않다는 거요?”

“이미 모든 병력들이 전선으로 몰려가 있는 상황에서 지금 우리가

움직일 수 있는 병력은 황도를 지키는 황군(皇軍)들뿐이오. 그 반면 성
주들은 자체 병력을 보유하고 있을 뿐만 아니라 지방 호족과 대상들과
도 연계가 되어 있소.”

“……!”

“한두 곳이라면 황군을 출동시켜 그들의 불충을 응징하겠지만, 이렇
듯 무려 여덟 군데 거성의 성주들이 동시에 반기를 든다면… 안타깝게
도 우리 측에선 마땅한 대책이 없소.”

담일기의 얼굴은 착잡했고 음성은 비통했다.

“그, 그럼 이 자식들이 이런 식으로 찧고 까부는 것을 보고만 있을
작정이오?”

“언젠가 무 영반에게 얘기했듯이 이래서 공손 승상의 힘이 무섭다는
것이오. 결코 함부로 건드려서는 안 될 만큼.”

“젠장! 그러니까 건드린 내가 잘못이라는 얘기요?”

무대붕은 버럭 성질을 부리고는 느닷없이 담일기의 앞으로 목을 들
이밀었다.

“그럼 놈들이 원하는 대로 내 목을 치쇼. 자~ 어서!”

“어허, 대붕이. 지금 뭐 하는 건가!”

영중제가 노성을 질렀다.

“형님, 모든 게 제 잘못이라면서요! 그리고 내 목만 치면 모든 문제
가 깔끔히 해결된다면서요? 그럼 그렇게 하시라구요!”

“자네 눈에는 내가 아무리 못났기로서니 동생의 목을 쳐 반역자들의
비위나 맞출 만큼 한심한 사람으로밖에 안 보였나?”

음성은 분명 화가 난 것처럼 들렸으나 영중제의 눈은 축축하게 젖어
있었다.

"형님……?"

그의 눈에 고여 있는 눈물을 보자 무대붕은 크게 당혹스러웠다.

"대붕이, 그렇게 감정적으로 대응하지 말고 시간을 두고 방법을 강구해 보세. 각자 생각을 모으면 분명 타결책이 나올 수 있을 게야."

영중제는 힘없고 무능한 황제의 눈물을 차마 보일 수가 없는 듯 허공을 응시했다. 그리고 나직이 말을 이었다.

"쉬고 싶네. 두 사람 모두 그만 나가주게."

쉬고 싶다는 그의 말이 무대붕의 가슴을 비수처럼 후벼 팠다.

힘없는 황제.

그러면서도 백성을 아끼고 사랑하는 황제.

그의 아픔이 마치 자신의 아픔처럼 느껴지는 순간이었다.

*   *   *

"호호호……."

공손창은 여전히 여유가 있었다.

아무리 특사부에서 자신의 수족 같은 공신들을 잡아들여도 그는 결코 초조하거나 두려워하지 않았다.

그의 힘은 조정의 대신들에게만이 아니라 언제든 병력을 움직일 수 있는 지방 성주들과 호족들에게까지도 뻗쳐 있었기 때문이다.

그런 그들이 공손창의 지시를 받고 일제히 황제를 향해 상소문을 올렸다면 황제에게 적지 않은 위협이 되리라는 것을 그는 너무도 빠삭하게 알고 있었다.

물론 아무리 성주들과 호족들이 힘을 갖고 있다 해도 지금이 전시가 아니라면 이와 같은 전략은 통할 수가 없다.

아무리 힘 약한 황제라 할지라도 전군에 관한 병마지권(兵馬之權)은 엄연히 그의 몫이었고, 몇몇 장군이 공손창의 사람이라고 해도 영중제가 부릴 수 있는 힘에 비하면 조족지혈에 불과할 뿐이었다.

'흐흐… 중요한 건 바로 지금이 전시라는 것이지.'

그렇다.

전시 상황이기 때문에 이와 같은 항명이 가능했던 것이다.

모든 병력들이 전선에 나가 있고, 함부로 전선을 비울 입장이 아닌 탓에 그는 지방 성주들에게 모반의 상소문을 올리도록 지시했던 것이다.

"이제 더 이상은 버티지 못할 게야. 아무리 마음이 아파도 북궁월에게 죄를 묻고, 그리고 천둥벌거숭이처럼 세상 물정 모르고 날뛰는 그 무대붕인가 하는 애송이의 목을 참수하는 방법밖에는 없을 게야. 아무리 골머리 아프게 고민을 해봤자 결과는 그것뿐이라구. 흐흐흐흐……."

공손창의 득의만면한 웃음소리는 오늘도 변함없이 흘러나오고 있었다.

*　　　*　　　*

겨울의 밤은 참으로 일찍도 찾아온다.

서산에 해가 기우는가 싶더니 무섭게 어둠이 찾아들었다.

무대붕은 지금 특사부 안에 마련된 자신의 집무실 탁자에 앉아 뭔가 열심히 쓰고 있었다.

까막눈인 무대붕이 붓을 들고 뭔가 쓴다?

말이 안 되는 얘기지만, 어쨌든 무대붕의 입장에서는 분명 쓰고 있었다. 남이 보기엔 그림에 가까운 것이긴 했지만.

"휴……."

무대붕은 붓을 놓고 길게 한숨을 쉬었다. 그리고 이마의 땀을 닦았다.

'이렇게 글 쓸 일이 생길 줄 알았으면 글눈 깨우친 부하 한 녀석이라도 데리고 오는 건데…….'

개방에서 아무도 데려오지 않은 것을 무대붕은 처음으로 후회했다.

"어이~ 곰팡이."

무대붕은 한쪽에 서 있던 자신의 부관을 불렀다.

그에게도 부모가 지어준 전칠(田七)이라는 이름이 엄연히 있었지만 무대붕은 그의 얼굴에 푸른 반점이 있다고 해서 곰팡이라고 했다.

"이곳 낙양에 있는 개방 지부 알지?"

"예, 압니다."

"지금 당장 이 서찰을 그곳에 전해라. 각하님 심부름이라고 하면서. 알았지?"

"예, 그럼 후딱 다녀오겠습니다."

곰팡이는 서찰을 품에 넣고는 신속히 문을 나섰다. 그는 특사부의 많은 요원들 중에 비교적 눈치가 빠른 편에 속했고, 그런 이유로 무대붕이 직접 자신의 부관으로 삼았던 것이다.

그가 사라진 후 무대붕은 탁자 위에 올려져 있는 술병을 집었다.

꿀걱꿀걱.

술잔도 없이 그냥 병째 들이켰다.

광한의 복수를 끝내기 전까지는 술을 입에도 안 대겠다고 굳게 다짐을 했는데 그 결심이 자주 무너지고 있는 실정이었다.

지난번엔 담일기가 찾아와 답답한 소리를 늘어놓기에 어쩔 수 없이 한 잔, 오늘은 영중제의 젖은 눈이 너무도 잊혀지질 않기에 역시 어쩔 수 없이 또 한 잔이었다.

"크으~"

무대붕은 무려 한 병을 쉬지 않고 들이키고는 인상을 쓰며 팔뚝으로 입술을 훔쳤다.

"형님, 걱정 마십쇼. 그 새끼들 제가 처리합니다. 이 무대붕이가 무대붕다운 방식으로 그놈들을 모두 박살 내버릴 테니 앞으론 제발 눈물 같은 것 좀 보이지 마십쇼. 황제라면 신위가 있어야지 만날 그렇게 약한 모습이나 보이면 될 것도 안 되고, 안 될 건 더 안 된다니까요."

무대붕은 씁쓸한 표정을 지으며 구시렁거리고 있을 때,

"저… 영반님."

조심스럽게 문이 열리며 팔자눈썹의 부하가 나타났다.

"왜?"

"밖에 손님이 오셨습니다."

"손님?"

무대붕은 고개를 갸웃거렸다. 아무리 생각해도 자신을 찾아올 손님은 궐내에선 없었기 때문이다. 있다면 담일기 정도인데, 그는 굳이 중간에 사람을 내세우지 않고 아예 자기 집처럼 편하게 출입을 하니 담일기는 아니라는 얘기다.

"누군데?"

무대붕이 의아한 표정으로 묻자, 팔자눈썹이 무대붕의 귀에 대고 속닥거렸다.

"뭐……?"

경악하듯 무대붕의 눈이 크게 확대되었다.

무대붕은 특사부 정문을 열고 천천히 걸어나왔다.

"……."

그는 무거운 표정으로 도화나무 아래를 쳐다보았다.

그곳엔 언제부턴가 여인이 서 있었다.

어두운 밤하늘 아래에서도 보석처럼 빛나는 여인…

무대붕으로 하여금 처음으로 사랑이란 것을 알게 했고 동시에 절망까지 느끼게 했던 여인…

이젠 아련한 그리움까지도 죄가 될 만큼 그에게서 너무도 멀어져 간 여인…

그럼에도 아직도 가끔씩 꿈에 나타나 그로 하여금 뜨거운 홍역을 치르도록 만드는 여인…….

그렇다.

그녀는 바로 벽하였다.

두 사람 사이엔 길고도 어색한 침묵이 흘렀다.

비록 무대붕을 사랑하진 않았으나 자신에 대한 그의 감정이 어떠했는지는 대충 짐작하고 있는 벽하였다.

그리고 그와 같은 감정을 갖고 있음에도 불구하고 자신과 광한이 다시 재회할 수 있도록 엮어준 장본인이었기에 무대붕에 대한 그녀의 마음은 그저 미안하기만 할 따름이었다.

"바쁘실 텐데… 죄송해요……."

오랜 침묵 끝에 앵두 같은 그녀의 입술 사이로 천천히 음성이 새어
나왔다.

"다시 특사부로 돌아오셨다는 얘기… 들었어요."

"……."

"꼭 다시 한 번 뵙고 싶었어요. 그리고 고맙다는 인사를 드리고도
싶었구요."

"……."

무대붕은 계속 입을 다물고 있었다. 아니, 자신도 뭐라 하고 싶은데,
해야 할 것 같은데 도무지 마땅한 말이 떠오르질 않았다.

"저… 묻고 싶은 게 있어요."

"……."

"왜… 그토록 위험한 일을 하시는 건가요?"

자신의 얼굴을 빤히 응시하는 벽하의 눈과 마주치자 무대붕은 고개
를 돌렸다.

"뭘 알고 싶은 겁니까?"

"우리 월랑 때문이죠? 월랑 때문에 돌아오셨고, 월랑 때문에 그와
같은 일을 하시는 거죠?"

"……."

무대붕은 다시 한 번 입술을 군게 다물었다.

그러나 벽하는 여전히 안타까운 음성으로 물었다.

"말씀해 주세요. 그런 거죠?"

"뭔가 오해하고 계신 모양인데… 그런 거 없소."

"아녜요. 그렇지 않고선 당신이 다시 황궁에 돌아올 이유가 없어요"

벽하는 고개를 저었다.

"월랑은 당신에 관한 얘기를 많이 하셨어요. 자신 때문에 당신께서 많은 것을 양보만 하셨다고……."

"……."

"그리고 자신의 모든 것을 아끼지 않고 다 주었다고……."

어느덧 벽하의 눈에서 눈물이 흘러내리기 시작했다.

"이제 그만두세요. 전 우리 월랑 때문에 당신이 위험해지는 걸 원치 않아요."

"이보시오, 공주!"

무대붕은 다시 고개를 돌리며 차가운 시선으로 벽하를 응시했다.

"그 녀석이 공주에게 무슨 말을 했는지는 모르지만, 아니, 그건 알 필요도 없고 알고 싶지도 않소."

"……."

"그리고 난 공주가 걱정할 만큼 어수룩한 사람도 아니오. 염려는 고맙지만 사양하겠소. 그럼 이만."

무대붕은 정중히 목례하고는 이내 등을 돌렸다.

나에게 사랑이 있다면 그건 안타까움이리라.

질주하는 거대한 사륜마차의 바퀴가 관도 옆에 하늘거리는 살살이 꽃잎을 스치듯, 다가갈 수 없는 간절함…….

'빌어먹을! 오늘은 아무래도 술에 취하지 않으면 안 될 그런 날인 모양이군.'

안타깝게도 절주를 해야겠다는 무대붕의 결심은 이래저래 깨질 수밖에 없었다.

　　　　　*　　　　　*　　　　　*

　무대붕이 떠난 후 개방은 그야말로 개판이 되어버렸다.

　한시적으로 권한 대행을 맡고 있는 무천표는 더부살이 광마불과 함께 허구한 날 술을 마시러 돌아다니느라고 방주로서의 역할 따위는 전혀 관심조차 두질 않았다.

　야래향.

　전시에 혹한까지 겹친 탓에 아무리 천하의 명소인 이곳도 불황을 피해 갈 수는 없었다. 칠십여 호의 기루 중에서 하루 종일 개시도 못하는 집이 무려 반 이상이나 되었고, 설령 손님이 있다 해도 잠시 목이나 축이고 가는 사람들이 대부분이었다.

　하여 많은 기루들이 문을 닫는 최악의 상황이었는데, 이런 시기에도 대화루를 매일같이 찾아주는 고마운 손님이 있었다.

　"우헬헬헬! 부어라 마셔라!"

　짜라라락… 짜짝…….

　"앗싸! 좋구나, 좋아～"

　젊고 탄력있는 기녀들을 옆에 끼고 신나게 젓가락 장단을 두들기며 술을 마시고 있는 두 명의 인물.

　이 지독한 불황에 대화루 최고의 단골손님으로 등장한 이들은 바로 무천표와 광마불이었다.

　이들은 무대붕이 황궁으로 들어가는 날 의형제를 맺었다.

　나이로는 무려 사십 살이나 차이가 났지만, 그렇다고 아저씨라고 부르기는 건 왠지 거리감이 있다며 나이에 대한 고정관념을 버리고 형,

동생이 되기로 합의를 보았고 의형제를 맺는 순간부터 하루도 빠짐없이 술판을 벌이게 되었다.

"꺼윽~ 얘들아! 뭐 하냐? 우리 형님 잔 비었다!"

무천표는 얼마나 퍼마셨는지 벌써 초점이 풀린 눈으로 기녀를 향해 술을 따르라며 손가락을 까딱거렸다.

"호호… 예, 알았어요, 작은오빠."

광마불 옆에서 시중들고 있는 기녀가 빈 잔에 술을 신속히 채웠다. 매일같이 찾아오는 고객인 탓에 의형제와 기녀들은 마치 가족처럼 지냈다. 그런 탓에 당연히 호칭도 가족적이다.

무천표는 작은오빠, 광마불은 늙은 오빠.

쪼옥.

늙은 오빠 광마불은 게눈 감추듯 술을 순식간에 들이켰다.

"헬헬… 천표야."

"끆~ 예. 말씀하십쇼, 형님."

"넌 어쩜 그렇게 성격이 좋으냐? 어른 공경심도 확실하고. 근데 대붕이 그 자식은 성격 좋은 당숙은 하나도 닮지 않고 왜 그 모양이냐?"

"꺼윽~ 글쎄요… 저희 형님이나 형수님 모두 예의 바르고 성격도 무던했는데 조카는 어째서 그 모양인지 저도 그게 이상하다니까요. 주워온 것도 아닌데 말입니다."

"쯧쯧, 집안이 안 되려니까 그런 돌연변이가 태어났네그려."

"에이~ 그래도 우리 조카 그렇게 나쁜 사람은 아닙니다. 의리도 있고 인정도 많고."

"썩을! 오갈 데 없는 노인네더러 뻑 하면 보따리 싸서 나가라는 녀석이 인정이 많아? 인정 많은 놈들이 이번 혹한에 죄 얼어 죽은 모양이구만!"

광마불은 적안을 부릅뜨며 버럭 소리를 질렀다.

그 기세에 눌렸는지 무천표의 음성은 잦아들었다.

"그, 그러게요. 형님께 하는 짓을 보면 인정은 없는 것 같네요……."

"좌우지간 난 이번 기회에 그 녀석이 거기서 눌러앉고 자네가 계속 방주 노릇을 하면 좋겠네. 이렇게 매일 술도 마실 수 있으니 얼마나 좋아. 안 그런가?"

"그러면이야 저도 좋죠. 지부는 자금이 부족해 술을 한 잔 마시려 해도 지렁이 무침을 안주로 밀주나 마시는 게 고작인데 여기선 이렇게 이름난 기루에 와서 술을 마실 수 있으니 얼마나 좋습니까. 푸헤헤헤."

웃음이 나올 만했다.

무대붕이 느닷없이 황궁으로 가겠다며 그에게 권한 대행을 맡아달라고 했을 때 무천표는 일언지하에 거절을 했다.

"조카, 싫다."

"왜?"

"미안하지만 내 능력으론 오백 명의 지부 식구 거느리기도 벅차. 그런데 내가 어찌 팔천 명이나 되는 총단 식구를 맡을 수가 있겠냐?"

"누가 당숙의 능력 몰라? 하지만 잠시면 돼. 그리고 총단에는 각 단주들이 있는 만큼 잠시 정도는 할 수 있어, 충분히. 그리고 당숙이 해야만 반론이 없어. 지난번 광한이에게 대행을 맡길 땐 경력이니 나이니 별걸 다 따지면 반대하는 인간들이 있어 내가 나설 수밖에 없었지만, 당숙이 맡는다면 굳이 비상회의를 소집하지 않아도 돼. 당숙은 나의 인척이니까. 그리고 나이나 경력 면에서도 충분히 인정할 수밖에 없고."

"그래도 싫다, 확실한 조건을 얘기하기 전에는."

"조건이라니? 무슨 조건?"

"품위 유지비로 얼마나 줄지 그걸 제시하라구, 확실하게."

"무, 무슨 비?"

"아무리 임시 대행이라지만 그래도 명색이 육만 개방의 총수인데 말단 지부장처럼 아무 술이나 마실 수는 없잖아? 적어도 대행을 하는 동안 만큼은 조카처럼 나도 매일 기루에 가서 술을 마시고 싶어. 다른 건 없어. 그 정도의 품위만 유지시켜 준다면 잠시가 아니라 죽는 날까지 각하 대행을 해줄게."

"끄응~ 젠장! 완전히 건수 잡혔군."

그렇게 해서 무천표는 지금과 같이 광마불과 함께 기루에 출근부 도장을 찍을 수 있게 된 것이었다.

"아무리 그래도 너무 뜻밖이야. 그 싸가지없는 대붕이 녀석이 그런 조건을 들어주다니 말야. 그것도 돈이라면 환장하는 놈이."

광마불은 아무리 생각해도 그게 잘 이해가 안 되는 듯 고개를 갸웃거렸다.

"헤헤, 형님! 우리 조카가 자기 딴에는 욕을 먹더라도 악랄하게 돈을 모으고 있다고 생각하겠지만, 사실 그 돈은 먼저 보는 사람이 임자입니다."

"먼저 보는 사람이 임자라니? 설마?"

"그 친구가 어떤지 아세요? 삼 년 전인가. 그때도 겨울이었는데 저와 함께 객점에서 식사를 하고 있었죠. 근데 어떤 젊은 여자가 그 추위에 아주 어린아이를 업고 와서 자신이 집에서 직접 만든 호박떡이라며 그걸 사달라는데 어느 누가 그걸 사겠습니까?"

"당연히 안 사지, 더욱이 장소가 객점이라면."

"하여 쓸쓸한 모습으로 우리 앞을 스쳐 지나가는데 조카가 갑자기 황급히 일어나더니만 아이의 상태를 살피지 뭡니까? 알고 보니 아이의 몸이 불덩어리였더라구요."

"에궁! 저런, 돈이 없어 의원에게도 갈 수 없었던 모양이구만."

"근데 조카가 당시 세입자들로부터 걷은 돈과 해결업을 하며 생긴 착수금 전부를 그 여자에게 몽땅 건네주지 뭡니까? 그것도 은자 팔백 냥씩이나 되는 거금을!"

"그, 그래서?"

"그 돈을 그녀에게 건네주면서 이렇게 말하더라구요."

"젠장! 어서 이 돈을 갖고 가서 아이를 살리고 사람답게 살라고. 만약 아이가 잘못되어 죽기라도 하면 당신 내 손에 죽을 줄 알어! 알아? 몰라?"

"…하고 말입니다."

"저, 정말 은자 팔백 냥을 몽땅 쥐어주면서 그런 얘기를 했단 말야? 그 싸가지없는 놈이?"

광마불은 도무지 믿을 수 없다는 듯 적안을 크게 떴다.

"헤헤, 그랬다니까요. 그래서 제가 감히 말씀드리는 겁니다. 우리 조카가 인정이 많은 사람이라구요."

"……."

"게다가 뭘 한번 하겠다고 마음을 먹으면 아무리 큰 손해가 있다고 할지언정 뒤도 돌아보지 않는 터라 제가 그런 제안을 했던 거죠. 품위 유지비를 달라고 말입니다. 헤헤헤.”

무천표는 또다시 득의만면한 웃음을 터뜨렸다.

고로 조카의 그런 성격을 이용하여 이와 같은 호강을 하고 있으니, 자신이 보통 야무진 사람이 아니라는 것을 알아달라는 얘기였다.

“호오, 뜻밖이군. 그놈에게도 그런 면이 있다니……..”

광마불은 눈을 휘둥그렇게 뜨며 감탄했다.

그때였다.

“이런, 역디 또 여기 계뎠군요.”

문이 열리며 혀가 지독히도 짧은 환규가 들어섰다.

“얼래? 임마, 여긴 무슨 일이냐?:

“낙양 디부를 통해 각하의 더탈이 와뜹니다.”

“뭐?”

광마불은 자신이 뭔가 잘못 들은 게 아닌지 손가락으로 귀를 후빈 후 다시 물었다.

“누, 누구의 서찰이라고?”

“각하의 더탈입니다. 우리 각하요.”

“푸헐헐헐~ 까막눈에 제 이름 석 자도 쓸 줄 모르는 대붕이가 인편을 통해 서찰을 보냈단 말이냐? 어떻게? 무슨 재주로?”

광마불은 어찌나 기가 막힌지 눈물까지 흘리며 낄낄거렸다.

“티잇! 딘따리는데도 안 미드네. 다~ 여기 보라구요.”

환규는 불쾌한 표정을 지으며 품속에서 서찰을 꺼냈다.

“푸헬헬… 잘난 대붕이의 글씨 좀 보자.”

촤악!

광마불은 자신의 손으로 직접 서찰을 펼쳤다.

"엥?"

서찰을 응시하는 광마불의 적안이 휘둥그레졌다.

"아니, 이게 뭐야? 화살 표시에… 커다란 사람 머리통을 때리는 주먹만 있잖아? 그리고 화살 표시는 왜 이렇게 제각각이야?"

광마불은 어이없는 표정을 지으며 고개를 돌렸다.

"어이~ 아우야, 이게 도대체 뭔 얘기냐?"

"이리 줘보십쇼."

서찰을 건네 받자마자 무천표의 얼굴이 딱딱하게 굳어졌다.

"헉! 이건… 전쟁을 벌이겠다는 얘긴데? 그것도 무려 여덟 거성(巨城)의 성주들과?!"

"헉! 그게 덩말입니까?"

환규가 놀란 표정으로 낚아채며 서찰을 보았다.

"디, 단따 던댕을 벌이겟따는 거단아요? 여덟 개의 큰 덩 중에서 덩두덩(정주성)은 각하가 딕덥 박달 내고, 이곳 개봉덩과 단동(산동)의 데남덩은 통단에서 박달 내고, 그리고 나머디는 각 디부에서 박달 내라는 디디(지시)단아요?"

놀란 얼굴로 짧은 혀로 열심히 서찰을 해석하고 있는 환규를 광마불은 멀뚱히 쳐다보았다.

"그, 그게 그런 얘기냐? 동그라미와 머리 큰 여러 놈들 그려놓고 주먹질을 하는 그림이?"

"호호호, 저희도 정말 신기하네요. 아무렇게나 그린 것 같은데, 이렇게 애들 장난친 것 같은 낙서를 보고도 뜻이 통한다는 게."

"그림도 정말 엄청나게 못 그렸네요. 혹시 발로 그린 것 아닌가요? 호호홋."

기녀들도 서찰 안에 있는 그림과 표시를 보고 덩달아 깔깔댔다.

"띠발! 이, 이것들이!"

환규가 인상을 썼다.

"어머~ 오빠, 저 못생긴 사람이 우리한테 인상을 써요."

기녀들은 기겁하며 광마불과 무천표의 등 뒤로 숨었다.

"어허, 임마! 인상 펴. 그렇지 않아도 네놈의 끔찍한 인상 때문에 분위기가 많이 더러워졌는데 인상까지 쓰면 어쩌자는 거야?"

광마불은 자신의 등 뒤에 숨은 기녀를 보듬어주며 환규를 구박했다.

"더 망할 거뜰이 감히 우리 각하를 비아냥거리는데 그럼 가만히 이뜨란 말입니까!"

"암! 당연하지. 누가 봐도 빈정거릴 만하잖아? 방주라는 놈이 이런 식으로 글을 썼으니. 이건 얘네들뿐만 아니라 좀 똑똑한 멍멍이들이 봐도 한심하다고 멍멍거릴 거야."

광마불은 약간 똑똑한 강아지들이 봐도 한심한 무대붕의 편지를 이해하는 환규와 무천표가 그저 신기할 뿐이었다.

"아우야, 대체 어떻게 해서 그런 해석이 나올 수 있는지 설명해 줄래? 이 늙은 엉아의 머리로는 아무리 죽었다가 깨도 진짜 모르겠다."

그러자 무천표가 차분한 표정으로 서찰 안에 있는 여러 그림과 기호들을 손가락으로 짚어가며 설명하기 시작했다.

"형님, 여기 동그라미는 하남성을 의미하는 것이고, 이 안에 머리 큰 놈들은 정주성주와 개봉성주를 의미하는 겁니다. 그리고 이놈들에게 주먹질을 하는 것은 이들을 박살 내란 뜻이죠."

"아니, 이놈들이 정주성주와 개봉성주란 것을 무슨 재주로 알아냈단 말이냐?"

광마불은 황당한 표정으로 반문을 했다.

"여기 작은 표시로 별이 있잖습니까? 별이 한 개면 우리 개방 총단이 속한 개봉이고, 두 개면 낙양, 세 개면 정주입죠. 근데 정주성주는 조카가 직접 해결하겠다며 화살표 없이 직선으로 그린 반면 나머지 것들은 화살표들이 되어 있습니다. 그건 총단과 각 지부에서 처리하라는 뜻입니다."

아무리 개떡같이 말해도 찰떡같이 알아듣는다고, 개판으로 그렸어도 기가 막히게 해석하고 있는 무천표의 능력에 광마불은 입을 쩍 벌리며 감탄했다.

"그럼 동그라미밖에 있는 것들도 그런 식으로……?"

"그렇죠. 동그라미 우측 별 하나에 머리 큰 놈은 산동 제남성주 놈이고, 좌측 별 하나에 머리 큰 놈은 산서 태원성주 놈이죠."

"이런 엉망진창의 낙서에 그런 뜻이 있다니… 이렇게 그린 놈이나 이걸 보고 알아먹는 놈이나… 노부는 그저 존경스러울 뿐이다!'

광마불은 여전히 신기하기만 할 따름이었다.

"형님, 죄송하지만 저 먼저 일어나 봐야겠습니다."

무천표는 비장한 표정을 지으며 술자리를 박차고 일어났다.

"아니, 왜? 술은 이제부터가 시작인데?'

"조카가 전쟁을 선언했습니다. 이러고 있을 때가 아닙니다. 저희는 먼저 들어갈 테니 천천히 드시다 오십쇼."

말과 함께 무천표는 환규와 함께 급히 방문을 빠져나갔다.

'전쟁 선언?'

광마불은 고개를 갸웃거렸다.

'그 녀석이 뭣 때문에 그런 엄청난 일을 일으키려는 거지? 남의 일엔 관심도 없는 물건이?

"늙은 오빠, 술이 떨어졌는데 몇 병 더 갖고 들어오라고 할까요?"

골똘히 생각에 잠긴 광마불을 향해 기녀가 입을 열었다.

그러자 광마불이 버럭 성질을 부렸다.

"야~ 아무리 매상이 중요하다지만 이런 분위기에서 술을 또 시키고 싶냐! 애들이 아무튼 눈치가 없어도 원~"

광마불은 쯧쯧 혀를 차고는 이내 술자리를 박차고 나갔다.

전쟁 선언!

조금만 똑똑한 멍멍이가 봐도 하품할 무대붕의 편지 속에 그와 같은 엄청난 내용이 들어 있었다니…….

아무튼 상황은 점점 묘하게 진행되고 있었다.

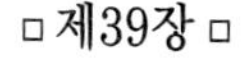

제39장

개방, 그 위대한 이름이여

개방, 그 위대한 이름이여

―그들은 단순한 거지가 아니었다. 싸우기만 하는 게 아니라
이기는 방법까지 알고 있는 대단한 거지들이었다

무천표는 총단으로 돌아오기가 무섭게 각 단주들을 풍류각
으로 소집하였다. 그와 동시에 그는 정통단주인 신문팔에게
무대붕이 직접 맡겠다는 정주성을 제외한 나머지 일곱 성주에
대한 모든 자료를 갖고 오라는 지시를 내렸다.

알다시피 개방의 정보망은 천하제일이다. 그들은 각 성주
는 물론 그 부인의 속치마 색깔까지 알고 있을 정도로 방대하
면서도 세밀했다.

개방이 이처럼 남다른 정보망을 확보할 수 있었던 것은 그
들이 거지이기 때문에 가능했다.

그들은 자신들의 빈 밥그릇 통에 식은 밥이라도 채워줄 수
있는 곳이라면 어디든 다녔다. 그렇기에 성주의 거처뿐이 아
니라, 성주의 첩이 사는 곳에서도 구걸을 했다.

구걸을 하면서 그들은 자연스럽게 문지기와도 얼굴을 익혔
고, 하녀들과도 안면을 텄다. 그런 식으로 친분을 쌓다 보면

시시콜콜한 얘기는 부수적으로 따라오게 되어 있다.

성주가 의처증이라느니, 변태라느니… 심지어는 콧구멍을 후비다가 코피가 터졌다는 아주 좀스러운 얘기까지 나오게 되고, 구걸 나간 개방인들은 그런 잡스러운 것들을 모두 지부의 정보 담당관에게 보고를 하게 된다.

총단 정통단주인 신문팔은 그와 같이 각 지부에서 올라온 모든 정보를 총괄하게 되었던 것이다.

"음… 이곳 개봉성주 원통구한테 그런 고상한 취미가 있었단 말이지?"

신문팔의 보고를 받은 무천표는 알았다는 듯 고개를 끄덕였다.

"그리고 말씀드린 것처럼 산동의 제남성주와 산서의 태원성주 역시 문제가 많은 인물들이었습니다."

"안휘의 봉양성주와 호북의 무창성주 등 나머지 놈들도 전부 다 그 모양이냐?"

광마불이 어이없다는 표정을 지으며 끼어들었다.

"예, 어르신. 거기서 거기죠. 그런 걸 전문 용어로 말씀드린다면 '도토리 키 재기'라고 하죠. 파하하!"

신문팔은 득의만면한 얼굴로 크게 웃었다.

"내참… 아니, 각 도성을 맡고 있는 성주라는 놈들이 어째 그렇게 한결같이 희한한 물건들이지?"

"어르신, 그래도 일반 백성은 물론 수족들까지도 자신들이 모시고 있는 성주가 그런 상태라는 것을 전혀 모르고 있습니다. 이런 소리는 마치 제 자랑 같아서 안 하려고 했는데, 이와 같은 그들의 치부를 알고 있는 것은 오로지 제가 맡고 있는 우리 개방의 정통단뿐입니다. 파하하하!"

"갈―!"

다시 한 번 의기양양한 얼굴로 크게 웃어 젖히는 순간, 광마불이 버럭 신경질을 부렸다.

"어, 어르신, 어째서 역정을……?"

"이 망할 놈아! 멀리 있는 무창이나 장안 성주의 취미가 뭔지, 치부가 뭔지 이렇게 빠삭하게 알아낼 수 있는 놈들이 어째서 노부가 말한 독화(毒花)의 행방은 아직까지 안 찾아내는 거야?"

광마불은 험악하게 구기며 신문팔의 멱살을 거칠게 움켜잡았다.

콱!

"커헉! 어, 어르신……."

"노부가 늙었다고 우습게 보이는 거야? 그런 거야? 노부의 머리 뚜껑이 열리면 어떻게 되는지 한번 보여줄까?"

광마불은 치솟는 분노를 도저히 참을 수가 없는 듯 손을 번쩍 쳐들었다. 신문팔의 머리통을 박살 낼 기세였다.

"허거걱!"

갑작스런 날벼락에 신문팔의 얼굴은 졸지에 백지장처럼 하얗게 탈색이 되었다.

"아이고~ 형님! 진정하십쇼."

무천표가 급히 나서며 광마불의 팔을 잡았다.

"어쭈? 이거 안 놔?"

"형님, 일단 고정부터 하십쇼. 저도 그 얘기 들어서 알고 있는데, 지금 대륙 곳곳에 흩어져 있는 우리 육만 개방인들이 그분을 찾으려고 최선을 다하고 있는 중입니다. 아마 조만간 좋은 소식이 들려올 테니 제발 진정하십쇼.”

“이 썩을 놈아! 최선을 다하고 있는데 왜 못 찾아? 벌써 넉 달이 넘었다구! 최선을 다하면 이미 찾았어야지, 찾지도 못하는 게 무슨 얼어죽을 최선이냐? 그런 주둥아리뿐인 최선은 필요없어! 괘씸하고 약이 올라서라도 이놈의 머리통을 박살 내고 말 테다!”

“형님, 그렇게 되면 그분은 진짜 못 찾습니다. 아무리 조급하시더라도 잠시 참고 기다리는 게 낫지 영원히 못 찾는 게 좋겠습니까? 그러고 싶으시다면 맘대로 하십쇼.”

무천표는 잡았던 팔을 놓으며 냉랭한 모습으로 다시 자리에 앉았다.

“영원히 못 찾는다고?”

“당연하잖습니까? 형님이 정통단주의 머리통을 박살 냈다는 얘기가 알려지면 어떤 정신 나간 놈들이 형님을 위해 그분을 찾겠습니까? 더욱이 육만 개방인들이 각하의 지시로 한 곳도 아닌 무려 여덟 거성의 성주들을 상대로 역사적인 한판 승부를 벌여야 하는 시점에서 말입니다.”

‘엥……?

듣고 보니 옳은 얘기다.

무천표의 말마따나 그렇게 되면 독화를 찾는 일은 영원히 포기해야만 한다. 순간의 분노로 지난 오십 년 동안 단 한 번도 잊을 수 없었던 그녀를 포기할 수는 없었다.

“음… 생각해 보니 아우 말에 일리가 있구만. 그렇지. 지금은 사사로운 것보다는 대의를 생각할 때지. 개방이 역사적인 전쟁을 벌이려는 순간이니까. 암~”

광마불은 마치 아무 일이 없었던 것처럼 무천표의 옆 자리에 착석을 하였다.

‘휴우~’

신문팔은 저승 문턱에서 귀환했다는 안도감에 한숨을 내쉬었다. 흥분한 광마불이 주먹을 내려쳤다면 아마도 수박 쪼개지는 소리와 함께 자신의 머리는 형체없이 사라졌을 테니까.

“어… 이게 뭐야?”

문득 환규가 바닥을 보며 눈을 휘둥그렇게 떴다.

“아, 뎬당! 이 인간 오줌 싸댄아?”

“……?”

뒤늦게 제정신으로 돌아온 신문팔은 ‘아차’ 하는 표정을 지었다.

죽을 뻔한 위기의 순간 때 자신도 모르게 오줌을 지렸던 것이다.

“자~ 다시 주목!”

소란스런 장내 분위기를 자르듯 무천표의 일성이 터졌다.

“작전 개시일은 앞으로 닷새 후인 올해의 마지막 날이다.”

“……”

“말했듯이 이번 전쟁은 우리 개방으로선 조금은 벅찰 수도 있는 승부다. 그리고 무림도 아닌 관군과의 전쟁이다! 준비가 소홀하면 자칫 서로가 피를 부르는 엄청난 혈겁을 야기할 수밖에 없다.”

“……”

“그런 만큼 지금부터 각 성주를 상대했을 때 가장 효과적인 방법을 강구해야만 할 것이다. 알겠느냐?”

“예.”

“좋다. 그렇다면 지금부터 내가 생각하고 있는 방법부터 털어놓겠다.”

무천표의 의견을 필두로 수많은 방안들이 나오기 시작했다.

어떨 때는 핏대 높여 싸우기도 하고, 어떨 때는 좋다고 인정도 하는 그들의 모습을 보며 광마불은 입을 쩍 벌리며 감탄했다.

'히야~ 이거 정말 대단한걸? 무슨 거지자식들이 이렇게 똑똑한 거야?'

그렇다.

그들은 그냥 단순한 거지가 아니었다. 싸우기만 하는 게 아니라 이기는 방법까지 알고 있는 대단한 거지들이었다.

맹장(猛將) 밑에 약졸(弱卒)이 없다고…

야무진 각하 밑에 암팡진 참모들이었다.

*　　　　*　　　　*

벌컥.

무대붕은 술잔을 들이켰다.

그리고 한 잔 가득 따라서 마창악에게 건네주었다.

"자네도 한잔하라구."

"저는 역도를 체포한 후에 마시겠습니다."

마창악은 비장한 표정으로 대답했다.

"좋아! 그럼 이 술이 식기 전에 후딱 해결하고 오자구."

무대붕은 미소를 지으며 자리에서 일어났다.

그리고 누가 봐도 무대붕의 말이란 것을 알 정도로 마 끈에서 말발굽까지 금박으로 치장을 한 백마에 올라탔다.

"지금부터 전속으로 달리면 두 시진(4시간) 후엔 정주성에 당도할 수 있을 것이다. 출발―!"

쾌두두두!

무대붕의 백마가 선두로 달리기 시작하자 스물두 명으로 구성된 특사부 제이단의 요원들이 그의 뒤를 따랐다.

무대붕을 포함한 단 스물세 명의 요원들.

그렇게 간단한 식구들만을 대동한 채 무대붕은 무려 일만 삼천 명의 직계 부하를 거느리고 있는 정주성주를 체포하고자 특사부를 나섰다.

명주실처럼 미끈하고 윤기나는 아침 햇살 사이로… 특사영반 무대붕과 스물두 명의 요원은 거침없이 질주하고 있었다.

쾌두두두두…….

*   *   *

"뭐라?"

영중제는 자리에서 벌떡 일어났다.

"대, 대붕이가 정주성주를 체포하기 위해 출발했다고?"

"그렇습니다, 폐하. 그것도 단 스물두 명의 요원만을 대동했다고 합니다."

"겨우 그 정도 식구만으로 어떻게 정주성주를 체포한단 말인가? 짐에게 협박까지 해대고 있는 그들이 특사부의 체포령에 순순히 응할 것 같은가? 위험한 일이야. 자칫 대붕이만 위험하게 생겼단 말일세."

영중제는 다급한 표정으로 재차 말을 이었다.

"안 돼. 대붕이가 다쳐선 안 돼. 이봐, 담 태감. 지금 즉시 황성(皇城) 수비대에게 대붕이의 뒤를 따르라고 지시를 내려라."

"폐하, 소신도 그러고 싶은 마음이 간절합니다만 그럴 수가 없습니다."

담일기가 안타까운 표정으로 음성을 발했다.

"그럴 수가 없다니? 왜? 어째서?"

"무 영반이 이런 말을 남겼습니다. 자신을 못 믿고 만약 지원군을 보낸다면, 혀를 깨물고 콱 자결을 하겠다고……."

"뭐라… 자, 자결?"

영중제는 눈을 휘둥그렇게 떴다.

"자신은 자존심으로 죽고 산다며, 절대 자신의 자존심을 상하게 하는 일은 하지 말아달라고 당부를 했다고 합니다."

"아, 아무리 자존심도 좋지만, 이건 너무 무모한 일이 아닌가!"

"폐하, 무 영반은 그동안 보통 사람들이 예측치 못한 많은 일을 하였던 사람입니다. 소신 역시 불안한 것은 사실이오나 무 영반의 뜻이 그러하다면 믿어보심이 어떨까 합니다."

"허어, 겨우 스물두 명을 데리고 일만 삼천 명을 어찌 감당한단 말인가!"

"그렇다고 지원군을 보낸다는 것도 결코 간단치만은 않습니다. 무 영반의 성격상……."

"하긴, 그 친구의 불같은 성질이라면 자기가 내뱉은 말을 지키기 위해서라도 충분히 그러고도 남겠지."

영중제는 다시 자리에 앉으며 신음을 토했다.

"끄응~ 대체… 아무리 겁이 없어도 그렇지, 대체 어찌 그런 무모한 짓을…."

이마를 깍지 낀 양손에 묻고 고뇌하고 있는 영중제. 그는 너무도 무모한 동생 무대붕의 행동을 만류하지 못한 것을 괴로워했다.

　그러나 그는 무대붕을 동생으로 삼았음에도 불구하고 여전히 몰랐다.

　무모함이 무대붕의 전부라는 것을…….

＊　　　　　＊　　　　　＊

　정주성(鄭州城).

　황도인 낙양과 개봉의 중간에 위치한 또 하나의 거대한 성이었다.

　진천권(震天拳) 곽궐(郭闕).

　십오 년 전까지만 해도 누구나 주저없이 무림십대고수에 꼽을 만큼 그는 진천권이라는 권법 하나로 대륙의 남단인 복건성(福建省)과 광동성(廣東省)을 군림하였던 무적의 고수였다.

　그랬던 그가 오늘날 정주성주로 변신한 데에는 그만한 이유가 있었다.

　예로부터 복건성의 해안가에는 해적들의 출현이 잦았다. 그들은 바닷가뿐만 아니라 내륙 깊숙이까지 쳐들어와서 방화와 노략질을 일삼았다.

　하여 당시 복건성 내 가장 큰 거도(巨都)인 건령성(建寧城)의 주맹동 성주는 허구한 날 나타나서 난동을 피우는 그들을 응징하기 위해 부하들을 대동하고 직접 나섰다가 서른다섯이란 젊은 나이에 전사하고 말았다. 게다가 졸지에 그의 처자식들까지 해적들에게 붙잡혀 갈 뻔했는데, 그때 나타나서 주맹동의 처자식을 구한 인물이 바로 곽궐이었다.

　곽궐은 거구에 우락부락한 외형과는 달리 간교할 정도로 두뇌 회전

이 빠른 인물이었다. 그는 졸지에 자식까지 둘씩 딸린 젊은 미망인이 된 주맹동의 부인을 자신의 아내로 삼았는데, 그 이유는 바로 그녀가 대륙의 실권을 쥐고 있는 공손창의 막내딸이기 때문이었다.

공손창은 똑똑하고 전도 유망하던 막내 사위가 죽고 그 자리에 산적과도 같은 곽귈이 들어앉은 것을 처음엔 꽤나 마땅치 않게 생각했다.

그러나 생김새와는 달리 싹싹하게 너무도 자신의 비위를 잘 맞추는 곽귈이 기특하여 지방 관직을 맡긴 후 차츰차츰 키워 결국 정주성주 자리까지 마련해 준 것이었다.

시간은 어느덧 정오.

곽귈은 아내인 공손정과 함께 식사를 하고 있었다.

"여보, 특사영반인가 하는 사람이 아버님의 수족과 같은 사람들을 잡아갔다는데 괜찮을까요?"

공손정은 문득 불안한 표정을 지었다.

"홧홧! 그래 봤자야. 감히 누가 이 대륙 위에서 장인어르신께 위해를 가할 수 있겠나?"

경이로울 정도로 입이 큰 곽귈은 마치 수박 먹듯이 돼지 족발을 뜯으며 음성을 발했다.

"하지만 지난번에 북궁월이라는 사람 때문에 하마터면 아버님의 생명이 위험할 뻔했다잖아요?"

"그 생각만 하면 내가 염통이 끓어 잠이 안 와. 장인어르신 곁에 그토록 많은 경호 무사들이 있었건만 그런 쥐새끼 같은 놈 하나를 처단하지 못했다니… 이래서 내가 장인어른 곁에 있어야 하는 거라구."

곽귈은 하남성의 삼대거도 중 하나인 정주의 성주라는 막강한 위치에 올랐음에도 불구하고 늘 불만이 많았다. 자신의 능력과 배경 정도라면 조정에서 구경(九卿) 중 한자리를 맡거나, 아니면 황도 낙양에서 병사를 움직이는 최고 지휘관 자리에 앉아 있어야 정상이라고 생각하고 있었다.

'나이 오십에 겨우 성주 노릇이라니… 장인 영감이 더 늙기 전에 어서 좀 더 막강한 자리로 옮겨야 할 텐데. 만약 저러다가 치매라도 걸리면 난 뭐가 되냐구? 자식 둘씩 딸린 과부를 구박 안 하고 열심히 데리고 살아줬으면 그만한 대우는 해줘야 할 거 아냐? 제기랄. 생각하면 할수록 염통이 끓는다니까.'

사람의 욕심은 이렇게 끝이 없다.

가공할 무공으로 무명(武名)은 널리 떨쳤지만, 지방에서 말단 아장(牙將:보조 지휘관) 노릇 한 번 못해본 곽궐이다. 그런 그가 마누라 덕분에 성주라는 막강한 자리에까지 올랐음에도 불구하고 더 큰 감투를 쓰지 못하고 있다는 것에 늘 불만을 갖고 있으니 말이다.

"언제 당신이 장인어르신께 찾아가서 다시 한 번 얘기해 보라구. 장인어른의 안전과 건강을 위해서라도 믿을 수 있는 사위가 곁에 있어야 한다고 말야."

마음속엔 언제나 불만으로 가득 차 있었지만 그렇다고 그걸 부인에게 까놓고 털어놓을 수는 없었다. 그랬다가는 그 얘기가 공손창의 귀에 들어가게 될 것이고, 그래서 미운 털이나 박히는 날에는 될 것도 안 되고 안 될 건 더 안 되게 될 테니 곽궐은 늘 자신의 불만을 우회적으로 돌려 얘기할 수밖에 없었다.

생긴 것답지 않은 소심함이었다.

그때였다.

"서, 성주님!"

길쭉한 얼굴에 토끼처럼 앞으로 돌출한 이빨이 두 개가 인상적인 삼십대 초반의 인물이 다급하게 들어왔다.

곽궐의 심부름꾼인 부관(副官) 서생출이었다.

빠각!

곽출이 뜯었던 돼지 족발 뼈다귀가 날아가 서생출의 머리통을 가격했다.

"끄응~ 어이구우~"

서생출은 얻어맞은 머리 부위를 손으로 감싸며 괴로워했다. 곽궐에게 수시로 얻어터진 탓에 얼굴에 굳은살이 배길 정도로 단련이 된 서생출이었지만, 족발 뼈다귀로 얻어맞은 이번의 충격은 도저히 신음을 참을 수 없을 만큼 강도가 높았고 고통스러웠다.

"임마! 무슨 일인데 호들갑이냐! 툭 튀어나온 네놈 이빨만 보면 밥맛이 떨어지니까 내가 뭘 먹을 땐 절대 나타나지 말라고 했던 얘기를 잊었어? 앙?"

족발 뼈다귀를 정확히 집어 던지고도 화가 덜 풀린 듯 곽궐은 인상을 긁으며 버럭 노성을 질러댔다.

"죄, 죄송합니다, 성주님… 저도 웬만해선 안 나타나려고 했지만 사정이 사정인지라……."

"사정이라니? 뭔 사정?"

"지금 밖에 황궁의 특사부에서 성주님을 체포하기 위해 사람들이 몰려왔습니다."

"뭐라구?"

곽궐은 눈을 휘둥그렇게 뜨며 자신도 모르게 벌떡 일어났다.

"성주님께서 폐하께 불충한 상소문을 올렸다는 이유로……."

"얼씨구? 옳은 소리를 했다는 이유로 감히 나를 체포하겠다고? 얼마나 몰려왔더냐?"

"특사영반을 합쳐 대충 스무 명 정도의 인원이 밖에서 대기하고 있습니다."

"뭐? 겨우 그 정도 쪽수로 감히 호랑이 굴에 들어왔다고? 그 새끼들이 간이 배 밖으로 나온 모양이구만."

곽궐은 어이없다는 표정을 지었다.

그것은 당연했다. 자신이 그러한 상소문을 올렸을 땐 아무리 괘씸해도 현재 형편상 황궁 쪽에선 자신을 어찌할 수 없다는 계산이 있었다. 곽궐은 장인인 공손창을 통해 익히 잘 알고 있었다. 자신을 체포하기 위해선 대규모의 병력을 동원하여 정주성의 병사들과 전쟁 불사를 해야만 하는데, 지금의 황궁은 도저히 그럴 입장이 아니라는 것을.

'날 체포하기 위해 달랑 스무 명 정도만 왔다고? 십만 이상의 대군이 몰려와도 꿈쩍조차 하지 않을 나를 겨우 스무 명으로 끌고 가겠다고?'

생각하면 할수록 불쾌하고 기분이 더러웠다.

그 얘기는 곧 그만큼 자신을 말랑말랑하게 봤다는 의미로밖에 해석할 수가 없었던 것이다.

'좋아! 특사부라고 했겠다? 흐흐… 모처럼 장인에게 잘 보일 수 있는 절호의 기회가 왔군. 우리 영감이 요즘 특사부 때문에 골머리가 지끈거린다고 하는 판이라고 하니까.'

"성주님, 어떻게 할까요?"

서생출은 곽궐의 눈치를 살피며 조심스럽게 물었다.

"흐흐. 그냥 편안히 들어올 수 있도록 문을 열어주어라. 월기교위를 비롯한 오교위(五校尉)들에겐 즉시 전투 태세를 갖추라는 나의 명령을 하달하고. 알겠느냐?"

곽궐은 득의만면한 미소를 지었다.

황실의 무모함을 가볍게 응징함으로써 이번 기회에 장인인 공손창에게 점수를 대폭 따야겠다는 생각을 하자, 그렇지 않아도 가뜩이나 큰 입이 귀밑까지 걸리게 됐다.

*　　　*　　　*

같은 시각, 개봉성에도 난데없는 불청객들이 방문을 하였다.

"뭐? 개방의 떨거지 자식들이 본 성주님을 알현하기 위해 몰려왔다고?"

자신을 가리켜 성주님이라고 말하는 특이한 어법(語法)을 사용하고 있는 삼중 턱에 만삭의 배가 인상적인 오십대 중반의 사내.

바로 개봉성주 원통구였다.

"예, 성주님을 뵙고 직접 드릴 말씀이 있다고 하더군요."

이중 턱에 임신 칠 개월쯤 되어 보이는 비슷한 체형에 비슷한 몰골을 하고 있는 그의 부관이 대답을 하였다.

"그놈들이 또 무슨 일이지? 지난번에 큰맘먹고 거지새끼들의 합동 혼례식에 한번 참석해 줬더니만, 이것들이 본 성주님이랑 친하게 지내려고 하네?"

원통구는 몹시 불쾌하다는 표정을 지었다. 하긴 자신을 존칭할 정도로 자기 과시가 심한 원통구가 냄새나는 거지들을 어찌 만나고 싶겠는가.

“본 성주님이 바쁘다고 그냥 내쫓아 버려.”

“저도 그러고 싶은데 성주님께 드릴 선물이 있다고 해서…….”

“선물?”

갑자기 원통구의 눈알이 싱싱한 생선처럼 또릿또릿해졌다.

뇌물이라면 코를 골다가도 벌떡 일어날 정도로 환장하는 그였다.

만나봤자 유익할 게 없을 것 같았던 거지들이 너무도 귀엽고 앙증스럽게 느껴지기 시작했다.

“쌔끼. 그런 것 같았으면 진작에 얘기할 것이지. 알았다. 그럼 관아로… 아니, 귀찮게 관아보다는 그냥 이쪽으로 오라고 해라.”

원통구는 선물이라는 소리에 귀를 쫑긋 세우며 크게 소리쳤다.

*　　　　*　　　　*

역시 같은 시간,

산동의 제남성주도 식사 도중에 보고를 받았다.

군계륭.

대과(大科)를 통과한 정통 관리 출신으로 사십대 후반에 깡마른 체구, 그리고 어딘가 모르게 신경질적인 인상이 특징적인 인물이었다.

“뭐? 개방인들이 찾아왔다고?”

“그렇습니다, 성주님.”

“그들은 무림인이 아닌가? 무림인들이 무슨 일로 나를 만나겠다는 겐가?”

“성주님을 직접 뵙고 꼭 드려야 할 말씀이 있다고 합니다. 성주님의 안위와도 관련이 있는 매우 중대한 일이라고…….”

“뭣이라? 나의 안위와 관련이 있는 중대한 일?”

군계륙은 무거운 표정을 지었다.

‘설마……?

그는 왠지 불안한 마음에 안색이 심각하게 굳어졌다. 그는 본시 성격이 소심했고 의심이 많았다. 그런 탓에 늘 자신은 완벽을 추구하지만 그래도 자신이 모르는 약점이 있지나 않을까 하는 생각이 너무도 많았다.

“아, 알았다. 들어오라고 해라.”

그리고…

산서의 태원성, 협서의 장안성, 안휘의 봉양성, 호북의 무창성과 형주성의 성주들이 같은 시간 개방인들의 방문을 받고 있었다.

무림 최대 거파이면서도 소림이나 무당과는 달리 전혀 제대로 된 대접을 받지 못하고 있는 개방인들.

공손창의 지시로 상소문을 보낸 팔대성주들을 상대로 지금 이 순간 매우 조직적이면서 동시 다발적으로…

그들이 움직이고 있었다!

*   *   *

무대붕과 특사부 요원들은 말에서 내린 후 동헌(東軒) 앞으로 들어섰다.

주변에는 이미 완전 무장을 갖춘 정주성의 병사들이 살기등등한 기세로 빽빽이 서 있었고, 동헌의 거대한 태사의엔 곽궐이 여유있는 모습으로 다리를 꼬고 앉아 있었다.

"그대가 특사영반이시라고?"

"오냐."

무대붕은 짧게 대답했다.

"본좌를 체포하러 왔다고?"

"오냐."

"어허, 나이도 어린 친구의 혀가 무척 짧구만."

"관직은 내가 너보다 몇 단계 위다."

"이런 얘기하는 게 좀 뭣하지만, 본좌에게는 그대만한 아들이 있다."

곽궐은 매우 못마땅한 듯 인상을 찌푸렸다.

"기특하군, 전 남편의 자식을 아들로 생각하고 있다니. 하지만 본심은 아파서 골골거리는 전 남편의 자식이 아들이 아니라 원수 같겠지? 그럴 거야. 네놈은 절대 이득이 없는 일엔 헛수고하는 성격이 아니니까."

그러나 돌아온 대꾸는 차가운 빈정거림이었다.

"이, 이런 육시랄 놈이! 감히 여기가 어디라고 주둥아리를 함부로 놀리는 게냐!"

곽궐은 노성을 지르며 벌떡 일어났다.

가뜩이나 험악한 얼굴에 인상까지 긁으니 마치 굶주린 맹수처럼 살벌하기가 이를 데 없는 모습이었다.

"부하들 앞에서 얼굴 팔리기 싫지? 그러면 조용히 우리와 함께 가자. 나도 웬만하면 너의 체면 좀 살려주고 싶은데, 마음과는 달리 입만 열면 그게 잘 안 돼서 말야."

아무리 험악하게 인상을 쓰고 엄포를 해도 무대붕의 입은 변함없이 상대의 비위를 뒤집어놓고 있었다. 곽귈은 무섭게 눈을 부릅뜨며 이를 갈았다.

"빠드득! 이, 이놈이 정말 죽지 못해 환장한 모양이군!"

"쯧쯧. 무엄한 소리만 계속 골라서 하는군. 이 친구야, 자네와 난 관직 수준이 달라. 자넨 기껏 지방의 성주지만 난 조정 서열 십오위인 특사영반이다."

"뭐, 뭐가 어째?"

"만약 입장을 바꿔 아랫사람이 자네에게 환장을 했느니 어쩌느니 하면 자네 기분이 어떻겠나? 더러울 것 아닌가? 그러니 아무리 잡혀가게 됐다고 윗사람에게 그런 식으로 버릇없이 막말을 하면 안 되지."

"위, 윗사람?"

곽귈은 정신이 혼란스러워지기 시작했다.

물론 관직 서열상 중앙의 요직을 맡고 있는 특사영반이 자신보다 상급자인 것은 분명하다. 하나 이곳은 황도 낙양이 아닌 자신의 본거지인 정주다.

설령 황제가 직접 대규모의 병력을 이끌고 왔다 할지라도 자기가 독하게 마음만 먹는다면 엄청난 피의 대가를 치르지 않고 자신을 체포할 수는 없는 입장이다.

그럴진대 새파랗게 젊은 애송이 놈이 단지 특사영반이라는 이유만으로 몇 명 되지도 않는 인원을 데리고 자신을 체포하겠다며 이렇게 까불어대고 있으니 그의 머리가 어찌 당혹스럽지 않겠는가.

"정말 달랑 네놈들만 온 거냐?"

"곽귈, 네 녀석만 잡아갈 건데 굳이 많은 인원이 올 이유가 없잖냐?"

“무슨 재주로? 네놈들은 달랑 이십여 명이고, 내 부하들은 여기 모인 인원만 해도 삼천 명에, 신호만 보내면 즉시 달려올 부하들 또한 만 명이 비상 대기를 하고 있는데 무슨 재주로 날 데려가겠다는 거지? 그리고 너희 이십여 명이 한꺼번에 합공을 해도 날 끌고 갈 순 없어.”

“그 이유는?”

“이런 말 하는 게 좀 그렇긴 하지만, 무공만으로 황제와 관직을 임명한다면 난 능히 황제를 할 수 있을 만큼 천하 최강의 무술을 갖고 있는 사람이다. 알겠느냐?”

약간 허세일 수도 있겠지만 어느 정도는 사실이었다.

곽궐은 한때 무림십대고수 중 하나로 꼽힐 정도로 초절정의 무공을 보유하고 있는 인물이었다. 십대고수라는 것이 서로 겨뤄서 서열을 매긴 게 아니라 사람들이 보고 느낀 판단에 의존한 것이다 보니 서열은 언제든지 뒤바뀔 수 있는 것이지만, 정작 당사자들의 마음속에는 늘 자신이 최강이라는 자부심들로 들어차 있었다.

비단 곽궐뿐이 아니라 다른 고수들 역시 마찬가지였다. 그들에게 누가 천하 최강이냐 물어보면 당연히 자신이라고 했을 테니까.

“그럼 얘기는 쉽게 풀리겠군. 애꿎은 부하들은 치우고 너랑 나랑 일대 일로 승부를 내자.”

“뭐, 뭐라고?”

“너랑 나랑 둘이서 승부를 내자고! 내가 이기면 널 끌고 가고, 내가 지면 여기서 뼈를 묻고. 어때?”

곽궐은 너무도 어이가 없어 하마터면 턱이 빠질 뻔했다.

자신이 어떤 존재라는 것을 밝혔으면 겁을 먹고 뒤로 빼는 게 당연한 이치다. 그런데 어떻게 된 게 오히려 잘됐다는 식으로 결투를 요구해 댈 줄은 정말이지 꿈에도 생각지 못했다.

그때였다.

"우헤헤헷! 이봐요, 특사영반님. 후회하실 텐데 그 말씀 취소하시죠?"

갑자기 앞으로 돌출한 앞니 두 개가 인상적인 부관 서생출이 득의만면하게 웃었다.

"우리 성주님께서 말씀하셨듯이, 성주님은 무공 실력으로 제일 높은 자리를 순서대로 맡는다면 능히 황제에 오르실 만큼 무적의 고수님이십니다. 특사영반님이 어느 정도 실력이 있는지는 모르겠지만, 아마 단 십 초도 못 버티고 박살이 날 텐데 어쩌죠? 지금이라도 그 얘기는 취소하시는 게……."

"취소는 무슨 취소! 사나이가 한번 씨부렸으면 끝을 봐야지!"

곽궐은 서생출의 말을 단호하게 자르며 걸어 내려왔다.

"흐흐… 좋아. 아주 기가 막힌 제안이다. 깔끔한 게 좋지. 암~"

"사나이가 한번 지껄였으면 끝을 봐야 한다고 했나?"

무대붕은 미소 지으며 반문을 했다.

"그럼. 기껏 얘기하고 번복하면 그건 사내새끼가 아니지."

"됐어. 그럼 더 이상 말을 섞을 것 없이 바로 시작하자구."

마창악을 비롯한 특사부 요원들이 한편으로 물러나자 넓은 동헌의 앞마당에는 무대붕과 곽궐이 대치 상태로 우뚝 서서 상대를 응시했다.

"흐흐… 젊어서 그런가? 정말 용기 하나만큼은 가상하군. 나를 잡겠다고 부하 몇 놈만 달랑 끌고 온 것도 그렇고, 한때 천하무적이었다고 분명히 가르쳐 줬는데도 맞장을 뜨자는 것도 그렇고."

"자넨 계집애처럼 주둥아리로 시작하나? 내가 상급자인만큼 선공은 자네에게 양보를 하지. 먼저 덤벼보라구.”

“후후, 그럴 수야 없지. 아무리 상급자라 해도 멀리서 온 손님인데 그 정도는 내가 양보해야지. 자네가 먼저 시작해 보라구. 어느 정도의 밑천으로 찧고 까부는지도 한번 보고 싶으니까.”

“좋아! 군이 그렇게까지 손님 대접을 하고 싶다면!”

차가운 냉소.

그리고 차가운 냉소와 함께…

파앗!

무대붕은 벼락처럼 신형을 움직이는가 싶더니 굳건하게 주먹을 쭉 뻗었다.

콰아아앙!

거대한 압력이 마치 수레바퀴가 구르듯이 곽궐을 향해 밀려갔다.

개방 역대 방주 중 최고의 무인(武人)으로 꼽혔던 무천승까지도 감탄했던 무(武)의 기재이자, 누구나 할 것 없이 주저없이 천하제일로 꼽는 광마불과도 피 튀기는 승부를 벌였던 무대붕의 권법이 한때 진천권으로 중원 최남단 지역을 위진시켰던 곽궐의 앞에서 화려하게 폭발하고 있었다.

“헉! 이, 이 자식, 보통이 아닌데?!”

곽궐은 눈을 휘둥그렇게 뜨며 일학충천(一鶴沖天)의 수법으로 다급히 피했다.

‘세~ 세상에! 권풍(拳風)이 저토록 가공하다니! 역시 우리 영반님이 인간성엔 좀 문제가 있어도 무공만큼은 어마어마하다니까.’

‘제아무리 곽궐이 한때 무림의 십대고수에 꼽힐 정도로 상당한 절정의 고수라지만, 난 우리 영반님을 믿는다. 우리 영반님이 승리하실 거

라는 것을!'

특사부 요원들과 단주 마창악의 눈에는 감탄의 빛이 흐르다 못해 넘치고 있었다.

그들은 지난여름 영중제의 강호 시찰 때 사악한 무림인들까지도 무대붕을 향해 끝없는 존경을 보냈던 그 모습을 잊지 못하고 있었다. 그런 탓에 아무리 곽궐의 무명(武名)이 높다 할지라도 그들은 무대붕이 이길 것이라는 절대적 신뢰를 갖고 있었다.

"이놈! 제법 큰소리를 칠 만한 밑천을 갖고 있었군. 그러나 권법으로 나를 어쩌겠다는 생각은 버려야 할 거다. 말했듯이 난 주먹만으로 서열을 정한다면 당연히 황제가 됐을 사람이니까!"

자신에 찬 냉갈과 함께 곽궐은 자신의 주먹을 비틀 듯 내뻗었다.

콰우우웅!

그의 권심에서 회오리바람 같은 강기가 무대붕의 얼굴을 향해 짓쳐들었다.

'이, 이런! 역시 큰소리칠 만하군.'

무대붕은 황급히 진기를 끌어올리며 묵강파황신권(墨罡破荒神拳)을 펼쳤다.

콰쾅!

거대한 폭음이 울려 퍼졌다.

두 줄기의 암경이 정면으로 충돌하며 흙먼지 기둥이 일 장이나 치솟았다.

무대붕과 곽궐이라는 초절정 고수들은 자욱한 먼지 속에서 경천동지한 대격전을 펼쳐 나갔다.

　　　　　*　　　　　　*　　　　　　*

　개봉성주 원통구는 자신의 처소에서 개방에서 온 손님들을 맞이하고 있었다.

　손님은 각하 집무 대행인 무천표였다. 함께 온 일행들은 모두 밖에서 대기했고 대표 자격으로 그만 집무실에 들어온 것이다.

　"자넨 처음 보는 얼굴 같은데? 개방 방주는 무대붕이라는 젊은 친구였는데?"

　원통구는 염소와도 같은 수염은 만지작거리며 거만한 어투로 입을 열었다.

　"예, 그러실 겁니다. 저희 각하께선 지금 황도에 출장을 가시는 바람에 제가 잠시 권한 대행을 맡고 있습죠."

　무천표는 예의 바르게 앉아 대답했다.

　"거지 왕초가 황도에는 뭘 뜯어먹으러 갔지? 추운 날 집 떠나봐야 고생일 텐데. 참한 여자 거지라도 생겼나? 히히힛."

　무대붕이 황궁의 특사영반에 임명되었다는 것을 알 길이 없는 원통구는 자기 딴에는 매우 재있는 농담을 얘기했다고 생각하며 낄낄거렸다.

　"그러게 말입니다. 근데 성주님을 말씀을 참 재있게 잘하십니다."

　"응. 본 성주님이 원래 말씀을 좀 잘하는 편이지. 그래서 기루에 가면 애들이 환장을 한다구. 본 성주님에게 계속 재있는 얘기 좀 해달라고 말이야. 히히힛."

　'미친놈. 그래, 엄청 재있다. 하품하다가 졸도할 정도로.'

　무천표는 어이가 없었으나 공손한 표정만큼은 결코 잊지를 않았다.

"하하, 정말 그렇겠네요. 아무튼 성주님은 어딜 가셔도 인기가 대단하시겠습니다요."

"물론이지. 히히힛!"

분위기를 맞춰주니 원통구는 한없이 기분이 좋았다.

"히힛. 그래, 자네가 본 성주님에게 주겠다고 한 선물이 뭔가? 본 성주님께서 기분 좋으실 때 어서 내놔 보라구."

"저… 선물이 밖에 있는데요."

무천표가 머리를 긁적거리자 원통구는 의아한 표정을 지었다.

"밖에?"

"예, 선물이 좀 커서요."

"얼마나 크길래?"

원통구는 기대감으로 한없이 부풀어 올랐다.

"갖고 오라고 할까요?"

"암. 두말하면 하품이지. 본 성주님은 참을성이 많질 않다구."

"그럼 가만히 기다리십쇼."

무천표는 고개를 돌려 소리쳤다.

"애들아, 성주님께서 갖고 오라신다!"

그와 동시에 문이 열렸다.

그러자,

"허거걱!"

기대감으로 부풀어 있던 원통구의 얼굴이 딱딱하게 굳어지는 것과 동시에 그의 입에선 경악과도 같은 신음이 터져 나왔다.

두 사내.

한 사내는 기형적으로 큰 머리통을 갖고 있는 개방 임대 사업 단주

인 대두개 상천만이었고, 그 옆에 서 있는 사내는 백옥 같은 피부에 단
정한 이목구비가 마치 여성스럽게 느껴지는 이십대 초반의 아름다운
청년이었다.

"성주님, 이 친구 잘 아시겠죠?"

무천표는 예쁘장한 청년을 가리키며 미소를 지었다.

"뭐, 뭐 하자는 거냐? 선… 선물을 주겠다고 해놓고?"

원통구는 극도로 당혹한 표정을 지으며 무천표를 응시했다.

"헤헷! 성주님, 이 친구가 바로 저희가 드릴 선물입니다."

"뭐……?"

"알고 보니 성주님께선 참으로 고상한 취미를 가지셨더군요. 어떻게
남자를 상대로……."

덜컥!

무천표의 의미심장한 음성에 원통구는 심장이 떨어지는 것 같은 충
격을 받았다.

"헤헤… 성주님께서 그런 취미를 갖고 있다는 것을 사모님과 자제
분들께서도 아시는지요?"

"……."

"사모님께서야 아무 생각이 없으실 정도로 성격이 좋은 탓에 무덤덤
히 넘어갈 수 있겠지만, 뒤늦게 얻은 따님들이 아버지의 고상한 취미를
알면 어떻게 될까요? 아버지가 아마 짐승으로 보이진 않을는지 이거
심히 걱정이 되네요."

"……!"

"그토록 성주님께서 예뻐하시는 따님들이 아버지를 짐승만도 못한
인간으로 취급한다면 그것참… 쯧쯧……."

부르르.

무천표가 계속 히죽거리며 입을 놀리는데도 원통구는 그 어떤 대꾸조차 하질 못했다. 그저 턱과 움켜쥔 주먹을 떨기만 할 뿐.

"그리고 만약 이와 같은 사실이 병사들과 개봉 성민들의 귀에 들어가면 성주님의 체면은 어찌 되겠습니까? 그렇게 되면 아마 성주님을 변태자식이라며 열심히 비웃을 것 같은데."

"주, 죽고 싶은가 보군. 감히 본 성주님을 상대로 협박을 해대고도 살기를 원하는 건 아니겠지?"

원통구는 치솟는 분노를 억누르며 무섭게 쏘아보았다.

"협박이라뇨? 그 무슨 당치 않으신 말씀을! 미천한 거지자식이 어찌 고귀하신 성주님을 상대로 협박을 하겠습니까? 그건 있을 수도 없고 있어서도 안 되는 일입니다요."

무천표는 정색하며 손을 저었다.

"단지 성주님 가족과 성주님을 위해 충성하는 병사들, 그리고 개봉 성민들의 알 권리를 위해 이 사실을 공개하고 싶을 뿐이라는 거죠. 헤헤헤~"

"흥! 공개? 누구 맘대로?"

"그야 당연히 제 맘이죠. 저는 원래 이런 추접스럽고 황당한 관계를 보면 몸에 두드러기가 생기는 체질이라서 가만히 있질 못하죠. 그래서 성주님께 이해해 달라는 의미로 이곳에 온 것이죠. 아울러 다시 한 번 성주님의 애인 얼굴도 보여 드리면서. 헤헤헷~"

"호호호, 과연 그럴 수 있을까? 죽은 놈은 아무리 지껄이고 싶어도 지껄일 수가 없다는 걸 알아야지."

원통구는 싸늘한 냉소와 함께 문을 향해 소리쳤다.

"부관! 부관은 어서 들라!"

그의 음성이 터지기가 무섭게 문이 열리며 이중 턱에 임신 칠 개월의 배를 자랑하는 너무도 닮은꼴의 부관이 들어섰다.

"부르셨습니까, 성주님."

"지금 즉시 월기교위와 보병교위들에게 병력을……."

원통구가 단호한 표정으로 지시를 내리려는 순간, 무천표의 차가운 일갈이 터졌다.

"성주님! 뭔가 대단한 착각을 하고 계시는 모양인데, 육만 개방인들의 총수인 각하를 대행하고 있는 이 몸은 그렇게 어수룩한 인간이 아니죠!"

"그, 그게 뭔 소리냐?"

"저도 저의 부관에게 이미 이렇게 일러두었습니다. 만약 제가 안 돌아오면 이 사실을 전 총단은 물론 전 지부에 있는 우리 개방인들에게 알려 남육성, 북칠성의 모든 백성들이 개봉성주님의 실체에 대해 알게 하라고 말입니다."

"뭐가 어째?"

"그렇게 되면 성주님은 얼굴이 팔려서라도 더 이상은 그 자리에 앉아 있질 못하게 될 겁니다. 물론 따님들은 변함없이 아버지를 짐승 취급할 테구요."

"끄응……."

원통구는 잠시 자신이 승기를 잡을 수 있다고 생각했다. 이런 상황에선 살인멸구보다 깔끔한 방법은 없고, 눈앞에 있는 것들을 해치우기만 하면 만사 끝이라고, 그렇게 믿었다.

그런데 살인을 하여 입을 다물게 해도 소문은 변함이 없다니… 대체 이 망신을 어떻게 수습해야 한단 말인가!

"흥! 상관없다. 저 자식만 없으면 소문을 증명할 그 어떤 것도 없을 것이다!"

억지로 머리를 쥐어짜낸 끝에 나온 원통구의 해결법이었다.

자신의 애인(?)이었던 청년을 죽이면 아무리 개방인들이 소문을 내고 다녀도 소용이 없다는 게 그의 논리였다. 그러나…

"성주님, 얘뿐만이 아닐 텐데요?"

무천표가 고개를 갸웃거리며 한마디를 내던지는 순간, 원통구의 얼굴은 완전 똥색이 되고 말았다. 그러나 그의 안색이 어떻게 변했든 간에 무천표의 입술은 계속 열리고 있었다.

"동가로에서 보석포를 하고 있는 현 노인의 막내아들, 그리고 양군객잔에서 점소이로 일하다가 성주님에게 간택이 되었다는 전득이."

"그만……."

"그리고 야래향에서 호객 행위를 하고 있는……."

"그만! 그만, 이 새끼야아아아아—!"

쾅! 쾅! 쾅!

원통구는 자신의 귀를 틀어막고 탁자에 머리를 짓찧으며 멱따는 돼지와도 같은 절규를 터뜨렸다.

"그만… 으허엉… 제발 그만……."

"아직도 몇 명 더 있는데."

"끄으으윽… 대, 대체… 본 성주님에게 원하는 게 뭐냐?"

원통구는 탁자에 처박은 머리를 들며 무천표를 바라보았다.

무천표는 히죽 미소를 지었다.

"일단 저 돼지 같은 부관부터 멀리 내보내시죠? 아주 은밀한 얘기라서요. 헤헤헷~"

*　　　*　　　*

제남성주 군계류의 앞에 마주 앉아 있는 인물은 광마불이었다.

광마불이 비록 개방인은 아니었지만, 개방에서 밥을 빌어먹고 있는 형편이다 보니 어쩔 수 없이 역사적인 거사(?)에 동참을 하게 되었다.

"나의 안위에 관련하여 하고 싶은 말씀이 있으시다던데, 그게 뭡니까?"

선비 출신의 성주답게 군계류는 상대를 무시하지 않고 정중한 얼굴로 입을 열었다.

"그 얘기에 앞서 이 늙은이의 파란만장했던 지난 일부터 찬찬히 말씀을 좀 드려야 할 것 같군요."

벌컥.

광마불은 접대용으로 나온 차를 마치 냉수 들이키듯 한번에 입 안으로 털어 넣었다.

"캬~ 차 맛이 아주 좋군요, 술이었으면 더욱 좋았겠지만."

"어서 말씀부터 해보시죠."

"그, 그럽시다."

너무도 진지한 군계류의 표정에 광마불은 머쓱한 표정으로 얘기를 시작했다.

"이 늙은이가 개방에 몸을 담기 전에 어떤 인간이었나 하면, 소림사에서 최연소 장로를 맡을 만큼 아주 잘 나가던 승려였지요. 서른여섯에 장로를 맡았으니 아마 소림 역사상 최연소 장로였을 겁니다. 내가 생각해도 정말 그땐 화려했죠. 푸헐헐."

"그래서요?"

광마불은 좀 더 자신의 과거를 자랑하고 싶었는데 너무도 차가운 대꾸에 또다시 머쓱함을 느껴야만 했다.

'썩을 놈. 인간이 왜 이렇게 재미가 없지? 이런 말을 하면 좀 놀라는 표정도 짓고 감탄도 해야 말하는 사람이 흥이 나는 법인데.'

광마불은 심히 못마땅했지만 역사적 사명을 띠고 이곳에 왔다는 것을 생각하며 다시 말을 이어 나갔다.

"그러다가 이 늙은이가 오십 년 전에 사천성에 갔었죠. 사천의 아미파(峨嵋派)라고 혹시 들어보셨나요?"

흠칫.

광마불이 무심코 던진 질문에 군계류의 얼굴에 아주 잠시였지만 미세한 경련이 일었다.

그러나 결코 그것을 놓칠 광마불이 아니었다.

'자식, 벌써 반응이 오는군.'

"그, 그래서요?"

"소림과 아미는 본시 불가의 제자들로서 교류가 잦은 편이었죠. 당시 이 늙은이가 소림의 최연소 장로이자 소림 최고의 고수로서 같은 불가의 식구들인 아미파 여제자들을 위해 무술 지도를 잠시 해준 적이 있었답니다. 그때 이 늙은이에게서 가장 열심히 무술을 배운 아미의 제자가 대처 신니였는데, 걔가 지금 아미파의 장문인이 되어 있더군요. 푸헐헐헐~"

별로 신이 나지도 않는 대목이었건만 광마불은 뭐가 그리 좋은지 누런 이를 드러내며 크게 웃었다.

하지만 듣고 있는 군계륙의 표정은 전혀 달랐다. 얘기가 진행될수록 점차 어둡고 무거워졌다.

"근데 내가 대처 신니를 귀여워했듯이 대처 신니가 마치 제 딸처럼 총애를 하던 젊은 여제자가 하나 있었는데, 아마 이름이 유현 선자(柳賢仙子)라고 하던가……."

쾅!

그 순간 군계륙은 자신의 심장에서 천만 근의 폭약이 터지는 것과 같은 충격을 받았다. 얼마나 큰 충격을 받았는지 앉아 있는 상태였음에도 불구하고 몸이 휘청거렸다.

"어어… 성주님, 왜… 왜 그러십니까? 혹시 무슨 지병이라도?"

광마불은 군계륙을 부축하며 의아한 표정을 지었다.

"아, 아닙니다. 계, 계속해 보십시오……."

군계륙은 식은땀을 흘리며 부축하고 있는 광마불의 손을 물렸다.

"어허, 이제부터가 본격적으로 재미있는 부분인데… 어째 계속해도 괜찮을는지 모르겠습니다."

"괘, 괜찮습니다. 어서 계속하십시오."

"그럽시다. 근데 내가 어디까지 얘기했더라? 이거 머리 속에 곰팡이가 슬었나? 요즘 들어 방금 했던 얘기도 자꾸 깜빡깜빡하네?"

광마불은 생각이 안 나는지 고개를 갸웃갸웃거렸다.

"유, 유현 선자까지… 말씀하셨습니다……."

"아하! 맞다, 맞아. 유현 선자! 거기까지지? 이래서 죽으면 늙어야 한다니까… 아니지, 늙으면 죽어야 한다니까. 푸헐헐~"

군계륙은 입술이 바짝 마를 만큼 초조했던 반면 광마불은 농담까지 지껄일 정도로 너무도 여유가 넘쳤다.

"어, 어서 하십시오."

"예. 그러니까 대처 신니가 자신의 후계자로까지 생각할 정도로 아끼던 유현 선자가 글쎄 아닌 밤중에 날벼락도 유분수지 십 년 전 어떤 사내놈과 눈이 맞아 파계를 하였다지 뭡니까?"

"그, 그래… 서… 요……?"

점차 군계류의 몸은 물론 음성까지도 크게 흔들리고 있었다.

"대처 신니는 그 충격에 식음을 전폐하고 자신의 기대를 저버린 유현 선자는 물론 그 젊은 관료까지 절대 용서하지 않겠노라며 아미의 모든 제자를 풀어 그들을 찾으려 했으나 애석하게도 그들을 찾을 수가 없었지요. 하긴 당연히 찾을 수가 없었겠죠. 사내의 신분도, 정체도 아무것도 모르는 상태에서 도망친 유현 선자를 어찌 찾을 수 있겠습니까? 안 그렇습니까? 푸헐헐헐~"

"어, 어서… 계속하시죠……."

"세월은 흘러 흘러 어느덧 십 년이 흘렀고, 아미의 비극은 그렇게 묻히는 줄 알았는데, 세상일이란 게 아무리 열심히 숨긴다고 해도 숨겨지는 게 아니더라 이 말입니다. 뜻밖에도 그들의 행방을 중원 최대의 정보망을 갖고 있는 개방인들이 알아냈으니 말입니다. 푸헐헐~"

"……."

군계류은 속이 타는 듯 찻잔을 잡았다. 차분한 그의 모습과는 달리 그 역시도 냉수 마시듯 차를 들이켰다.

"성주께선 십 년 전에 사천에서 현(縣)들을 관리 감독하는 독우(督郵)라는 관직을 맡고 계셨다면서요?"

광마불이 조심스럽게 입을 여는 순간,

뎅그랑!

군계륙이 쥐고 있던 찻잔이 그의 손에서 힘없이 미끄러지며 바닥에 떨어지고 말았다.

그러나 군계륙은 자신이 찻잔을 떨어뜨린 줄도 모르는 듯 딱딱하게 굳어버린 표정으로 광마불을 멍하니 응시할 뿐이었다.

"아니, 성주님! 왜 그러십니까? 난 유현 선자를 파계시키고 그녀를 첩으로 삼았다가 독살한 사람이 성주님이라는 얘기를 한 게 아닌데?"

그 순간,

콱!

군계륙은 광마불의 손을 움켜잡았다.

"노인장! 대체 원하는 게 뭡니까? 말씀만 하십시오. 뭐든지 들어드릴 테니 그 얘기만큼은 제발 무덤에 가실 때까지……."

그렇다.

군계륙은 어떤 희생을 치르는 한이 있더라도 그 얘기만큼은 죽을 때까지 비밀로 해달라고 간청할 수밖에 없었다.

무림명파인 아미파의 촉망받던 여제자와 사랑에 빠진 것도 관료로서 출세하는 데 지장이 있는 행위였다. 게다가 그는 그녀와 문제가 많은 사랑을 했다.

유부남이었던 자신의 신분을 속였고, 사랑에 눈이 먼 그녀가 파계를 하고 본격적으로 살림을 차리면서부터 갈등은 시작되었다.

자신은 사랑 때문에 보장된 미래까지 버리면서 군계륙을 택했는데 당신은 어째서 본부인과 헤어지질 못하느냐, 하며 허구한 날 바가지를 긁고 따져 대니 처가의 덕을 톡톡히 보고 있는 그의 입장에선 유현 선자가 너무도 무거운 짐처럼 느껴지게 되었고, 결국 독살까지 하게 된 것이었다.

아무도 모르는 십 년 전의 비밀이라고 생각했는데… 그렇게 철석같이 믿으며 지내려 했는데 이렇듯 광마불에 의해 그 비밀이 밝혀지자 그는 그 어떤 변명조차 하지 못한 채 그대로 무너지고 말았다.

개봉성주 원통구처럼 오리발을 내밀 생각도 못했고,

정주성주 곽귈처럼 오히려 죽여 버리겠다며 덤비지도 못한 채…

소심하기 짝이 없는 군계륙은 그렇게 무너지고 말았다.

'그래서 불륜은 아무나 저지르는 게 아니라니까.'

광마불은 바닥에 엎어져서 흐느끼고 있는 군계륙을 바라보며 여유 있게 콧구멍을 후비고 있었다.

그것도 무대붕처럼 엄지손가락으로…….

〈4권 끝〉